KB196151

여자 없는 남자들

헤밍웨이 단편선

여자 없는 남자들

어니스트 헤밍웨이 | 이종인 옮김

문예출판사

Men Without Women

Ernest Hemingway

차례

- 이 책은 어니스트 헤밍웨이가 1927년 단행본으로 엮어 출판한《*Men Without Women*》의 순서 그대로를 최초 완역했다.
- 본문의 주석은 모두 옮긴이 주다.

패배를 거부하는 남자

마누엘 가르시아는 계단을 올라 돈 미겔 레타나의 사무실 앞으로 갔다. 여행 가방을 내려놓은 그는 문을 두드렸다. 대답은 들리지 않았다. 복도에 선 마누엘은 방에 누군가 있다는 걸 눈치챘다. 그는 문밖에서도 인기척을 느낄 수 있었다.

"레타나."

마누엘은 이렇게 말하고 귀를 쫑긋 세웠다.

마찬가지로 아무런 대답이 없었다.

마누엘은 레타나가 방 안에 있다고 확신했다.

"레타나."

마누엘이 말한 뒤 문을 쾅 하고 쳤다.

"누구요?"

사무실 안의 누군가가 말했다.

"날세, 마놀로."

마누엘이 말했다.

"무슨 일인가?"

사무실 안에서 목소리가 들려왔다.

"일거리 좀 찾으려고."

마누엘이 말했다.

여러 번 딸각하는 소리가 나더니 문이 활짝 열렸다. 마누엘은 가방을 들고 안으로 들어갔다.

덩치 작은 남자 하나가 사무실 저편의 책상 뒤에 앉아 있었다. 그의 머리 위엔 마드리드 박제사가 박제한 투우 머리가 걸려 있었다. 벽에는 액자에 담긴 사진과 투우 포스터들이 걸려 있었다.

덩치 작은 남자가 앉은 채로 마누엘을 바라봤다.

"난 자네가 죽은 줄 알았네."

그가 말했다.

마누엘은 주먹으로 책상을 두들겼다. 덩치 작은 남자가 책상 맞은편의 마누엘을 바라봤다.

"올해 투우는 몇 번이나 했나?"

레타나가 물었다.

"한 번이야."

그가 대답했다.

"고작 한 번?"

덩치 작은 남자가 물었다.

"그래."

"그럼 내가 신문에서 본 게 전부란 소리군."

레타나가 말했다. 그는 의자에 등을 기대고 마누엘을 바라봤다.

마누엘은 고개를 들어 박제된 투우 머리를 봤다. 전에 자주 보던 것이었다. 그것을 볼 때마다 그는 가족의 일을 떠올렸다. 저 투우는 9년 전에 전도유망하던 남동생을 죽였다. 마누엘은 그날 일을 생생하게 기억했다. 박제된 투우 머리에 딸린 참나무 방패엔 황동판이 있었다. 마누엘은 그 판에 뭐라고 적혔는지 읽을 수 없었지만, 동생을 추모하는 글귀가 적혀 있을 거라고 생각했다. 어쨌든 동생은 훌륭한 애였다.

황동판엔 이렇게 적혀 있었다.

"베라과 공작의 투우 '마리포사'는 일곱 명의 기마 투우사들에게 아홉 번 창 공격을 받았으며, 1909년 4월 27일 수습 투우사 안토니오 가르시아를 사망케 함."

레타나는 마누엘이 박제된 투우 머리를 보는 걸 지켜봤다.

"일요일 투우에 쓰라고 공작이 내게 보낸 황소들 말인데, 문제가 될 것 같아."

그가 말했다.

"다리가 하나같이 안 좋거든. 카페에서 무슨 얘기 안 들리던가?"

"그야 모르지. 난 방금 왔으니까."

마누엘이 말했다.

"아, 가방도 못 풀고 여기로 온 거로군."

레타나가 말했다.

그는 큰 책상 뒤에 있는 의자에 기대며 마누엘을 봤다.

"일단 앉게. 모자도 벗고."

레타나가 말했다.

마누엘이 의자에 앉았다. 모자를 벗으니 그의 얼굴이 예전과는 달랐다. 피부가 창백했고, 머리 앞쪽으로 고정하여 모자로 감췄던 투우사 변발은 모자를 벗으니 그 모양이 아주 기이했다.

"자넨 좋아 보이지 않는군."

레타나가 말했다.

"병원에서 막 나온 참이니."

마누엘이 말했다.

"병원에서 자네 다리를 절단하려 했다는 얘기를 들었는데."

"아니, 다 나았어."

레타나가 책상 앞으로 몸을 숙여서 담배가 든 나무 상자를 마누엘 쪽으로 밀었다.

"한 대 피게."

그가 말했다.

"고맙네."

마누엘이 담배에 불을 붙였다.

"자네도 피겠나?"

그가 성냥을 레타나에게 내밀며 말했다.

"아니" 하고 레타나가 손을 저으며 말했다.

"난 담배를 피운 적이 없네."

레타나는 마누엘이 담배를 피우는 모습을 지켜봤다.

"취직해서 일을 해보는 게 어떤가?"

그가 말했다.

"난 일하기 싫어."

마누엘이 말했다.

"난 투우사라고."

"이젠 투우사는 힘들잖아."

"아니, 난 투우사야."

마누엘이 말했다.

"그래, 투우장 안에 있을 땐 그랬지."

마누엘이 웃음을 터뜨렸다.

레타나는 의자에 앉아서 아무 말 없이 마누엘을 바라봤다.

"원한다면 야간에 넣어주겠네."

레타나가 말했다.

"언제?"

마누엘이 물었다.

"내일 밤."

"나는 누구 대신 뛰는 건 싫어."

마누엘이 말했다. 모두들 밤에 대타를 뛰다가 죽었다. 살바도르도 그렇게 죽었다. 마누엘은 주먹의 정권으로 책상을 두드렸다.

"해줄 수 있는 게 이것뿐일세."

레타나가 말했다.

"다음 주에 넣어줄 수도 있잖나?"

마누엘이 물었다.

"자네는 관중의 호응을 끌어내지 못할 거야."

레타나가 말했다.

"리트리, 루비토, 라토레만 좋아한다고. 이 친구들은 훌륭하지."

"사람들은 내가 해치우는 걸 보고 싶어 할 텐데."

마누엘이 희망 섞인 어조로 말했다.

"아니, 그럴 리 없어. 사람들은 이제 자네가 누군지도 몰라."

"난 재주가 많아."

마누엘이 말했다.

"그래서 내일 밤에 넣어주겠다고 하잖아."

레타나가 말했다.

"에르난데스라는 어린 친구하고 노비요* 두 마리를 처리해. 광대들 놀음이 끝난 다음이야."

"누구 황손데?"

마누엘이 물었다.

"나도 잘 몰라. 울타리 안에 있는 거 중에서 아무거나 나오겠지. 낮엔 수의사가 내보내주지 않는 그런 소들 말이야."

"대타는 싫은데."

마누엘이 말했다.

"받아들이거나 아니면 그만두게."

레타나가 말했다. 그는 서류 위로 몸을 수그렸다. 그는 마누엘에게 더는 흥미를 보이지 않았다. 그가 옛정으로 잠시 마누엘에게서 느낀 매력은 이제 사라져버렸다. 그는 싸게 쓸 수 있기 때문에 라리타 대신 마누엘을 쓰고 싶었다. 그렇다고 해도 그에게는 싸게 쓸 수

* 3년 이하 혹은 투우 선정 기준에 합격하지 못한 황소

있는 자들이 얼마든지 있었다. 하지만 그는 마누엘을 돕고 싶었다. 그래서 마누엘에게 기회를 주었다. 그 기회를 받아들이는 것은 마누엘이 알아서 결정할 문제였다.

"내가 얼마나 받을 수 있는가?"

마누엘이 물었다. 그는 거절하고 싶다는 생각을 했다. 하지만 거절할 수 없다는 걸 스스로 알고 있었다.

"250페세타* 주겠네."

레타나가 말했다. 그는 500페세타는 줘야겠다고 생각했지만, 막상 입을 여니 절반 값이 저절로 튀어나왔다.

"비얄타한테는 7,000페세타를 주지 않았나?"

마누엘이 말했다.

"자네가 비얄타는 아니잖아."

레타나가 말했다.

"그래."

마누엘이 말했다.

"어쨌든 그 친구는 인기가 있어, 마놀로."

레타나가 해명하듯 말했다.

"그렇지."

마누엘이 그렇게 말하며 일어섰다.

"레타나, 300페세타로 하자고."

"알겠네."

---

* 스페인의 화폐 단위

레타나가 동의했다. 그는 서류를 꺼내려고 서랍에 손을 넣었다.

"50페세타만 미리 줄 수 있나?"

마누엘이 물었다.

"그럼세."

레타나가 지갑에서 지폐 50페세타를 꺼내 책상 위에 펴서 내려놨다.

마누엘은 지폐를 집어 주머니에 넣었다.

"조수는 어떻게 할 건가?"

그가 물었다.

"야간에 항상 날 돕는 애들이 있네. 괜찮은 애들이야."

레타나가 말했다.

"기마 투우사는?"

마누엘이 물었다.

"많지는 않아."

레타나가 자백하듯 말했다.

"괜찮은 친구 하나 있어야 하는데."

마누엘이 말했다.

"그럼 구해봐."

레타나가 말했다.

"가서 구해 오면 되겠군."

"이거론 안 돼."

마누엘이 말했다.

"60두로*를 받고 조수들한테 어떻게 돈을 줄 수 있겠나."

레타나는 아무 말 없이 책상 맞은편의 마누엘을 바라봤다.

"자네도 기마 투우사가 쓸 만해야 한다는 건 잘 알잖아."

마누엘이 말했다.

레타나는 아무 말도 하지 않고 멀리 떨어져서 마누엘을 바라봤다.

"이건 좀 아니잖아."

마누엘이 말했다.

레타나는 여전히 마누엘을 바라봤다. 의자에 등을 기댄 채로 그는 더욱 멀리 떨어져서 마누엘을 주시했다.

"늘 쓰는 기마 투우사들이 있네."

레타나가 말했다.

"알아. 나도 자네가 데리고 있는 그 친구들 잘 안다고."

마누엘이 말했다.

레타나는 미소 짓지 않았다. 마누엘은 그게 끝난 이야기라는 걸 알았다.

"나는 그저 공정한 대우를 받고 싶을 뿐이야."

마누엘이 따지듯이 말했다.

"투우장에 들어섰을 때 황소에게 결정타를 가할 수 있어야 해. 그러자면 훌륭한 기마 투우사가 먼저 작업을 해줘야 해."

마누엘은 열심히 말을 했지만 레타나는 이미 더는 그의 말을 듣지 않았다.

---

* 1두로는 5페세타에 해당

"따로 기마 투우사를 구하고 싶다면 가서 찾아보게."

레타나가 말했다.

"정기적으로 나오는 조수들이 있을 걸세. 원하는 만큼 자네가 쓸 기마 투우사를 데려와. 광대들은 열 시 반에 끝날 거야."

"알겠네. 자네 생각이 그렇다면."

마누엘이 말했다.

"그래, 내 생각이 그렇다네."

레타나가 말했다.

"내일 밤에 보세."

마누엘이 말했다.

"나도 거기 나갈 거야."

레타나가 말했다.

마누엘이 가방을 들고 밖으로 나갔다.

"나가면서 문 좀 닫아주게."

레타나가 소리쳤다.

마누엘은 뒤를 돌아봤다. 레타나는 상체를 수그리고 앉아서 서류를 보고 있었다. 마누엘은 딸각 소리가 날 때까지 문을 꽉 당겼다.

그는 계단을 내려와 문밖으로 나서서 밝고 무더운 거리로 들어섰다. 거리는 몹시 더웠고 흰색 건물에 비치는 햇빛은 갑자기 그의 눈을 부시게 했다. 마누엘은 가파른 거리의 그늘진 쪽을 따라 걸어 내려오며 푸에르타 델 솔로 향했다. 그늘은 끊임없이 이어졌고 흐르는 물처럼 시원했다. 교차로를 건널 땐 열기가 갑자기 훅 올라오기도 했다. 마누엘은 길을 지나면서 아는 사람을 한 사람도 만나지 못했다.

푸에르타 델 솔 바로 전에서 그는 발걸음을 돌려 카페 안으로 들어갔다.

카페는 조용했다. 몇 명밖에 안 되는 사람들이 벽에 기댄 채 탁자에 앉아 있었다. 한 탁자에선 네 사람이 카드놀이를 하고 있었다. 대다수가 벽에 기대 앉아 담배를 피웠다. 그들 앞의 탁자엔 빈 커피잔이나 술잔이 놓여 있었다. 마누엘은 긴 방을 지나 뒤에 있는 작은 방으로 들어갔다. 한 남자는 구석의 탁자에 앉아 자고 있었다. 마누엘은 탁자를 하나 잡아서 앉았다.

곧 웨이터가 들어와 마누엘의 탁자 옆에 섰다.

"주리토 봤나?"

마누엘이 물었다.

"점심 전에 오셨어요."

웨이터가 대답했다.

"다섯 시 전엔 오지 않으실 거예요."

"우유를 탄 커피하고 보통 잔으로 한 잔 주게."

마누엘이 말했다.

웨이터가 쟁반에 큰 커피잔 하나와 술잔 하나를 들고 방으로 다시 들어왔다. 그는 왼손에 브랜디를 한 병 들고 있었다. 웨이터는 들고 있던 것들을 전부 탁자에 내려놓았다. 그를 따라 들어온 소년은 주둥이와 손잡이가 전부 기다란 반짝거리는 주전자 두 개를 들고 와 커피와 우유를 잔에 따랐다.

마누엘은 모자를 벗었고 웨이터는 자연스럽게 그의 머리 앞에 고정된 투우사 변발을 보게 됐다. 그는 커피잔 옆에 놓인 작은 술잔에 브랜디를 부으면서 자신을 따라온 소년에게 윙크했다. 소년은 마누엘의 창백한 얼굴을 호기심 가득한 눈으로 바라봤다.

"여기서 경기가 있으신가 보죠?"

웨이터가 병을 다시 코르크로 막으며 말했다.

"그렇네. 내일이네."

마누엘이 말했다.

웨이터는 병을 옆구리 부위에 대고 서 있었다.

"찰리 채플린 식의 광대극에 나가시는 건가요?"

웨이터가 물었다.

커피를 따른 소년은 얼굴을 돌리며 당황스러워했다.

"아니, 투우 경기를 하지."

"차베스하고 에르난데스가 한다던데."

웨이터가 말했다.

"아니야. 나하고 다른 한 명이 하지."

"누구 말씀이시죠? 차베스? 에르난데스?"

"에르난데스라고 했었지, 아마."

"차베스는 무슨 일이 있나요?"

"다쳤다는군."

"그 이야기는 어디서 들으셨어요?"

"레타나한테서."

"어이, 루이."

웨이터가 옆방에 소리쳤다.

"차베스가 투우한테 받혔다는군."

마누엘은 각설탕 포장을 벗기고 커피에 여러 개를 집어넣었다. 이어 그는 커피를 휘휘 저은 뒤 쭉 들이켰다. 뜨겁고 달콤한 커피가 그의 텅 빈 배를 따뜻하게 달래주었다. 마누엘은 뒤이어 브랜디를 비웠다.

"그거 한 잔 더 주게."

마누엘이 웨이터에게 말했다.

그러자 웨이터가 코르크를 따고 마누엘의 술잔을 브랜디로 가득 채웠다. 그는 잔이 가득 찬 뒤에도 계속 브랜디를 부어서 받침에도 한 잔 더 나올 정도의 브랜디가 흘러내렸다. 커피를 따르던 소년이 나간 뒤 또 다른 키 큰 웨이터가 마누엘의 탁자 앞에 나타났다.

"차베스 그 친구 많이 다쳤습니까?"

마누엘에게 방금 나타난 키 큰 웨이터가 물었다.

"나야 잘 모르지."

마누엘이 말했다.

"레타나가 아무 말도 해주지 않았으니."

"아이고, 그 사람이 뭘 그렇게 신경 쓰겠어요."

키 큰 웨이터가 말했다.

마누엘은 그를 전에 본 적이 없었다. 틀림없이 여기서 일한 지 얼마 되지 않은 친구였다.

"이곳에서 레타나하고 사이가 좋으면 성공한 사람이죠."

키 큰 웨이터가 말했다.

"그렇지 않으면 밖에 나가서 총으로 자살하는 게 나을 겁니다."

"그렇기는 해."

이미 들어와 있던 첫 번째 웨이터가 말했다.

"정말 그래."

"당연히 그렇지."

키 큰 웨이터가 말했다.

"그 사람 이야기라면 내 말이 맞는다고."

"비얄타한테 한 짓을 봐."

첫 번째 웨이터가 말했다.

"그것뿐인가?"

키 큰 웨이터가 말했다.

"마르시알 라란다에게 한 짓은 어떻고. 나시오날 일도 있잖아."

"어휴, 그렇다마다."

세 번째로 들어온 키 작은 웨이터가 동의했다.

마누엘은 그의 탁자 앞에 서서 이야기하는 웨이터들을 쳐다봤다. 그는 두 번째 브랜디를 다 마셨다. 그들은 그를 아예 잊어버린 것 같았다. 그들은 그에게 관심이 없었다.

"어처구니없는 일들이 참 많아."

키 큰 웨이터가 말했다.

"나시오날 2세라는 친구 봤나?"

"지난 일요일에 본 친구 말이야?"

첫 번째 웨이터가 말했다.

"그 친구 키만 껑충 크던데."

키 작은 웨이터가 말했다.

"내가 뭐랬나?"

키 큰 웨이터가 말했다.

"레타나가 뒤 봐주는 친구들이지."

"이보게, 그거 한 잔 더 주게."

마누엘이 말했다. 그는 웨이터들이 수다를 떠는 동안 받침에 있던 브랜디까지 술잔에 옮겨서 다 마신 참이었다.

제일 먼저 들어온 웨이터가 기계적으로 마누엘의 술잔에 브랜디를 부었다. 세 웨이터는 계속 수다를 떨면서 방을 나갔다.

방의 구석에 앉아 있던 남자는 여전히 자고 있었고, 숨을 들이쉬면서 살짝 코를 골기까지 했다. 머리는 아예 뒤로 넘어가 벽에 기대고 있었다.

마누엘은 브랜디를 마셨다. 이제는 졸음이 몰려왔다. 밖은 너무 더워서 나갈 수가 없었다. 게다가 할 일도 없었다. 마누엘은 주리토가 보고 싶었다. 그는 기다리는 동안 한숨 자야겠다고 생각했다. 제대로 있는지 확인하려고 가방을 발로 차봤다. 아무래도 좌석 아래 벽에 기대어놓는 편이 더 나을 것 같은 생각이 들었다. 마누엘은 몸을 굽혀 가방을 좌석 아래쪽으로 밀어 넣었다. 그런 뒤 탁자에 엎드려 잠을 잤다.

잠에서 깨어나자 탁자 맞은편에 누군가 앉아 있었다. 인디언처럼 짙은 갈색 얼굴에 덩치가 큰 남자였다. 앉은 지 좀 된 모양이었다. 그는 손짓하여 웨이터를 보낸 뒤 신문을 읽으면서 머리를 탁자에 대고 잠든 마누엘을 때때로 내려다보기도 했다. 그는 신문을 찬찬히 읽으면서 입술로 글자들을 중얼거렸다. 그러다 지루해지면 마누엘을 봤다. 그는 의자에 육중한 자세로 앉아 있었고 그의 검은 코르도바 모자가 앞으로 기울어져 있었다.

마누엘은 일어나 앉아 마주 앉은 사람을 봤다.

"잘 지냈나, 주리토."

"잘 잤나, 친구."

덩치 큰 남자가 말했다.

"좀 잤네."

마누엘이 손등으로 이마를 문질렀다.

"여기 있을 거라고 생각했지."

"일은 좀 어떤가?"

"괜찮네. 자네야말로 어때?"

"그리 좋지 않아."

두 사람은 입을 다물었다. 기마 투우사인 주리토는 마누엘의 창백한 얼굴을 바라봤다. 마누엘은 신문을 접어 주머니에 집어넣는 기마 투우사의 거대한 손을 내려다봤다.

"실은 자네한테 부탁이 있네, 마노스."

마누엘이 말했다.

마노스두로스는 주리토의 별명이었다. 주리토는 그 별명을 들을 때마다 자신의 거대한 손을 떠올렸다. 그는 큰 손을 의식하며 탁자 위로 자신의 손을 내밀었다.

"술이나 마시자고."

그가 말했다.

"그거 좋지."

마누엘이 말했다.

웨이터가 들어왔다가 나갔다가 다시 들어왔다. 그는 탁자에 앉은 두 사람을 돌아보며 방을 다시 나갔다.

"대체 무슨 일인가, 마놀로?"

주리토가 술잔을 내려놓으며 말했다.

"내일 밤 투우 두 마리만 창으로 찔러줄 수 있겠나?"

마놀로가 맞은편의 주리토를 올려다보며 물었다.

"안 돼. 이제 기마 투우사는 관뒀어."

주리토가 말했다.

마누엘은 자신의 술잔을 내려다봤다. 그 대답이 나올 거라고 생각했다. 이제 그 대답을 들었다. 아주 분명하게.

"미안하네, 마놀로. 이젠 관뒀어."

주리토가 자신의 손을 보며 말했다.

"괜찮네."

마누엘이 말했다.

"난 너무 늙었어."

주리토가 말했다.

"그냥 물어본 거뿐이야."

마누엘이 말했다.

"내일 야간 경기인가?"

"응. 어지간히 좀 하는 기마 투우사 한 명만 있으면 잘 해낼 거라고 생각했지."

"돈은 얼마 받기로 했나?"

"300페세타."

"나는 창을 들면 그거보다는 더 받네."

"알아."

마누엘이 말했다.

"자네한테 요구할 권리가 없지."

"대체 그 일을 왜 계속하는 건가?"

주리토가 물었다.

"마놀로, 이젠 변발을 자를 때도 됐잖아?"

"모르겠어."

마누엘이 대답했다.

"자네도 나만큼 나이를 먹었어."

주리토가 말했다.

"잘 모르겠네. 그래도 해야 해. 제대로 해서 공정한 대우만 받을 수 있다면 그만한 게 또 어디 있겠나. 그러니 계속해야 해, 마노스."

"아니, 그러지 말게."

"아니, 그래야 해. 물론 그만두려고 노력은 했었어."

"자네 기분이 어떤지 알아. 하지만 이건 아니야. 지금이라도 관두고 손을 떼게."

"그럴 수는 없어. 게다가 최근엔 좋아지고 있단 말일세."

주리토가 마누엘의 얼굴을 바라봤다.

"자넨 얼마 전까지만 해도 병원에 있던 사람이야."

"하지만 다치기 전까진 아주 잘나갔지."

주리토는 아무 말도 하지 않았다. 그는 술잔 받침을 기울여 코냑을 술잔에 옮겨 따랐다.

"신문에서 내 파에나*보다 더 나은 걸 본 적이 없다고 칭송했잖아."

마누엘이 말했다.

주리토는 그를 바라봤다.

"내가 잘나갈 때는 아주 잘했다는 걸 자네도 알잖나."

마누엘이 말했다.

"자넨 너무 늙었어."

주리토가 말했다.

"아니야."

마누엘이 말했다.

"자네는 나보다 열 살 더 많잖아."

"자네와 내 상황은 달라."

"나는 그렇게 늙지 않았어."

마누엘이 말했다.

둘은 말이 없었다. 마누엘은 기마 투우사의 얼굴을 계속 쳐다봤다.

"다치기 전까지 나는 아주 잘나갔어."

마누엘이 말했다.

"내 경기를 봤어야 해, 마노스."

마누엘이 원망하듯 말했다.

"자네 경기는 보고 싶지 않았어."

주리토가 말했다.

---

* 투우사가 막대에 감은 소형의 붉은 천을 사용하여 투우의 힘을 빼는 작업

"너무 긴장이 되니까."

"최근엔 본 적 없잖아."

"볼 만큼 봤어."

주리토가 마누엘의 시선을 피하며 그의 얼굴을 쳐다보았다.

"이제 관둬야 해, 마놀로."

"그럴 수는 없어."

마누엘이 말했다. "

나는 지금 좋아지고 있어. 정말이라니까."

주리토가 손을 탁자에 올려놓은 채 앞으로 몸을 숙였다.

"들어봐. 이번은 내가 기마 투우사로 나서주지. 대신 내일 자네가 잘하지 못하면 자네는 관둬야 해. 알았지? 그렇게 해주겠나?"

"물론이지."

주리토가 안도하며 의자에 등을 기댔다.

"자넨 그만둬야 해."

주리토가 말했다.

"이런 쓸데없는 짓 하면 안 돼. 변발을 잘라야 해."

"난 그만두지 않을 거야. 한번 보게나. 내 솜씨를 제대로 보여주겠네."

마누엘이 말했다.

주리토가 일어섰다. 그는 말싸움에 지친 모양이었다.

"자넨 관둬야 해."

주리토가 말했다.

"내가 자네 변발을 직접 잘라줌세."

"아니, 그러지 못할걸."

마누엘이 말했다.

"그럴 기회조차 없을 테니."

주리토가 웨이터를 불렀다.

"자, 이젠 집에 가세나."

주리토가 말했다.

마누엘은 좌석 아래의 가방을 챙겼다. 기분이 아주 좋았다. 주리토가 자신을 위해 창을 들어줄 것이기 때문이다. 그는 살아 있는 최고의 기마 투우사였다. 이젠 모든 것이 간단해졌다.

"집으로 가서 뭐 좀 같이 먹자고."

주리토가 말했다.

마누엘은 외양간에 서서 찰리 채플린 식의 광대놀음이 끝나길 기다렸다. 주리토는 그의 옆에 서 있었다. 그들이 서 있는 곳은 어두웠다. 투우장으로 연결되는 높은 문은 닫혀 있었다. 문 위에선 사람들이 소리쳤고 그러다가 왁자지껄 웃음소리가 들려왔다. 그러다 갑자기 정적이 흘렀다. 마누엘은 외양간 특유의 냄새를 좋아했다. 어둠 속에서는 좋은 냄새가 났다. 투우장에서 환호가 일더니 이어 박수, 그리고 더 많은 박수가 오랫동안 이어졌다.

"광대들 노는 거 본 적 있나?"

주리토가 물었다. 어둠 속에서 마누엘 옆에 서 있는 그는 크고 위압적이었다.

"아니."

마누엘이 말했다.

"저 친구들 참 재미있어."

주리토가 어둠 속에서 혼자 웃으면서 말했다.

투우장으로 연결된 높고 꽉 닫힌 이중문이 활짝 열렸다. 마누엘은 아크등 불빛이 세게 비치는 투우장을 봤다. 주변이 어두운 가운데 관중석은 높게 솟아 있었다. 부랑자 같은 옷차림의 두 남자가 투우장 가장자리를 달리면서 인사를 했고, 호텔 사환 같은 옷차림의 다른 한 사람이 그 뒤를 따르며 투우장 안으로 던져진 모자와 지팡이를 집어서 어둠 속으로 다시 던졌다.

전등은 외양간에도 들어왔다.

"자네가 인원을 모을 동안 조랑말을 하나 골라서 타고 있겠네."

주리토가 말했다.

곧 두 사람 뒤로 딸랑거리는 소리를 내며 노새들이 나타났다. 투우장으로 들어가 죽은 황소를 끌어내기 위해서였다.

투우장 장벽과 객석 사이의 통로에서 광대놀음을 보던 조수들은 다시 외양간으로 돌아와 전등 아래 모여 선 채로 이야기를 나눴다. 은색과 주황색으로 된 투우사복을 입은 잘생긴 청년이 마누엘에게 다가와서 미소를 지으며 말했다.

"에르난데스라고 합니다."

그는 손을 내밀었다.

마누엘이 그와 악수했다.

"오늘 상대할 녀석들은 코끼리처럼 크더라고요."

에르난데스가 쾌활하게 말했다.

"뿔까지 달린 큰 놈들이지."

마누엘이 동의했다.

"선생님은 최악의 황소가 걸렸어요."

"괜찮아."

마누엘이 말했다.

"크면 클수록 가난한 사람들한테 고기가 더 많이 돌아가니까."

"그 멋진 말은 어디서 배우셨나요?"

에르난데스가 활짝 웃으며 말했다.

"오래된 대사야."

마누엘이 말했다.

"조수들 좀 세워보게. 어떤 친구들인지 봐야 하니까."

"괜찮은 녀석들이에요."

에르난데스가 말했다. 그는 무척 쾌활했다. 전에 야간 경기를 두 번 마친 그는 마드리드에 팬이 생기고 있었다. 몇 분 뒤면 경기가 시작된다는 게 아주 즐거운 모양이었다.

"기마 투우사들은 어디 있나?"

마누엘이 물었다.

"울타리 뒤에서 멋진 말을 누가 타느냐를 놓고 말싸움을 하고 있어요."

에르난데스가 활짝 웃으며 말했다.

노새들이 휘두르는 채찍을 맞으며 문 안으로 달려 들어왔다. 목에 매단 방울이 딸랑거렸고 어린 황소는 노새들에 끌려가며 모래밭 위에 이랑을 지었다.

죽은 황소가 지나가자 곧바로 모두가 입장 대열을 갖췄다.

마누엘과 에르난데스가 맨 앞에 섰다. 젊은 조수들은 두 사람 뒤에서 팔 위에 두꺼운 망토를 접어서 올려놓고 있었다. 그 뒤로는 네 명의 기마 투우사들이 있었다. 그들은 절반쯤 어두운 울타리 안에서 끝에 날붙이가 달린 창을 세운 채로 말 위에 앉아 있었다.

"이상하지 않아? 말을 볼 수 있게 불빛을 비춰줘야 하는데. 레타나가 해줘야 하는 거 아냐?"

한 기마 투우사가 말했다.

"그자는 우리가 이런 앙상한 놈들을 자세히 안 보는 게 좋다고 생각해."

다른 기마 투우사가 말했다.

"이거 뭐 간신히 떠받치고 있는 수준인데."

처음에 말한 기마 투우사가 말했다.

"어쨌든 말이잖아."

"그래, 말이긴 하지."

그들은 어둠 속에서 비쩍 마른 말을 탄 채로 이야기를 나눴다.

주리토는 아무 말도 하지 않았다. 그는 무리 중에서 유일하게 견실한 말을 골랐다. 울타리 안에서 선회시키고, 재갈과 박차에 반응하는 것을 보는 등 주리토는 자신의 말을 제대로 시험했다. 그는 말의 오른쪽 눈을 가린 붕대를 풀고 밑부터 바짝 귀를 옭아맸던 끈들을 잘랐다. 훌륭하고 견고한 말이었고 특히 다리가 참 단단했다. 이제 필요한 건 전부 해결됐다. 그는 투우 경기 내내 이 말을 탈 생각이었다. 박명(薄明) 속에서 커다란 누비 안장에 앉아 입장 대열을 기다릴 때부터 주리토는 투우 경기 내내 어떻게 창을 써야겠다는 생각을 정리했다. 다른 기마 투우사들은 그의 양쪽에서 계속 이야기를 나누는 중이었다. 하지만 그는 그들의 말에 귀를 기울이지 않았다.

두 명의 투우사는 세 명의 조수 앞에 나란히 서서 그들과 똑같은 모습으로 왼팔 위에 접은 망토를 올려놓고 있었다. 마누엘은 뒤에 있는 세 명의 청년들을 생각하는 중이었다. 그들은 전부 마드리드 출신이었고, 에르난데스처럼 열아홉 살 정도로 보였다. 그들 중 한 사람은 집시였는데 그을린 얼굴을 한 진지하고 초연한 청년이었다. 마누엘은 그 모습이 썩 마음에 들었다. 그는 고개를 돌려 집시 청년에게 물었다.

"자넨 이름이 뭔가?"

"푸엔테스."

집시 청년이 말했다.

"좋은 이름이야."

마누엘이 말했다.

집시 청년이 이를 드러내며 웃었다.

"소가 나오면 녀석을 달리게 해서 힘을 빼주게."

마누엘이 말했다.

"알겠습니다."

집시 청년이 말했다. 그의 얼굴은 진지했다. 그는 무엇을 해야 할지 생각하기 시작했다.

"이제 시작하면 되겠군."

마누엘이 에르난데스에게 말했다.

"그렇네요. 가시죠."

고개를 똑바로 든 그들은 음악에 맞추어 활개 치며 걸으면서 오른팔을 자유롭게 흔들었다. 그들은 발걸음을 옮겨 아크등이 비추는 모래밭을 건넜다. 조수들은 서 있던 그대로 투우사들의 뒤를 따랐고, 그 뒤로는 기마 투우사들이 말을 타고서 따라왔다. 그들 뒤로는 투우장 하인들이 목에 방울을 단 노새들과 함께 따라왔다. 관중은 대열이 투우장을 가로지를 때 에르난데스를 보며 박수를 쳤다. 그들은 행진하면서 자신만만한 거드름을 피우고 활개를 치면서 앞만 보고 나아갔다.

대열은 회장 앞에서 인사를 한 뒤 제각기 맡은 바를 다하기 위해 해산했다. 투우사들은 투우장 장벽으로 가서 두꺼운 망토를 가벼운 경기용 망토로 바꿨다. 노새들은 투우장 밖으로 나갔다. 기마 투우사들은 빠르게 투우장 주위를 달렸다. 그중 두 사람은 아까 들어온 문으로 나갔다. 직원들은 모래를 쓸어 모래밭을 고르게 만들었다.

마누엘은 레타나의 대리인이 따라준 물을 마셨다. 그는 오늘 마누엘의 매니저를 맡아 황소를 찌를 긴 칼을 관리하게 되었다. 에르난데스는 자기 매니저와 이야기하다 마누엘에게로 왔다.

"자네한테 보내는 박수 소리가 대단하더군."

마누엘이 그를 칭찬했다.

"관중께서 저를 좋아하시더군요."

에르난데스가 즐거운 표정으로 말했다.

"대열 입장은 어떤 것 같았나?"

마누엘이 레타나의 대리인에게 물었다.

"결혼식같이 화려하더군요. 훌륭했습니다. 호셀리토나 벨몬테 못지않았습니다."

말을 타는 주리토는 거대한 기수상(騎手像) 같았다. 그는 말을 선회시켜 투우장 저편에 있는 투우 우리를 마주 봤다. 저기서 이제 투우가 나올 것이었다. 아크등 밑에 있자니 주리토는 기분이 묘했다. 큰돈을 받으며 오후의 태양 속에서 창을 쓰던 그는 이런 야간 환경이 낯설었다. 주리토는 아무래도 저 아크등이 마음에 들지 않았다. 그는 경기가 빨리 시작되길 바랐다.

마누엘이 그에게 다가가서 말을 건넸다.

"마노스, 제대로 찔러주게. 내가 마지막으로 손볼 수 있게 기를 좀 죽여놓으라고."

"잘 찔러주지, 친구."

주리토가 모래에 침을 뱉으며 말했다.

"녀석이 아주 투우장 밖으로 뛰쳐나가게 해주지."

"녀석을 가까이 붙어서 찔러주게, 마노스."

마누엘이 말했다.

"그렇게 할 걸세. 그런데 경기를 왜 이렇게 질질 끄는 거지?"

"이제 소가 나오는군."

마누엘이 말했다.

주리토는 상자 형태의 등자에 발을 걸고 말 위에 앉아 있었다. 그의 커다란 다리는 사슴 가죽 보호구를 두른 채로 말을 꽉 누르고 있었고 왼손엔 고삐가, 오른손엔 긴 창이 들려 있었다. 주리토는 챙이

넓은 모자를 눈까지 깊숙이 내려 써 아크등 불빛을 가리면서 저 멀리 있는 우리의 문을 바라보았다. 그가 탄 말이 귀를 떨었다. 주리토는 왼손으로 말을 부드럽게 쓰다듬으며 진정시켰다.

붉게 칠한 우리의 문이 활짝 열렸고, 주리토는 잠시 투우장 건너편 저 멀리 있는 빈 통로를 바라봤다. 그러자 투우가 아크등 불빛을 받으며 네 발로 미끄러지듯 달려 나왔다. 녀석은 빠르게 질주하기도, 살며시 움직이기도 했는데, 질주할 때 드넓은 콧구멍으로 쉭쉭 소리를 내는 것을 빼놓고는 조용했다. 어두운 우리에서 풀려나 기분이 좋은 것 같았다.

객석 맨 앞줄엔 〈엘 에랄도〉 신문에서 파견한 이류 투우 비평가가 앉아 있었다. 그는 약간 지루한 표정으로 무릎 앞 시멘트벽을 향해 몸을 숙이고 글을 써 내려갔다.

"42개월 된 흑색 투우 캄파네로는 엄청난 힘을 발산하며 시속 145킬로미터의 속도로 우리에서 빠져나왔다……."

장벽에 기댄 마누엘은 황소를 지켜보다 손을 흔들어 신호를 보냈다. 집시 청년은 이것을 보고 투우장으로 망토를 끌면서 달려 나왔다. 힘차게 달리던 황소는 몸을 돌려 망토를 향해 머리는 낮추고 꼬리는 치켜세우며 돌격했다. 집시 청년은 지그재그로 움직였다. 황소는 그가 지나갈 때 그의 모습을 봤고, 곧장 망토는 무시하고 그에게 달려들었다. 그러자 집시 청년은 전력 질주하여 장벽의 붉은 울타리를 뛰어넘었고 황소는 그만 뿔로 울타리를 들이받았다. 녀석은 두 번이나 거의 맹목적으로 나무 울타리를 들이받았다.

〈엘 에랄도〉의 비평가는 담배에 불을 붙인 뒤 황소 쪽으로 성냥을 던지고 이렇게 수첩에 적었다.

"입장료를 지불하고 들어온 관람객들은 잘 자란 뿔을 지닌 덩치 큰 투우를 보고 만족할 만했다. 캄파네로는 투우사들의 영역까지 침투하려는 공격적인 성향을 보였다."

투우가 울타리를 들이받자 마누엘은 단단한 모래밭 위로 올라섰다. 곁눈질로 보니 주리토가 투우장 왼편으로 4분의 1 정도 나아간 곳의 장벽 근처에서 흰 말을 탄 채로 대기하고 있었다. 마누엘은 망토를 양손으로 접어 쥔 뒤 앞으로 바싹 내밀며 황소를 향해 "허! 허!" 하고 소리쳤다. 기어오를 듯이 질주하여 울타리를 들이받을 것처럼 보였던 투우가 갑자기 방향을 틀어 마누엘의 망토를 향해 뛰어들었다. 그러자 마누엘은 발뒤꿈치를 축으로 몸을 선회해 피하면서 투우의 뿔 바로 앞에서 망토를 획 돌렸다. 망토를 돌리는 걸 끝낸 뒤 그는 다시 투우를 마주 보면서 아까와 같은 자세로 그의 앞에 바싹 망토를 펼쳤다. 투우가 또 달려들자 마누엘은 조금 전과 똑같이 몸을 회전시키며 공격을 피했다. 그가 몸을 돌릴 때마다 관중은 함성을 내질렀다.

마누엘은 투우를 상대로 네 번 돌았고, 그때마다 망토를 들어 한껏 부풀게 하여 황소가 다시 덤벼들게끔 유도했다. 다섯 번째로 투우를 상대할 때 그는 망토를 엉덩이에 붙여 몸을 틀었고, 망토는 마치 발레 무용수의 치마처럼 펄럭이면서 황소가 혁대처럼 마누엘의 허리 주위를 돌게 했다. 이어 그는 옆으로 비켜서면서 황소가 백마를 탄 주리토와 마주 보게 했다. 주리토는 어느새 다가와서 굳게 자리를 지키고 있었다. 투우와 맞서게 된 백마는 귀를 앞으로 내밀고

초조해하며 입술을 떨었다. 눈가까지 모자를 내려 쓴 주리토는 앞으로 몸을 숙이면서 오른팔 아래에서 긴 창을 앞뒤로 움직여 예각을 이루게 했고, 이어 그 창을 절반쯤 내려서 쇠로 된 날카로운 세모꼴 끝부분으로 투우를 겨눴다.

〈엘 에랄도〉의 이류 비평가는 담배를 한 모금 빨아들인 뒤 황소에 눈길을 주며 이렇게 적었다.

"노련한 마놀로는 흡족한 베로니카*를 해 보였다. 베로니카의 마무리는 투우사 벨몬테와 아주 흡사한 헤코르테**였다. 투우장을 자주 찾는 관객들은 이 연기에 박수를 보냈다. 이후 기마 투우사가 투우를 상대하는 단계로 들어섰다."

주리토는 말에 앉아 황소와 창끝 사이의 거리를 가늠했다. 그렇게 주리토가 쳐다보고 있을 때 정신을 차린 황소가 주리토의 백마 가슴을 바라보고 돌진했다. 투우가 뿔로 공격하기 위해 머리를 낮추자 주리토는 창의 끝을 투우의 어깨 위로 부푼 근육에 찔러 넣고 창대에 온몸의 체중을 실었다. 왼손으로는 고삐를 당겨 말의 앞발이 들리게 한 다음 힘을 주어 말이 오른쪽으로 방향을 선회하게 했다. 그러는 사이 황소가 말의 다리 아래로 지나갔고 뿔은 말의 복부를 치지 못하고 그냥 지나갔다. 백마는 덜덜 떨면서 착지하는 순간, 투우의 꼬리가 백마 가슴을 찰싹 스치고 지나갔다. 에르난데스는 그 황소를 망토로 유인해 자기에게 돌진하도록 했다.

---

* 망토를 흔들어 소를 다루는 동작

** 소가 뿔로 받을 때 몸을 피하는 동작

에르난데스는 휙 몸을 틀고 망토로 황소를 유인하여 다른 기마 투우사 쪽으로 놈을 끌고 갔다. 그는 망토를 한 번 휙 돌려 황소가 똑바로 말과 기수를 마주 보게 한 후에 뒤로 물러났다. 투우는 말을 보자 돌진했다. 기마 투우사가 황소 등을 보고 찌른 창이 투우의 등을 따라 미끄러졌고, 황소의 돌진에 놀란 말은 상체를 들어 올렸다. 그러자 기마 투우사의 몸이 안장에서 절반쯤 들어 올려졌다. 창질에 실패할 때부터 그의 오른발은 등자를 벗어나 있었고 그는 자신과 황소 사이에 말이 있도록 하려고 말의 왼쪽으로 굴러 떨어졌다. 그러자 말은 투우의 뿔에 받혀 옆구리가 찢어지면서 공중에 붕 떠오른 뒤 땅에 털썩 쓰러졌다. 기마 투우사는 장화로 말을 밀어내고서 멀찍이 뒤에 누워 있었다. 그는 사람들이 달려와서 자신을 끌고 가 일으켜 세워주길 기다렸다.

마누엘은 쓰러진 말에게 투우가 달려들도록 내버려뒀다. 그는 딱히 서두르지 않아도 됐다. 어쨌든 기마 투우사는 안전했다. 게다가 저런 기마 투우사는 뜨거운 맛을 보도록 내버려두는 것이 좋았다. 그러면 다음엔 지금보다는 더 오래 버틸 것이다. 빌어먹을 놈! 마누엘은 건너편을 바라봤다. 주리토가 장벽에서 조금 떨어져 있었고, 그의 말은 경직된 채 기다리고 있었다.

"허!"

마누엘이 황소에게 소리쳤다.

"와라!"

그는 이렇게 소리치며 투우를 유인하기 위해 양손에 망토를 잡고 펼쳤다. 투우는 쓰러진 말에서 눈을 돌리고 망토를 향해 돌진했다. 마누엘은 망토를 넓게 펴서 쥐고는 옆으로 달렸다가 어느 순간 멈춘 뒤 발뒤꿈치를 중심으로 몸을 휙 돌렸다. 투우는 이제 주리토와 마주 보게 되었다.

"캄파네로는 에르난데스와 마놀로에게 유인당해 두 번의 창 공격을 받았다. 비쩍 마른 말 한 마리가 그 과정에서 죽었다."

〈엘 에랄도〉의 비평가가 적어 내려갔다.

"캄파네로는 창끝을 향해 돌진했고 말 따위는 조금도 좋아하지 않는 것 같았다. 노련한 주리토는 창을 다루는 솜씨가 전성기의 모습을 찾은 것 같았다. 특히 수에르테*가……."

"좋아! 잘한다!"

비평가 옆에 앉은 남자가 소리쳤다. 이 소리는 관중의 함성에 묻혔다. 비평가 옆의 남자는 비평가의 등을 두드렸다. 비평가는 고개를 들어 자기 바로 아래에 있는 주리토를 봤다. 그는 말 위에서 한참 앞으로 몸을 내밀고 겨드랑이 아래 긴 창을 예각으로 들고 있었다. 그의 손은 거의 창날 가까운 곳을 잡고 있었다. 주리토는 온 힘을 실어 투우를 압도하려고 했고, 투우는 계속 밀고 나가면서 말을 들이받으려 했다. 몸을 앞으로 쑥 내민 주리토는 위에서 투우를 내려다보며 저지하다가 투우의 압박에 대항하여 말이 주위를 천천히 돌게 했다. 그리고 마침내 그는 황소의 압박으로부터 벗어났다. 주리토는 타고 있는 말이 안전하면서 투우가 옆을 지나가는 순간을 놓치지 않았고, 강철 자물쇠 같은 황소의 저항을 무너트리면서 한

---

* 기마 투우사의 기술 단계 중 하나

껏 참고 있던 세모꼴 창날을 투우의 부푼 어깨 근육에 찔러 넣었다. 황소가 그 창질에서 벗어나자, 에르난데스가 황소의 주둥이 앞에서 망토를 흔들어댔다. 투우는 맹목적으로 망토를 향해 달려갔고 에르난데스는 탁 트인 지역으로 황소를 유인했다.

주리토는 말을 쓰다듬으며 밝은 아크등 불빛 아래에서 에르난데스의 망토를 향해 달려드는 투우와 망토를 휙 돌려서 황소를 피하는 그의 모습을 지켜봤다. 관중들은 환호성을 보냈다.

"방금 저 친구가 한 거 봤나?"

주리토가 마누엘에게 물었다.

"굉장하더군."

마누엘이 말했다.

"내가 찔러놨다는 거 아닌가."

주리토가 말했다.

"지금 황소 상태 좀 보게나."

가까이 붙어서 망토를 돌리는 동작이 끝나갈 때 즈음에 투우는 미끄러져 무릎을 꿇었다. 황소는 바로 벌떡 일어났고, 모래밭 저편에서 마누엘과 주리토는 황소의 어깨에서 번쩍거리며 뿜어져 나오는 피를 볼 수 있었다. 그 피는 황소의 검은 어깨 위에서 번들거렸다.

"제대로 먹혔군. 보게나."

주리토가 말했다.

"저놈은 멋진 황소야."

마누엘이 말했다.

"또 찌를 기회를 잡는다면 죽여버릴 거야."

주리토가 말했다.

"3회전은 우리가 맡는 걸로 바꿀 거야."

마누엘이 말했다.

"저놈 좀 보게."

주리토가 말했다.

"나는 이제 저기로 가보겠네."

마누엘이 말을 마치고 투우장의 다른 쪽으로 달려갔다. 그곳에선 잡부들이 말을 투우장으로 내보내려고 갖은 노력을 다하고 있었다. 그들은 고삐를 잡아당기고, 회초리로 다리를 때리면서 어떻게든 투우장 안으로 들여보내려고 했다. 투우는 고개를 떨군 채로 서서 앞발로 땅을 차고 있었지만 달려들 생각은 하지 못했다.

주리토는 말 위에 앉아 말이 현장 쪽을 보게 했다. 그는 세세한 점을 하나도 놓치지 않고 살펴보면서 얼굴을 찌푸렸다.

마침내 투우가 달려들었고, 말을 투우장으로 이끌던 잡부들은 장벽으로 달아났다. 말을 타고 있던 기마 투우사는 황소의 너무 뒤쪽을 찔렀고, 투우는 말의 배 부분을 들이받아 말을 등 위에 올려놓았다.

주리토는 계속 그 광경을 지켜봤다. 붉은 셔츠를 입은 잡부들이 달려 나와 기마 투우사를 안전한 곳으로 끌고 갔다. 일어선 기마 투우사는 욕설을 내뱉으며 팔을 이리저리 흔들어댔다. 마누엘과 에르난데스는 망토를 들고 만반의 준비를 한 채 서 있었다. 커다란 덩치의 검은 황소는 말을 여전히 등에 달고 있었다. 말발굽은 공중에서 덜렁거렸고, 고삐는 뿔에 걸려 있었다. 검은 투우는 짧은 다리로 비틀거리면서 목을 수그렸다가 드는 동작을 반복했고, 결국 이리저리 달려서 말을 등에서 떨어트렸다. 자유로워진 투우는 곧바로 마누엘이 펼친 망토에 달려들었다.

마누엘은 이제 황소가 느려졌다는 걸 느꼈다. 게다가 피를 심하게 흘리고 있었다. 피가 번들거릴 정도로 뿜어져 나왔고, 황소의 옆구리를 타고 흘러내렸다.

마누엘은 다시 망토를 투우에 내밀었다. 투우는 눈을 흉하게 뜨고서 망토를 바라보며 달려왔다. 마누엘은 옆으로 몸을 비킨 뒤 양팔을 들어 베로니카 연기를 하기 위해 투우 앞에 망토를 바싹 붙였다.

이제 마누엘은 황소를 마주 보았다. 놈은 머리를 약간 숙이고 있었다. 아까보다 약간 더 내려갔다. 주리토의 일격 덕분이었다.

마누엘은 다시 망토를 펄럭였다. 그러자 황소가 달려왔다. 마누엘은 옆으로 비킨 뒤 망토를 흔들며 다시 한번 베로니카 연기를 했다. 엄청, 맹렬하고 정확하게 달려드는군, 하고 마누엘은 생각했다. 저놈은 이제 한참 싸웠다고 생각하면서 지켜보고 있는 거야. 놈은 이제 나를 사냥할 생각이야. 나를 응시하고 있군. 하지만 난 망토로 저놈을 꼬일 수 있어.

마누엘은 다시 투우에게 망토를 흔들었다. 녀석이 돌진했고 마누엘은 슬쩍 비켰다. 이번 공격은 아주 아슬아슬했어. 저놈에게 이렇게 가까이 붙어서 싸우면 안 되는데.

망토의 가장자리가 피에 젖었는데 필시 놈이 스쳐지나갈 때 그 등에서 묻은 것이었다.

자, 마지막으로 한 번 더 흔들어보자.

아까 황소가 돌진해올 때마다 살짝 옆으로 비켜섰던 마누엘은 황소를 노려보며 양손으로 망토를 내밀었다. 놈은 그를 바라보았다. 놈은 마누엘을 응시하고, 뿔을 앞으로 내밀면서 마누엘을 뚫어져라 쳐다보았다.

"허!"

마누엘이 소리쳤다.

"이놈!"

상체를 뒤로 젖힌 뒤 마누엘은 망토를 앞으로 내밀어 흔들었다. 투우가 다시 달려들었다. 마누엘은 살짝 그 돌진을 피하고서 망토를 등 뒤로 돌려 흔들면서 몸을 맴돌게 했다. 투우는 빙빙 도는 망토를 쫓다가 아무것도 건지지 못한 채 몸이 고정되었고 또 망토에 위압당했다. 마누엘은 투우의 주둥이 밑에서 한 손으로 망토를 흔들어 황소가 동작을 멈추고 고정되었다는 걸 보여준 뒤 걸어 나왔다.

박수 소리는 들리지 않았다.

마누엘은 모래밭을 가로질러 장벽으로 향했다. 주리토는 말을 몰아 투우장 밖으로 나갔다. 아까 마누엘이 투우와 겨루는 동안 반데리야*를 쓰는 새로운 회전이 시작되었다는 나팔 소리가 울렸다. 마누엘은 그 소리를 들었으나 의식하지는 않았다. 잡부들이 나와 두 마리의 죽은 말 위로 천을 펼쳐 덮고서 그 주위에다 톱밥을 뿌렸다.

마누엘은 장벽으로 가서 물을 마셨다. 레타나의 대리인이 구멍 뚫린 무거운 주전자를 마누엘에게 넘겨주었다.

---

* 작은 깃발이 달린 작살

키가 큰 집시 청년 푸엔테스는 반데리야 한 쌍을 들고 서 있었다. 가늘고 붉은 반데리야의 끝엔 작살이 달려 있었다. 그는 마누엘을 바라봤다.

"나가 봐."

마누엘이 말했다.

푸엔테스가 빠른 걸음으로 투우장에 들어섰다. 마누엘은 주전자를 내려놓고 그를 지켜봤다. 그런 뒤 손수건으로 얼굴을 닦았다.

〈엘 에랄도〉의 비평가는 다리 사이에 둔 미지근한 샴페인 병을 집어 들고 한 모금 들이켠 뒤 쓰던 문단을 마무리했다.

"……나이 든 마놀로는 시시한 망토 연기를 펼치는 바람에 박수를 받지 못했다. 경기는 이제 반데리야를 사용하는 3회전으로 접어들었다."

투우장 중앙에 혼자 서 있는 황소는 여전히 움직이지 않고 있었다. 키가 크고 등이 평평한 푸엔테스는 거드름을 피우며 앞으로 걸어갔다. 그는 양팔을 벌렸는데 양손에 하나씩 붉고 가는 반데리야를 들고 있었다. 손가락으로 쥔 작살의 끝은 정면을 향하고 있었다. 그의 뒤 한쪽엔 망토를 든 잡부가 있었다. 황소는 그를 쳐다보았고 이제 더는 고정되어 있지 않았다.

황소의 눈은 가만히 서 있는 푸엔테스를 응시했다. 그러자 푸엔테스는 몸을 뒤로 젖히고 투우에게 소리쳤다. 그런 뒤 이리저리 반데리야를 움직이며 끝에 달린 날 부분을 빛에 반사시켜 투우의 눈을 괴롭혔다.

그러자 황소가 꼬리를 치켜 올리고 돌진했다.

녀석은 푸엔테스를 주시하고 정면으로 달려들었다. 푸엔테스는 움직이지 않고 선 채로 몸을 뒤로 젖히고 반데리야를 들어 앞을 겨냥했다. 황소가 들이받으려고 머리를 숙이자 오히려 그는 몸을 더 뒤로 젖히며 양팔을 모았고, 두 손을 바싹 붙이면서 아래로 내려가는 두 개의 반데리야를 들어 올린 후, 이어 몸을 앞으로 수그리면서 투우의 어깨에 작살이 박히게 내리찍어 투우의 어깨 위로 붉은 선 두 개를 만들었다. 푸엔테스는 황소의 뿔보다 훨씬 위쪽으로 몸을 기울이면서 황소 어깨에 꽂힌 반데리야를 축으로 다리를 찰싹 붙여서 한 바퀴 회전했다. 이어 그의 몸을 한쪽으로 기울어지게 해서 황소가 지나가게 했다.

"좋아!"

관중이 소리쳤다.

투우는 사납게 고개를 쳐들고 송어처럼 공중에 뛰어오르며 네 발이 모두 땅에서 떨어졌다. 투우가 위로 뛰어오를 때마다 반데리야의 붉은 자루도 함께 덜렁거렸다.

장벽에 서 있던 마누엘은 황소가 항상 오른쪽만 본다는 것을 주목했다.

"다음 한 쌍은 오른쪽에 찔러 넣으라고 전해."

마누엘은 푸엔테스에게 새로 반데리야를 전달하러 뛰어가는 소년에게 말했다.

육중한 손이 마누엘의 어깨 위에 올려졌다. 주리토였다.

"기분이 어떤가?"

주리토가 물었다.

마누엘은 황소를 응시하는 중이었다.

주리토는 장벽을 향해 몸을 기울이면서 그의 체중을 양팔에 실었다. 마누엘이 그를 향해 돌아섰다.

"자넨 잘하고 있어."

주리토가 말했다.

마누엘은 고개를 저었다. 그는 다음 3회전이 되기 전까지 아무것도 할 게 없었다. 집시 청년은 반데리야로 아주 훌륭한 경기를 펼치고 있었다. 황소는 다음 3회전에서 마누엘이 잘 처리할 수 있는 상태로 넘겨질 것이었다. 참 대단한 황소였다. 아직까지는 모든 일이 순조로웠다. 마누엘은 긴 칼로 해야 할 마지막 일을 걱정하는 중이었다. 하지만 실제로 걱정하는 건 아니었다. 그는 아예 그 일을 생각도 하지 않고 있었다. 하지만 그는 거기 서 있으면서 둔중한 두려움을 느꼈다. 마누엘은 파에나, 즉 붉은 천을 들고 투우의 힘을 빼서 쉽게 처치할 수 있게 만드는 작업을 속으로 계획하면서 황소를 바라봤다.

집시 청년은 다시 투우 쪽으로 나아가는 중이었다. 그는 모욕을 주려는 것처럼 경보(競步)하듯 걸었는데 마치 사교댄스를 추는 것 같았다. 그의 손에 들린 붉은 반데리야들은 그가 걷는 동안 경련하듯 흔들렸다. 황소는 이제 멍하니 있지 않고 집시 청년을 응시했다. 황소는 가까이 다가올 때까지 기다리다가, 그를 확실히 잡아 집시의 몸에다 뿔을 찔러 넣을 생각이었다.

푸엔테스가 계속 걸어오자 투우가 돌진했다. 그는 황소가 달려오는 것을 보자 투우장을 4분의 1 정도 따라 돌면서 뛰었다. 녀석이 뒤에서 달려오는 걸 본 푸엔테스는 걸음을 멈추고 돌진을 피하면서 앞으로 몸을 튼 뒤 발끝을 세워 팔을 뻗고 양손에 든 반데리야 한 쌍을 놈의 팽팽한 어깨 근육에 푹 꽂아 넣었다.

관중은 푸엔테스의 날렵한 재간에 열광적인 환호를 보냈다.

"저 친구는 곧 야간에서 주간 경기로 올라가겠는데."

레타나의 대리인이 주리토에게 말했다.

"잘하는군."

주리토가 말했다.

"지금 저 친구가 하는 것 좀 보세요."

두 사람은 주시했다.

푸엔테스는 등을 장벽에 기대고 서 있었다. 조수 두 명은 그의 뒤에서 황소의 시선을 끌기 위해 울타리 너머로 망토를 펼치고 흔들 준비를 했다.

투우는 혀를 내밀고 몸통을 들썩이면서 집시 청년을 바라보고 있었다. 이제 잡았다고 생각하는 것 같았다. 상대는 붉은 판자에 등을 대고 있었고 장벽까지는 금방 달려들 거리였다. 황소는 푸엔테스를 주시했다.

집시 청년은 뒤로 몸을 젖히고 양팔을 뒤로 당기면서 반데리야로 황소를 가리켰다. 그는 한 발을 구르면서 황소에게 달려들라고 소리쳤다. 황소는 의심하고 있었다. 상대를 들이박고 싶었지만, 어깨에 작살이 꽂히는 건 싫었다.

푸엔테스가 황소에게 조금 더 가까이 다가갔다. 그리고 몸을 다시 젖히고서 소리쳤다. 관중석의 누군가가 위험하다고 소리쳤다.

"제길, 너무 가까운데."

주리토가 말했다.

"지켜보죠."

레타나의 대리인이 말했다.

몸을 뒤로 젖히고 반데리야로 투우를 자극하던 푸엔테스가 갑자기 뛰어올라 두 발이 땅에서 떨어졌다. 그러자 황소가 꼬리를 치켜세우고 달려들었다. 푸엔테스는 발끝이 먼저 땅에 떨어지면서 온몸을 앞으로 굽히며 양팔을 내뻗었다. 그는 다시 몸을 틀어 오른쪽 뿔을 피하면서 반데리야를 직각으로 내리꽂았다.

황소는 푸엔테스를 놓치면서 조수들이 망토를 펄럭이며 유혹하는 장벽을 들이받았다.

집시 청년은 관중의 박수를 받으며 장벽을 따라 달려 마누엘에게 왔다. 뿔의 끝을 완전히 피하지 못해 그의 조끼는 살짝 찢어져 있었다. 하지만 그걸 자랑스럽게 생각하며 찢어진 조끼를 관중에게 내보였다. 그는 이어 투우장을 한 바퀴 돌며 사례했다. 주리토 역시 푸엔테스가 미소를 짓고 찢어진 조끼를 가리키면서 지나가는 걸 봤다. 그도 역시 미소를 지었다.

이제 다른 누군가가 마지막 반데리야 한 쌍을 투우에 꽂고 있었다. 하지만 아무도 그에게는 관심을 보이지 않았다.

레타나의 대리인이 물레타* 안에 막대기를 끼워 넣어 접은 뒤 장벽 너머로 마누엘에게 넘겼다. 그는 가죽으로 된 긴 칼 보관함에서

---

* 투우사가 사용하는 막대에 매단 붉은 천

칼을 꺼내 가죽 칼집에 싸인 그대로 울타리 너머로 마누엘에게 전했다. 마누엘이 붉은 칼자루를 쥐고 칼을 꺼내자 텅 빈 칼집이 땅바닥에 떨어졌다.

마누엘은 주리토를 바라봤다. 덩치 큰 그는 마누엘이 땀을 흘리고 있다는 걸 알아챘다.

"이제 자네가 저놈을 처리하게."

주리토가 말했다.

마누엘이 고개를 끄덕였다.

"아주 잘 요리됐군."

주리토가 말했다.

"딱 바라셨던 대로군요."

레타나의 대리인이 마누엘을 확신시키듯 말했다.

마누엘이 고개를 끄덕였다.

나팔수가 지붕 밑에서 마지막 회전을 알리는 나팔 소리를 울렸다. 마누엘은 투우장을 가로질러 대회장이 앉아 있는 어두운 특별석 쪽으로 걸어갔다.

관람석 맨 앞 열에 앉은 〈엘 에랄도〉의 이류 투우 비평가는 미지근한 샴페인을 쭉 들이켰다. 그는 실제 상황을 다 보고서 이 경기 기사를 써야 할 수준은 아니라고 판단을 내렸다. 따라서 그는 사무실로 가서 투우 경기 내용을 작성하기로 마음을 굳혔다. 이 경기는 대체 무엇인가? 그저 야간 경기에 불과했다. 뭔가 놓친 것이 있어도 조간신문을 보고 보완하면 될 것이다. 그는 다시 샴페인을 들이켰다. 게다가 그는 열두 시에 막심 레스토랑에서 약속이 있었다. 이 야간 투우사들은 누구인가? 그저 애송이거나 퇴물이 아닌가. 그것도 다수의 퇴물들. 그는 메모 수첩을 주머니에 넣고 마누엘 쪽을 바라봤다.

마누엘은 투우장에 홀로 서서 어두운 관중석 높은 곳에 있어서 볼 수 없는 특별석을 향해 모자를 벗고 인사를 했다. 투우장 저편에선 투우가 멍한 눈으로 조용히 서 있었다.

"이 황소를 회장님, 그리고 세계에서 가장 지성적이고 관대한 마드리드 시민들께 바칩니다."

마누엘은 이렇게 말했다. 상투적인 문구였다. 하지만 그는 빠짐없이 모두 말했다. 야간 경기에서 써먹기엔 조금 긴 대사였다.

그는 어두운 곳에다 인사를 한 뒤 허리를 꼿꼿이 세우고 모자를 어깨너머로 넘기고, 물레타를 왼손에 들고 오른손엔 긴 칼을 쥔 채로 황소를 향해 나아갔다.

녀석은 자신을 향해 걸어오는 마누엘을 재빠르게 눈알을 굴리며 바라봤다. 마누엘은 황소의 왼쪽 어깨엔 여러 개의 반데리야가 꽂혀 있고 주리토의 공격으로 피가 계속 뿜어져 나오는 걸 보았다. 그는 황소의 두 발 상태도 살폈다. 왼손에는 물레타, 오른손에는 칼을 들고 앞으로 나아가며 황소의 발을 응시했다. 소는 발을 모으지 않고선 달려들 수 없다. 지금 황소는 네 발을 벌리고 멍청하게 서 있었다.

마누엘은 계속 발을 보며 투우 쪽으로 걸어갔다. 아주 좋았다. 해치울 수 있었다. 뿔을 피해 파고들어 숨통을 끊으려면 투우가 머리를 숙이게 해야 했다. 마누엘은 칼 쓰는 일이나 투우를 죽이는 일을 생각하지 않았다. 그는 한 번에 하나만 생각했다. 하지만 앞으로 닥칠 일은 그에게 심한 압박감을 주었다. 그는 앞으로 나서며 소의 발을 보고, 뒤이어 눈, 젖은 주둥이, 앞을 가리키고 있는 넓은 뿔을 봤다. 황소의 눈언저리엔 희미한 동그란 부분이 있었다.

황소는 마누엘을 쳐다봤다. 그놈은 이 창백한 얼굴의 왜소한 남자 정도는 해치울 수 있다고 느꼈다.

이제 가만히 선 마누엘은 칼로 물레타를 펼쳤다. 왼손에 든 칼끝으로 물레타를 살짝 찌르자 물레타는 마치 뱃머리에 달린 삼각돛처럼 펴졌다. 마누엘은 황소의 두 뿔 끝을 응시했다. 한쪽은 장벽을 들이받아서인지 깨져 있었다. 다른 한쪽은 호저(豪猪)의 가시처럼 날카로웠다. 마누엘은 물레타를 펼칠 동안 날카로운 뿔의 하얀 밑동이 피로 물든 걸 확인했다. 이런 것들을 파악하면서도 그의 시선은 황소의 발에서 떨어지지 않았다. 황소 또한 마누엘을 계속 주시했다.

저놈은 수비 태세를 취하고 있는 걸, 하고 마누엘은 생각했다. 힘을 아끼고 있는 게 분명해. 저 수비 태세를 흩뜨려놓고 저놈이 머리를 숙이게 만들어야 해. 머리를 숙이게 하는 게 중요해. 주리토가 공격을 가해 한 번 고개를 숙이게 했지만, 놈은 언제 그랬냐는 듯이 원래대로 되돌아왔군. 놈을 움직이게 만들면 피를 흘리게 될 것이고 그렇게 되면 머리도 자연히 숙이게 될 거야.

마누엘은 왼손에 든 칼로 자신의 앞에 물레타를 펼치고 투우를 향해 소리쳤다.

이에 황소가 마누엘을 바라봤다.

마누엘은 이제 조롱하듯 몸을 뒤로 젖히고 넓게 펼친 물레타를 흔들었다.

황소가 물레타를 봤다. 아크등 불빛을 받은 물레타는 새빨갛게 빛났다. 놈이 다리를 모았다.

곧 휙 하고 투우가 달려들었다. 마누엘은 놈이 돌격하는 모습을 보고 몸을 돌린 뒤 물레타를 들어 올렸다. 물레타는 뿔부터 시작하여 등을 쓸고 꼬리를 지나쳤다. 마누엘을 들이받으려고 한 황소의 몸이 공중으로 떴다. 하지만 마누엘은 전혀 움직이지 않았다.

그 공격에서 허탕을 친 걸 안 투우는 민첩하게 구석을 돌아 방향을 바꾼 뒤 마누엘을 정면으로 쳐다봤다.

황소가 다시 공격할 태세를 보였다. 둔중한 모습은 이제 사라졌다. 마누엘은 놈의 상처에서 갓 뿜어져 나온 피가 검은 어깨에 윤을 내면서 다리까지 떨어지고 있는 것을 보았다. 그는 물레타에서 칼을 뽑아 오른손에 쥐었다. 그는 왼손을 내려 낮게 물레타를 들고서 왼쪽으로 몸을 기울이며 투우를 향해 소리쳤다. 황소가 물레타를 보며 다리를 모았다. 여기로 저놈이 오는군, 하고 마누엘이 생각했다. 와라!

그는 발로 땅을 단단히 딛고 서서 황소 앞에서 몸을 틀며 물레타를 휙 돌렸다. 칼도 그 커브를 따라 돌았고 아크등 밑에서 빛의 점이 되었다.

파세 나투랄*이 끝나자 황소는 다시 돌진해왔다. 마누엘은 파세

---

* 칼을 쓰지 않고 왼쪽에서 물레타를 사용하는 동작

데 페초*를 하려고 물레타를 들었다. 그는 굳게 자리를 지키고 물레타를 들어 올렸고, 그 밑의 가슴 근처로 투우가 지나갔다. 마누엘은 머리를 뒤로 젖혀서 달그락거리며 흔들리는 반데리야들을 피했다. 뜨겁고 검은 황소가 스쳐 지나갈 때 그의 가슴 부근을 지나갔다.

이거 너무 가깝게 붙었는데, 하고 마누엘은 생각했다. 장벽에 기댄 주리토는 푸엔테스에게 뭔가 빠르게 말했고, 곧 푸엔테스가 망토를 들고 빠른 걸음으로 마누엘 쪽으로 갔다. 주리토는 모자를 깊숙이 내려 쓰고 투우장 건너편의 마누엘을 지켜봤다.

마누엘은 다시 투우를 마주 봤다. 물레타는 왼쪽으로 낮게 들려 있었다. 놈은 물레타를 보며 머리를 숙였다.

"벨몬테가 저런 동작을 했다면 관중석은 벌써 난리 났을 텐데요."

레타나의 대리인이 말했다.

주리토는 아무 말도 하지 않았다. 그는 투우장 중앙의 마누엘을 지켜봤다.

"우리 사장님은 대체 어디서 저 사람을 데려온 거죠?"

레타나의 대리인이 물었다.

"병원에서."

주리토가 말했다.

"저 친구는 곧 병원에 한 번 더 가야 할 것 같은데요."

레타나의 대리인이 말했다. 주리토가 몸을 돌려 그를 봤다.

"그거 액땜으로 두들기게."

---

* 황소의 가슴 근처로 물레타를 사용하는 동작

주리토가 장벽을 가리키며 말했다.

"농담한 겁니다. 왜 그러세요."

"빨리 나무판 두들기라고."

레타나의 대리인이 몸을 앞으로 숙여 장벽을 세 번 두드렸다.

"파에나를 지켜보게."

주리토가 말했다.

마누엘은 투우장 중앙에서 아크등을 받으며 무릎을 꿇고 투우와 대치 중이었다. 양손으로 물레타를 들어 올리자 황소가 꼬리를 세우고 달려들었다.

마누엘은 몸을 틀어 공격을 피했고, 이에 황소는 재차 돌진했다. 하지만 물레타가 반원 형태로 돌자 곧 놈은 무릎을 꿇었다.

"이야, 훌륭한 투우사 아닙니까?"

레타나의 대리인이 말했다.

"아니, 그렇지 않아."

주리토가 말했다.

마누엘이 왼손에 물레타, 오른손에 칼을 들고 일어섰다. 그는 어두운 관람석에서 쏟아지는 박수 소리를 듣고 감사를 표시했다.

황소는 무릎을 힘겹게 펴고 일어선 뒤 머리를 낮게 숙이고 기다렸다.

주리토는 다른 조수 두 명에게 뭔가 말했고 곧 그들은 망토를 들고 달려 나가 마누엘의 뒤에 섰다. 에르난데스는 마누엘이 물레타를 들고 나올 때부터 그의 뒤를 지켰다. 키가 큰 푸엔테스는 몸 앞으로 망토를 높게 들고 느긋한 눈길로 상황을 지켜봤다. 이제 여기에 두 명이 더 추가됐다. 에르난데스는 양옆에 각 한 명씩 배치했다. 마누엘은 홀로 서서 투우를 마주 보았다.

마누엘은 망토를 든 다른 이들에게 손짓을 보내 물러나게 했다. 그들은 조심스럽게 물러나면서 마누엘을 보았는데 그의 얼굴은 창백한 데다 땀을 흘리고 있었다.

거리를 두어야 한다는 걸 저 친구들은 모르나? 황소가 몸을 고정시키며 돌진해올 준비를 하고 있는데 망토를 가지고 놈의 눈길을 끌 생각을 하다니? 마누엘에게는 그런 것 말고도 걱정할 것이 많았다.

투우는 네 발을 곧게 펴고 물레타를 쳐다보는 중이었다. 마누엘은 왼손으로 물레타를 감았다. 녀석의 눈이 이 모습을 지켜봤다. 하지만 그저 육중하게 자리를 지키고 있을 뿐이었다. 머리는 숙였지만, 아주 많이 숙이진 않았다.

마누엘은 녀석을 향해 물레타를 들어 올렸다. 황소는 움직이지 않았다. 눈으로 그를 쳐다볼 뿐이었다.

몸이 무겁군, 마누엘이 생각했다. 네 발을 쫙 펴고 있잖아. 아주 잘 요리됐어. 이제 마무리만 하면 돼.

마누엘은 투우 용어로만 생각했다. 때로는 뭔가 생각하더라도 특정한 업계 용어가 떠오르지 않아 생각을 말하지 못했다. 그의 본능과 지식은 자동으로 작동했지만, 두뇌가 천천히 움직였고 따라서 말도 마찬가지였다. 하지만 그는 투우에 관해서라면 모든 걸 알고 있었다. 그래서 생각조차 할 필요가 없었다. 그저 상황에 맞는 행동만 하면 됐다. 그의 눈은 상황을 살폈고 그의 몸은 생각할 필요도 없이 곧바로 필요한 조치를 취했다. 뭔가 생각하기라도 했다면 그는 끝장나는 것이다.

이제 투우를 맞상대하면서 마누엘은 동시에 많은 것을 의식했다. 일단 그의 눈에 뿔이 들어왔다. 하나는 깨졌고, 다른 하나는 매끈하게 날카로웠다. 그는 왼쪽 뿔을 향해 비켜선 뒤 짧게 직선으로 파고들어야 했다. 물레타를 낮게 두어 그것에 맞춰 황소가 따라오게 한 뒤 뿔을 피해 그 위로 들어가 어깨의 우뚝 솟은 부분 사이에 있는 목 뒤를 노려야 했다. 그곳에 있는 5페세타 동전만 한 작은 부분에 칼을 꽂아 넣으면 작업은 끝난다. 물론 이런 일들을 다 하고도 뿔을 피해서 무사히 빠져나와야 했다. 그는 이 모든 걸 반드시 해내야 한다고 의식은 했지만, 말로 나타난 그의 생각은 오로지 '짧게 직선으로'였다.

'짧게 직선으로'라고 생각하며 마누엘은 물레타를 감았다. 물레타에서 칼을 뽑을 때도 그는 같은 생각을 했다. 깨진 왼쪽 뿔을 향해 몸을 옆으로 비켜서며 물레타를 몸 앞에 펼쳤다. 그리하여 눈높이로 들어 올린 오른손의 칼이 십자 모양이 되었다. 그는 발끝으로 몸을 들어 올리면서 아래로 내려진 칼날을 따라서 녀석의 어깨 사이에 높게 솟은 부분을 겨냥했다.

투우를 향해 몸을 날릴 때도 그는 짧게 직선으로 하자고 생각했다.

순간 충돌이 있었고, 마누엘은 자신의 몸이 공중으로 떠오르는 것을 느꼈다. 그는 떠올라 뒤로 넘어가면서도 칼을 황소에게 꽂아 넣으려고 했지만, 칼이 손에서 빠져나갔다. 맨땅에 쓰러지자 투우가 몸 위로 달려들었다. 땅에 쓰러진 마누엘은 황소의 주둥이를 걷어찼다. 마누엘은 계속해서 발길질을 했다. 투우는 그를 쫓았지만, 너무 흥분한 나머지 마누엘을 놓쳤다. 머리로 그를 들이받으려 했지만, 뿔이 모래에 파묻히고 말았다. 공중에 뜬 공을 계속 차는 사람처럼 계속 소를 공격한 덕분에 마누엘은 황소에게 치이는 것을 모면했다.

마누엘은 그의 등 뒤에서 흔들리는 망토로 바람이 이는 것을 느꼈다. 그러자 투우는 마구 달려와서 마누엘의 위를 지나갔다. 황소의 배가 몸 위로 지나갈 땐 한밤처럼 어두웠다. 하지만 마누엘은 한 번도 밟히지 않았다.

마누엘은 일어서서 물레타를 집어 들었다. 푸엔테스가 그에게 칼을 넘겨주었다. 황소의 어깨를 공격한 것 때문에 칼은 구부러져 있었다. 마누엘은 무릎으로 칼을 다시 펴고 투우를 향해 달려갔다. 놈은 죽은 말 옆에 서 있었다. 마누엘이 달리자 겨드랑이 밑 부분이 찢어진 재킷이 펄럭였다.

"저놈을 저기서 끌어내."

마누엘이 푸엔테스에게 소리쳤다. 투우는 죽은 말에서 흘러나오는 피 냄새를 맡고 죽은 말을 덮은 천을 뿔로 찢고 있었다. 푸엔테스가 망토를 펼쳐 흔들자 녀석은 깨진 뿔에 천을 매달고 달려들었다. 관중은 이 모습을 보고 한바탕 크게 웃었다. 투우는 천을 떼려고 머리를 흔들었다. 에르난데스는 황소의 뒤에서 달려와 천의 끝 부분을 붙잡고 깔끔하게 떼어냈다.

투우는 망토를 따라 달려드는 듯하더니 갑자기 우뚝 섰다. 녀석은 다시 수비 태세를 취했다. 마누엘은 칼과 물레타를 들고 놈을 향해 나아갔다. 마누엘은 황소 앞에서 물레타를 흔들었지만 놈은 덤벼들지 않았다.

그러자 마누엘은 황소를 향해 옆으로 비켜선 뒤 아래로 내린 칼날을 따라서 찌를 곳을 겨냥했다. 놈은 움직이지 않았다. 발이 무거워 돌진하지 못하는 모양이었다.

마누엘은 발끝으로 서서 칼로 찌를 곳을 노리면서 황소에게 달려들었다.

다시 충돌이 있었고, 마누엘은 순식간에 뒤로 날아가 모래 위에 세게 내동댕이쳐졌다. 이번엔 황소의 주둥이를 걷어찰 틈도 없었다. 이미 녀석이 위로 달려들었다. 마누엘은 죽은 사람처럼 양팔 위에다 머리를 대고 엎어져 있었고, 황소는 그를 들이받았다. 투우는 그의 등을 짓밟았고 얼굴을 밟아 모래에 파묻히게 했다. 황소의 뿔이 접은 양팔 사이의 모래에 파고드는 걸 마누엘은 느낄 수 있었다. 이어 뿔은 그의 한쪽 소매로 파고들었고 소매가 곧 찢겨나갔다. 마누엘은 받혀서 내던져졌고, 황소는 유인하는 망토를 향해 달려갔다.

마누엘은 일어나 칼과 물레타를 찾아서 들었다. 엄지로 칼끝을 확인하고서 새로운 칼을 받기 위해 장벽으로 달려갔다.

레타나의 대리인은 장벽 너머로 그에게 칼을 건넸다.

"얼굴 한 번 닦으시죠."

그가 말했다.

마누엘은 소를 향해 다시 달려가면서 피 묻은 얼굴을 손수건으로 닦았다. 주리토의 모습이 보이지 않았다. 주리토는 어디에 있나?

조수들은 투우에서 떨어져 망토를 들고 대기하고 있었다. 황소는 한바탕 해치우고 나서 둔중한 상태로 서 있었다.

마누엘은 물레타를 가지고 황소에게로 걸어갔다. 발걸음을 멈춘 그가 다시 물레타를 흔들었다. 녀석은 반응하지 않았다. 마누엘은 놈의 주둥이 앞에서 오른쪽에서 왼쪽으로, 다시 왼쪽에서 오른쪽으로 물레타를 흔들었다. 놈은 물레타가 움직일 때마다 눈알을 굴리긴 했지만 덤벼들지는 않았다. 그저 마누엘이 달려들기를 기다렸다.

마누엘은 불안했다. 결국 짧게 직선으로 찌르는 것 말고는 방법이 없었다. 그는 황소의 측면 가까이에서 몸을 측면으로 틀고 물레타를 몸 앞에 수평으로 펼치면서 투우에게 달려들었다. 그는 황소에게 칼을 찌르면서 왼쪽으로 몸을 틀며 뿔을 피했다. 그때 소가 마누엘을 지나쳤고 칼은 튕겨져 공중으로 솟아올랐다. 아크등 빛을 받은 칼이 반짝였다. 이내 칼의 붉은 자루가 먼저 모래 위로 떨어졌다.

마누엘은 달려가서 칼을 집었다. 그는 무릎으로 구부러진 칼을 다시 폈다.

마누엘은 다시 멈춘 소를 향해 달려가며 망토를 들고 서 있는 에르난데스를 지나쳤다.

"황소가 뼈밖에 없군요."

에르난데스가 격려의 말을 건넸다.

마누엘은 이에 고개를 끄덕이며 얼굴을 닦았다. 그는 피 묻은 손수건을 주머니에 집어넣었다.

황소는 이제 장벽 가까이에 서 있었다. 망할 녀석. 어쩌면 저놈은 뼈밖에 없는지도 몰라. 칼이 파고들 곳이 없는지도 몰라. 아니야, 없다는 건 말이 안 돼. 내가 저들에게 있다는 걸 보여주겠어.

그는 물레타를 흔들며 달려오라고 했지만 황소는 움직이지 않았다. 놈의 앞에서 물레타를 앞뒤로 흔들어도 보았으나 아무런 소용이 없었다.

그는 물레타를 감고 칼을 꺼냈다. 그런 뒤 몸을 옆으로 틀면서 소에게 달려들었다. 칼을 찌르며 체중을 실을 때 칼이 휘는 걸 느꼈다. 칼은 곧 공중으로 치솟아 빙글빙글 돌면서 관중석에 떨어졌다. 마누엘은 칼이 튈 때 급히 몸을 비틀어 황소를 피했다.

어두운 관중석에서 처음으로 날아온 방석 몇 개는 그를 맞추지 못했다. 그러다 하나가 마누엘의 얼굴에 맞았고, 그는 피 묻은 얼굴로 관중석을 쳐다보았다. 많은 방석이 빠르게 투우장 안으로 쏟아져 이곳저곳에 떨어졌다. 가까운 곳에선 누군가가 빈 샴페인 병을 던지기도 했다. 그 병이 마누엘의 발을 쳤다. 투우장에 서서 어두운 관중석을 바라보는 그의 옆에 뭔가가 휙 하고 날아와서 떨어졌다. 마누엘은 허리를 굽혀 그것을 집었다. 날아간 그의 칼이었다. 그는 무릎으로 칼을 편 뒤 그것을 들고 관중에게 사례했다.

"감사합니다."

마누엘이 말했다.

"감사합니다."

추잡한 새끼들! 추잡한 새끼들! 아아, 저 비열하고 추잡한 개새끼들! 마누엘은 달려가면서 방석을 걷어찼다.

놈이 거기 서 있었다. 전과 같은 모습이었다. 좋아, 이 비열하고 추잡한 놈!

마누엘은 물레타를 녀석의 검은 주둥이 앞에서 흔들었다.

아무 소용이 없었다.

그렇겠지! 좋다. 마누엘은 가까이 붙어 물레타의 뾰족한 끝을 들어 녀석의 축축한 주둥아리를 찔렀다.

마누엘이 뛰면서 뒤로 물러나자 황소가 그를 덮쳤다. 물러나던 마누엘은 방석에 걸려 넘어졌고 뿔이 그의 옆구리를 찌르며 들어왔다. 마누엘은 양손으로 뿔을 붙잡고 놈을 뒤로 밀었다. 투우가 그를 내동댕이쳤고 마누엘은 튕겨나갔다. 그는 가만히 누워 있었다. 이젠 괜찮았다. 놈이 지나갔다.

마누엘이 기침 소리를 내며 일어섰다. 몸이 완전히 망가진 느낌이었다. 추잡한 개새끼들!

"칼을 줘!"

마누엘이 소리쳤다.

"장비를 달라고!"

푸엔테스가 물레타와 칼을 들고 와서 마누엘에게 건넸다.

에르난데스가 마누엘을 팔로 감싸며 말했다.

"의무실로 가시죠, 선생님."

그가 말했다.

"멍청한 짓 좀 하지 말고요."

"나한테서 물러나."

마누엘이 말했다.

"빌어먹을, 당장 물러나라고!"

마누엘이 몸을 비틀면서 그를 떨쳐냈다. 에르난데스는 어깨를 한 번 들썩였다. 마누엘이 투우 쪽으로 달려갔다.

황소는 무거운 몸으로 굳게 자리를 잡고 서 있었다.

좋다, 이 빌어먹을 놈! 마누엘이 칼을 물레타에서 꺼내 아까와 같은 동작으로 겨냥하고 황소를 향해 몸을 던졌다. 그는 칼이 푹 들어갔다는 걸 알았다. 손잡이 부분까지 들어갔다. 손가락 다섯 개가 모두 황소의 몸에 파묻혔다. 주먹에 묻은 피는 뜨거웠고 그는 소를 올라타고 있었다.

마누엘이 올라타자 투우는 휘청거렸고 가라앉는 것 같았다. 그러자 그는 황소 옆으로 내려와 섰다. 놈은 천천히 마누엘 쪽으로 쓰러지다 갑자기 무너져서 네 발을 공중으로 치켜들었다.

마누엘은 놈의 피가 묻은 따뜻한 손으로 관중에게 인사했다.

봤지, 이 개새끼들아! 마누엘은 뭔가 말하려고 했지만, 기침이 나기 시작했다. 그것은 뜨거웠고 숨이 막혔다. 그는 아래를 보며 물레타를 찾았다. 그는 대회장 쪽으로 가서 인사를 해야 했다. 제길, 대회장 따위 알 게 뭐야! 그는 쓰러지듯 앉아 뭔가를 봤다. 그가 보는 건 황소였다. 놈은 네 발을 공중으로 들어 올린 채 두꺼운 혀를 빼물고 있었다. 뭔가가 황소의 배와 다리 밑에서 흘러내리고 있었다. 털이 듬성한 곳에 흘러내렸다. 황소는 죽었다. 빌어먹을 놈의 황소! 저 개새끼들도 다 지옥에나 가라! 그는 일어서면서 기침을 하기 시작했다. 그는 다시 주저앉아 콜록거렸다. 누군가가 다가와 그를 일으켜 세웠다.

그들은 마누엘을 끌고 투우장을 가로질러 의무실로 향했다. 그들은 마누엘을 부축하며 모래밭을 가로질러 달렸고, 노새들이 들어오는 동안 잠깐 문에서 대기한 뒤 어두운 통로 아래로 갔다. 사람들은 마누엘을 부축하며 계단을 오를 때 불평을 했고 마침내 그를 의무실 침대에 눕혔다.

의사와 흰 가운을 입은 두 남자가 그를 기다리고 있었다. 그들은 수술대 위에 그를 눕힌 뒤 셔츠를 잘라냈다. 마누엘은 무척 피곤했다. 가슴 안쪽 전부가 불에 덴 것 같았다. 그가 기침하기 시작하자 의사가 뭔가를 그의 입에 가져다댔다. 모두들 굉장히 바빴다.

전등에 눈이 부셔서 눈을 감았다.

그는 누군가 매우 육중한 발걸음으로 계단을 올라오는 소리를 들었다. 그러다 그 소리가 사라졌고, 대신 아주 멀리서 어떤 소리가 들렸다. 관중이 내지르는 소리였다. 그래, 누군가가 또 다른 황소를 죽이고 있겠지. 마누엘의 셔츠는 전부 잘려나갔다. 의사가 그를 보며 미소를 지었다. 레타나도 있었다.

"레타나 아닌가, 반갑군!"

마누엘이 말했다. 하지만 그는 자기 목소리를 들을 수가 없었다.

레타나가 미소를 지으며 뭔가 말했다. 하지만 이 소리 역시 안 들렸다.

주리토가 수술대 옆에 몸을 굽히고 서서 의사가 진료하는 모습을 지켜봤다. 기마 투우사 복장이었지만 모자는 쓰지 않았다.

주리토는 그에게 뭔가 말했다. 하지만 마누엘은 듣지 못했다.

주리토는 레타나와 이야기를 나눴다. 흰 가운을 입은 사람 중 하나가 레타나에게 가위를 넘겼다. 레타나는 이어 주리토에게 가위를 건넸다. 주리토가 뭔가 마누엘에게 말했다. 하지만 그는 듣지 못했다.

망할 수술대 같으니. 전에도 수술대엔 많이 누워봤다. 그는 죽지 않을 것이었다. 만약 그랬다면 사제가 이 자리에 있을 것이다.

주리토가 뭔가 말했다. 손에는 가위를 들고 있었다.

오호라, 이 작자들이 내 변발을 자르려는 모양이군. 내 변발을 자르려는 모양이야.

마누엘이 수술대에서 일어나 앉았다. 의사는 뒤로 물러서며 화를 냈다. 누군가가 그를 붙잡고 제지했다.

"그런 짓을 하면 안 되지, 마노스."

마누엘이 말했다.

갑자기 주리토의 목소리가 분명하게 들려왔다.

"그래, 그래."

주리토가 말했다.

"하지 않겠네. 그냥 장난친 거로 생각하게."

"나는 잘하고 있었어."

마누엘이 말했다.

"단지 운이 없었어. 그뿐이야."

마누엘이 다시 누웠다. 얼굴 위에 뭔가가 덮였다. 그건 아주 익숙했다. 마누엘은 깊이 숨을 들이쉬었다. 무척 피곤했다. 정말 더없이 피곤했다. 얼굴에 덮였던 것이 다시 벗겨졌다.

"나는 잘하고 있었어."

마누엘이 힘없이 말했다.

"아주 훌륭하게 하고 있었다고."

레타나가 주리토를 쳐다보고 문으로 걸어갔다.

"나는 이 친구와 함께 여기 있겠네."

주리토가 말했다.

레타나는 어깨를 한 번 들썩했다.

마누엘은 눈을 뜨고 주리토를 봤다.

"내가 잘하고 있지 않았나, 마노스?"

마누엘이 확인을 받으려는 듯 물었다.

"그래."

주리토가 말했다.

"자넨 아주 잘하고 있었어."

의사의 조수가 원뿔 모양의 물건을 마누엘의 얼굴에 덮어씌웠고 그는 깊이 숨을 들이쉬었다. 주리토는 어색한 자세로 옆에 서서 지켜보았다.

다른 나라에서

가을에도 전쟁은 여전히 거기 있었지만 우린 이제 더는 전장으로 가지 않았다. 밀라노의 가을은 추웠고 아주 일찍 어둠이 내렸다. 이어 전등이 켜졌고 길을 따라 걸으며 상점의 창문 안을 들여다보는 재미가 쏠쏠했다. 상점 밖엔 사냥에서 잡아온 많은 동물이 걸려 있었다. 눈은 여우의 털 위에 하얗게 내려앉았고 바람은 그 꼬리를 흔들었다. 사슴은 뻣뻣하고 무겁고 텅 빈 상태로 걸려 있었고, 작은 새들은 바람에 흔들렸으며 바람은 그 깃털을 뒤집었다. 추운 가을이었고 산맥에서 바람이 계속 불어 내려왔다.

우리는 매일 오후 병원에서 모였다. 황혼 녘에 도시를 가로질러 병원으로 가는 데에는 다양한 방법이 있었다. 그중 두 길은 운하 옆에 난 길이었는데 시간이 오래 걸렸다. 하지만 병원으로 들어오려면 늘 운하를 가로지르는 다리를 건너야 했다. 그런 다리는 세 개가 있었다. 그중 하나에선 어떤 여자가 군밤을 팔았다. 그녀가 밤을 굽기 위해 마련한 숯불 앞에 서면 온몸이 따뜻했고, 군밤을 사서 호주머니에 넣으면 한동안 마음이 따뜻했다. 병원은 참 오래됐지만 상당히 아름다운 건물이었다. 문을 열고 들어서면 뜰이 하나 나타났는데 여기를 가로질러 다른 쪽 문으로 나갈 수 있었다. 장례식은 대개 그 뜰에서 시작되었다. 낡은 병원 건물 너머엔 새롭게 벽돌로 지은 별관이 있었다. 우리는 매일 오후 그곳에서 만났다. 우리는 서로에게 아주 정중했고, 상대방의 치료 문제에 관심이 많았으며, 효과가 매우 좋다는 치료 기계에 앉았다.

얼마 뒤에 군의관이 내가 앉은 기계로 와서 이런 말을 건넸다.

"군대에 오기 전에 가장 좋아하던 일이 뭔가? 운동 좀 했나?"

"축구를 했죠."

내가 말했다.

"훌륭하군. 자네는 치료가 끝나면 전보다 더 축구를 잘할 수 있을 거야."

나는 무릎을 굽힐 수 없었다. 다리가 장딴지 없이 무릎부터 발목까지 그냥 뻗어 있는 것 같았다. 내가 탄 기계는 마치 세발자전거를 탄 것처럼 힘을 줘 억지로 무릎을 굽히게 만드는 기계였다. 하지만 무릎은 아직 구부러지지 않았고, 기계는 무릎을 억지로 굽히는 과정에 들어가면 갑작스럽게 비틀거렸다.

군의관이 말했다.

"그건 곧 다 지나게 되어 있어. 자넨 운이 좋은 청년이라고. 다시 축구를 하게 되면 선수 못지않을걸."

내 옆의 기계는 어떤 소령이 쓰고 있었는데, 한쪽 손이 아기처럼 작았다. 그의 작은 손은 위아래로 튀는 두 개의 가죽 끈 사이에 있었고, 뻣뻣한 손가락들은 그 반동으로 퍼덕였다. 소령은 내게 윙크를 보내며 상태를 살피는 군의관에게 말했다.

"나도 축구를 할 수 있겠나, 의무 대위?"

소령은 오래전부터 훌륭한 펜싱 선수였고 전쟁 발발 전에는 이탈리아 최고의 펜싱 선수였다.

군의관은 진료실로 들어가 소령의 손만큼이나 쭈그러든 손을 찍은 사진을 들고 나왔다. 기계 치료 전과 후의 모습을 대비시킨 것이었는데 후가 조금 더 컸다. 소령은 성한 손으로 사진을 받아든 뒤 매우 유심히 사진을 살펴봤다.

"다쳐서 이렇게 된 건가?"

"산업 재해였습니다."

군의관이 답했다.

"아주 흥미롭군, 아주 흥미로워."

소령은 말을 마치고 군의관에게 사진을 도로 건넸다.

"자신감이 생기셨습니까?"

"아니."

소령이 대답했다.

매일 병원에 오는 사람들 중에 나와 연배가 비슷한 이들은 셋이었다. 셋 모두 밀라노 출신이었다. 하나는 변호사가 되고 싶어 했고, 다른 하나는 화가가 되고 싶어 했다. 남은 한 사람은 직업 군인이 되려고 했다. 기계 치료를 받은 뒤 우리는 때로 함께 라 스칼라 극장 옆에 있는 코바라는 이름의 카페로 갔다. 평소에는 지나가지 못하는, 공산주의자들의 거주 구역으로 난 지름길을 네 명이기에 지나갈 수 있었다. 그곳의 사람들은 장교라는 이유만으로 지극히 우리를 싫어했다. 와인 소매점 안에 있던 어떤 사람은 우리가 지나갈 때 "비열한 장교 새끼들!" 하고 소리쳤다. 때로는 다른 한 사람이 더 껴서 다섯이 지름길을 걸어갈 때도 있었다. 다섯을 만들어주는 그 사람은 얼굴에 검은색 비단 손수건을 둘렀다. 당시 그는 코가 없어서 얼굴 성형수술을 받을 예정이었다. 사관학교를 졸업하자마자 전선에 투입되었던 그는 첫 전투에 발을 들인 지 몇 시간도 되지 않아 그런 험한 꼴을 당했다. 후에 얼굴 재건수술을 받았지만 예전의 코는 아니었다. 의사들은 유서 깊은 가문의 특징이었던 그 코를 완벽하게 복원하지는 못했다. 이후 그는 남미로 갔고, 은행에서 일했다. 하지만 이 일은 아주 오래전에 벌어진 일이었고, 당시 우리는 앞으로 무슨 일이 벌어질지 알지 못했다. 알 수 있는 것이라고는, 전쟁이 여전히 거기 있었지만 우린 이제 더는 전장으로 가지 않는다는 뜻이었다.

우리는 모두 같은 훈장을 받았다. 검은 비단으로 얼굴을 가린 친구만 훈장이 없었는데, 그걸 받을 만큼 전선에 오래 있지 않았기 때문이다. 변호사가 되고 싶다던 아주 창백한 얼굴에 키가 큰 친구는 아르디티 돌격대에서 중위로 복무했는데 우린 훈장이 한 개였지만 그는 훈장을 세 개나 가지고 있었다. 오랫동안 생사를 넘나들어서인지 약간 초연한 면도 있었다. 하지만 실은 우리 모두가 조금은 초연했다. 우리가 매일 오후 병원에서 만난다는 점 말고는 딱히 이렇게 함께 다닐 이유가 없었다. 그렇지만 어둠 속에서, 와인 소매점

들에서 흘러나오는 빛과 노래를 보고 들으며 시내의 그 우범 지역을 통과하여 코바로 들어설 때, 때때로 걸어가는 길의 보도에 남자와 여자들이 혼잡하게 서 있어서 그들을 헤치고 지나가야 할 때, 우리를 미워하는 사람들이 이해하지 못하는 어떤 일을 함께 겪었다는 이유로 단합된 느낌이 들었다.

우리는 모두 코바를 잘 알고 있었다. 그곳은 화려하고 따뜻했으며 조명도 그렇게 밝지 않았다. 특정 시간엔 담배 연기가 자욱하고 시끄럽기도 했다. 탁자엔 늘 여자들이 있었고 삽화가 많은 신문들이 벽 위의 선반에 놓여 있었다. 코바의 여자들은 굉장한 애국자들이었다. 카페의 여자들만큼 애국심이 투철한 이탈리아 사람도 없을 것이다. 나는 그들이 여전히 애국적일 거라고 생각한다.

처음에 그 친구들은 나의 훈장에 굉장히 정중한 태도를 보이며 어떻게 받게 되었냐고 물었다. 나는 그들에게 훈장 증서를 보여줬다. 그 증서에선 우애(fratellanza), 헌신(abnegazione) 같은 아주 그럴싸한 말들이 적혀 있었지만, 곁가지들을 다 쳐내면 결국 내가 미국인이기 때문에 훈장을 받은 것이라는 소리였다. 그 뒤로는 그들이 나를 대하는 태도가 약간 변했다. 물론 외부인들을 상대로 할 때에는 여전히 나는 그들의 친구였다. 증서를 보여준 뒤, 나는 그들 사이에 진정으로 낄 수가 없었다. 내 훈장은 그들의 훈장과 달랐다. 그들은 나와 아주 다른 일을 해내고 훈장을 받았다. 나 역시 다쳤다. 그건 진실이었다. 하지만 그들은 나의 부상이 결국엔 사고였다는 것을 알고 있었다. 나는 내 훈장을 부끄럽게 생각한 적이 단 한 번도 없었다. 때때로 칵테일을 마시고서 그들이 훈장을 받게 된 행동을 내가 직접 해내는 장면을 상상해보기도 했다. 하지만 밤중에 차가운 바람이 부는 가운데 모든 가게가 닫힌 텅 빈 거리를 걸어서 집으로 돌아갈 때, 가로등 가까이 붙어 걸어가려고 하면서, 내가 절대로 그런 일을 하지 못한다는 것을 알았다. 나는 죽는 게 너무 무서웠다. 밤에 침대에 누워 있을 때도 종종 죽는 게 두려웠고 다시 전선으로 돌아가면 어떻게 해야 하나, 라고 걱정했다.

훈장을 가진 세 사람은 일종의 사냥용 매였다. 나는 매가 아니었다. 사냥을 한 번도 해보지 않은 사람들 눈에 내가 매처럼 보일 수도 있겠지만, 그들 셋은 속사정을 잘 알았고 결국 우린 사이가 멀어졌다. 하지만 나는 전선 투입 첫날에 다친 사람과는 계속 좋은 친구로 지냈다. 그 사람은 싸움터에 계속 있었더라면 자신이 어떤 존재로 판명되었을지 결코 알지 못할 것이기 때문이었다. 따라서 그 역시 셋 사이에 절대로 낄 수 없었다. 나는 그가 결국 매는 아닐 것으로 판명될 것 같아 그를 좋아했다.

훌륭한 펜싱 선수였던 소령은 용감한 행동을 믿지 않았다. 우리가 치료 기계에 앉아 있는 동안 그는 많은 시간을 들여가며 나의 바르지 않은 문법을 고쳐주었다. 소령은 내가 이탈리아어를 할 줄 안다는 점을 칭찬했고, 우리는 쉽게 대화를 나눴다. 어느 날 나는 소령에게 이탈리아어가 참 쉬워서 더는 흥미를 느낄 수 없다고 했다. 모든 점이 너무 쉬웠다. 그러자 소령은 이렇게 말했다.

"아, 그렇군. 그런데 자네는 왜 문법에 맞게 말하지 않지?"

그 뒤로 우리는 문법에 맞게 대화하기 시작했는데 갑자기 이탈리아어가 너무 어려운 말이 되었다. 미리 머릿속에서 문법적인 문장을 만들어놓지 않고서는 그와 대화하는 게 두려워졌다.

소령은 병원에 굉장히 정기적으로 들렀다. 내 기억으로는 하루도 빠진 적이 없었던 것 같다. 하지만 나는 그가 치료 기계를 믿지 않았다고 확신한다. 우리 중 아무도 치료 기계가 효과가 있다고 생각하지 않았다. 어느 날 소령은 기계들을 보고 다 허튼수작이라고 말하기도 했다. 기계들은 새것이었고 그것들이 효험이 있는지 아닌지는 우리가 증명해야 했다. 소령은 이렇게 말했다.

"멍청한 생각이야. 또 다른 이론일 뿐이라고."

나는 여전히 문법을 배우지 못했고, 그러자 소령은 나를 멍청하고 한심한 자라고 부르며 시간을 낭비한 자신도 모자란 인간이라고 했다. 체구가 작은 그는 의자에 똑바로 앉아 오른손을 기계 안으로 밀어 넣었다. 가죽 끈들이 그의 손가락을 튕기고 있을 때 그는 벽을 똑바로 쳐다보았다.

"전쟁이 끝난다고 치자고. 그럼 자네는 무엇을 할 생각인가?"

소령이 내게 물었다.

"문법에 맞게 말해!"

"미국으로 돌아갈 겁니다."

"결혼은 했나?"

"하지는 않았지만, 하고 싶습니다."

"이런 멍청한."

소령은 굉장히 화가 난 모양이었다.

"남자는 결혼 같은 건 하는 게 아니야."

"무슨 말씀이십니까, 소령님(Signor Maggiore)?"

"나를 소령이라고 부르지 마."*

"왜 남자는 결혼해선 안 됩니까?"

"그러면 안 되니까 그래. 남자는 결혼해선 안 돼."

소령은 화를 내며 말했다.

"모든 걸 잃게 될 걸 뻔히 알면서 그런 잃는 자리로 들어가선 안 되는 거야. 그런 자리로 들어가선 안 된다, 이 말이야. 잃지 않을 다른 것들을 찾아야 한다고."

격분한 소령은 격렬하게 말했다. 말하는 중에도 시선은 여전히 벽에 고정되어 있었다.

"대체 왜 남자가 결혼하면 모든 걸 잃는다고 말씀하십니까?"

"그렇게 될 거니까 그렇지."

소령이 여전히 벽을 쳐다보며 말했다. 그러다 갑자기 소령은 기계를 내려다보곤 가죽 끈 사이의 손을 쑥 뽑아 그 손으로 자기 넓적다리를 내리쳤다.

"잃게 된단 말이야!"

소령은 거의 소리를 지르다시피 말했다.

"내 말에 토 달지 마!"

그는 이어서 기계를 담당하는 간호인을 불렀다.

"이리 좀 와서 이 망할 기계나 빨리 꺼버려."

---

* 이탈리아어 마조레Maggiore는 grande의 비교급으로 남보다 더 중요한, 더 훌륭한 등의 뜻이 있다. 소령은 자신이 남보다 훌륭한 사람이 아니라는 이중의 뜻으로 말하고 있다.

소령은 적색광 치료와 마사지를 받으려고 다른 방으로 갔다. 이어 나는 그가 군의관에게 전화를 써도 되냐고 묻는 말을 들었다. 소령은 곧바로 방문을 닫았다. 방에서 그가 나왔을 때 나는 다른 기계에 앉아 있었다. 그는 소매가 없는 헐거운 외투를 입고 모자를 쓴 채로 곧장 내게 다가와 팔을 내 어깨에 둘렀다.

"정말 미안하군."

그가 성한 손으로 내 어깨를 두드리며 말했다.

"그렇게 무례하면 안 되는 건데. 내 아내가 방금 죽었네. 그러니 나를 용서해주게."

"저런."

갑자기 나는 그가 안쓰러워졌다.

"상심이 크시겠습니다."

소령은 아랫입술을 깨물며 서 있었다.

"참 힘드네. 이걸 받아들일 수가 없어."

그는 나를 지나쳐 뒤에 있는 창문으로 시선을 옮겼다. 이어 그는 울기 시작했다.

"난 정말 이걸 받아들일 수가 없어" 하고 말하는 소령의 목이 메었다. 그는 계속 울었고, 머리를 곧게 쳐들고 있었지만 아무것도 보지 않았다. 꼿꼿한 군인의 자세를 그대로 유지했지만 양쪽 볼에는 눈물이 계속 흘러내렸고, 입술을 꽉 깨문 채 치료 기계들을 지나쳐서 문밖으로 나갔다.

군의관은 내게 소령의 아내에 관한 이야기를 들려줬다. 그녀는 아주 젊은 여자였고 소령은 의병 제대를 한 후 그녀와 결혼했는데,

폐렴으로 사망했다. 그녀는 단 며칠만 앓았다. 그래서 아무도 그녀가 죽으리라고는 상상하지 못했다. 소령은 그 후 사흘간 병원에 오지 않았다. 그다음엔 늘 오던 시간에 맞춰서 왔는데 군복 소매엔 검은 띠가 매여 있었다. 그가 병원에 다시 돌아왔을 때 벽 주위에는 기계를 통해 치료되기 전과 후의 모습이 담긴 온갖 종류의 부상 사진들이 액자에 담겨 걸려 있었다. 소령이 사용하는 기계 앞엔 그의 손과 비슷한 손을 찍은 석 장의 사진이 있었는데 치료 후엔 전부 완전히 회복된 모습이었다. 군의관이 이 사진들을 대체 어디서 구해 왔는지는 알 길이 없다. 어쨌든 기계를 맨 처음으로 쓰는 사람들은 우리였으니까. 이런 사진들은 소령에겐 아무 소용이 없었다. 그는 오로지 창밖만 바라볼 뿐이었다.

하얀 코끼리 같은 산

에브로강이 흐르는 계곡 맞은편의 산들은 길고 희었다. 산을 마주 보는 이쪽에는 그늘도 나무도 없었고 왕복 철도 사이에 자리 잡은 역사(驛舍)는 쨍쨍 내리쬐는 햇볕을 맞고 있었다. 역사 바로 옆 건물에는 그나마 햇볕을 가려주는 그늘과 커튼이 있었다. 커튼은 대나무 구슬로 엮어 만든 주렴(珠簾)이었는데 바 입구의 열린 문에 드리워 파리를 쫓았다. 미국인 남자와 그의 일행인 젊은 여자는 건물 바깥 그늘에 있는 테이블에 앉았다. 아주 무더운 날이었고 바르셀로나발(發) 급행열차는 40분 후면 도착하게 되어 있었다. 열차는 이 역에서 2분 동안 정차한 후 마드리드로 갈 예정이었다.

"뭐 마실 거예요?"

여자가 물었다. 그녀는 모자를 벗어서 테이블 위에 놓았다.

"정말 덥군."

남자가 말했다.

"우리 맥주 마셔요."

"맥주 두 잔!"

남자가 커튼에다 대고 소리 질렀다.

"큰 걸로요?"

문 안쪽에서 여자가 물었다.

"큰 걸로 두 잔."

주문을 받은 여자는 맥주 두 잔과 펠트 받침대 두 개를 가지고 왔다. 그녀는 펠트 받침대와 맥주잔을 테이블 위에 내려놓고 남자와 젊은 여자를 바라보았다. 여자는 능선을 바라보고 있었다. 산들은 햇빛 속에서 하얗게 보였고 계곡 일대는 건조한 갈색이었다.

"저 산들은 하얀 코끼리처럼 보여요."

여자가 말했다.

"나한테는 그렇게 보인 적이 없는데."

남자는 맥주를 마셨다.

"그래요. 당신에겐 그렇게 보인 적이 없을 테죠."

"아니야. 나도 그런 생각을 한 적이 있을지 몰라. 네가 그렇게 말한다고 해서 내가 그런 생각을 한 적이 없는 게 되지는 않아."

남자가 말했다.

여자는 주렴 커튼을 바라보았다.

"저기다 무슨 글씨를 써놓았는데요."

그녀가 말했다.

"뭐라고 쓰여 있어요?"

"아니스 델 토로. 술 이름이야."

"어디 한번 마셔볼까요?"

남자는 커튼에다 대고 "이봐요" 하고 소리쳤다. 여자가 바에서 나타났다.

"4레알입니다."

"아니스 델 토로 두 잔 주시오."

"물을 섞어서요?"

"물 섞은 거 마시겠어?"

"몰라요."

여자가 말했다.

"물에 타서 마시는 게 좋아요?"

"응."

"물을 섞어서 가져올까요?"

바의 여자가 물었다.

"예, 그렇게 해주세요."

"감초 뿌리 냄새가 나는 게, 맛이 좀 그런데요."

여자가 맥주잔을 내려놓으면서 말했다.

"뭐든지 다 그래."

"그래요. 뭐든지 다 감초 뿌리 냄새처럼 시시하죠. 특히 오래 바랬던 것일수록 더 해요. 가령 압생트가 그렇죠."

여자가 말했다.

"또 시작이야? 집어치워."

"시작은 당신이 했어요."

여자가 말했다.

"나는 즐거웠어요. 아주 재미있는 시간을 보내고 있었다고요."

"그래? 그럼 지금 이 순간도 재미있게 보내자고."

"좋아요. 나도 애쓰고 있어요. 나는 산들이 하얀 코끼리처럼 보인다고 말했어요. 멋진 표현 아니에요?"

"멋지군."

"나는 이 새로운 술도 맛보려고 했어요. 이게 우리가 할 수 있는 전부 아니에요? 주위의 사물을 살펴보고 새로운 술을 마셔보는 게?"

"그렇지."

여자는 맞은편 산들을 바라보았다.

"아름다운 산들이에요. 저 산들은 실제로는 하얀 코끼리 같지 않아요. 나무들 사이로 보면 산의 피부가 코끼리 같은 색깔이 된다는 뜻이지요."

여자가 말했다.

"맥주 한 잔 더 할까?"

"좋아요."

미지근한 바람이 불어와 주렴 커튼을 테이블 쪽으로 밀어붙였다.

"맥주가 시원하군."

남자가 말했다.

"아주 산뜻해요."

여자가 말했다.

"이건 매우 간단한 수술이야, 지그. 수술이라고도 할 수 없어."

남자가 말했다.

여자는 테이블 다리 밑의 땅을 내려다보았다.

"난 네가 이걸 별로 신경 쓰지 않으리라 생각해, 지그. 정말로 별거 아니야. 그냥 공기를 한 번 집어넣는 것과 비슷하다고."

여자는 아무 말도 하지 않았다.

"너와 함께 가서 끝날 때까지 내내 함께 있어줄게. 공기를 한 번 주입하면 그다음에는 모든 게 자연스러운 상태로 되돌아간다고."

"그다음에 우리는 뭘 하죠?"

"그다음에는 문제가 없게 되는 거지. 전에 그랬던 것처럼 말이야."

"무슨 근거로 그렇게 생각하죠?"

"그게 우리를 괴롭히는 문제라고. 그게 우리를 불행하게 만들고 있어."

여자는 커튼을 쳐다보더니 손을 내뻗어 주렴 두 가닥을 잡았다.

"그러니까 그 뒤엔 문제가 사라지고 행복하게 될 거라는 얘기군요."

"그렇고말고. 괜히 겁먹을 필요 없어. 난 그 수술을 받은 사람들을 많이 알고 있어."

"나도 알고 있어요. 그 후에 정말 행복해졌더군요."

여자가 말했다.

"좋아. 싫다면 안 받아도 돼. 네가 싫어하는데 억지로 시킬 생각은 없어. 하지만 그게 아주 간단한 일이라는 걸 나는 알아."

남자가 말했다.

"당신은 정말 그걸 바라나요?"

"우리가 할 수 있는 최선의 대응이야. 하지만 네가 정말 싫다면 굳이 받으라고 하지는 않겠어."

"내가 그걸 받으면 당신은 행복해지고 상황은 예전과 똑같아지고 당신은 나를 사랑해줄 건가요?"

"난 지금도 너를 사랑해. 잘 알잖아."

"알아요. 하지만 내가 그 수술을 받으면 모든 게 다 괜찮아질 거고, 또 내가 우리의 상황이 하얀 코끼리 같다고 해도 좋아할 거예요?"

"물론이지. 나는 지금도 좋아하지만, 단지 생각할 여유가 없을 뿐이야. 내가 걱정을 하면 어떻게 되는지 너도 잘 알잖아."

"내가 그걸 받으면 당신은 절대 걱정하지 않을 건가요?"

"걱정할 일이 없지. 그건 아주 간단한 거니까."

"그렇다면 받겠어요. 나 자신에 대해서는 별로 신경 쓰지 않으니까."

"무슨 소리야?"

"나 자신에 대해서는 별로 신경 쓰지 않는다고요."

"무슨 소리야. 난 당신을 신경 써."

"물론 그렇겠지요. 하지만 난 나 자신에 대해 별로 신경 쓰지 않아요. 난 그걸 받을 거고 그러면 모든 것이 괜찮아질 거예요."

"그런 느낌이 든다면 안 받아도 돼."

여자는 일어서서 역사 끝까지 걸어갔다. 저쪽 건너편에는 에브로 강둑을 따라서 곡식밭과 숲이 있었다. 더 멀리 강 건너에는 산들이 있었다. 구름의 그림자가 곡식밭을 가로질러 갔고 그녀는 나무들 사이로 강을 보았다.

"우리는 이 모든 것을 가질 수도 있었어요. 아니, 그 외의 모든 것을 가질 수도 있었어요. 하지만 날마다 그것을 점점 더 불가능하게 만들고 있어요."

여자가 말했다.

"무슨 소리야?"

"우리가 이 모든 것을 가질 수도 있었다고요."

"우린 모든 것을 가질 수 있어."

"아니요. 우린 그렇게 할 수 없어요."

"우린 어디든 갈 수 있어."

"아니요. 우린 갈 수 없어요. 여긴 이제 우리 것이 아니에요."

"우리 거야."

"아니, 아니에요. 한번 빼앗기고 나면 다시는 그걸 되돌려 받지 못해요."

"아니, 누가 빼앗아갔다는 거야?"

"어디 두고 봐요."

"그늘로 다시 들어와. 그런 느낌을 가지면 못써."

남자가 말했다.

"난 아무런 느낌도 없어요. 하지만 상황은 잘 알아요."

여자가 말했다.

"네가 싫어하는 걸 시키고 싶은 생각은 없어."

"그 수술이 내게 좋지 않다고 느끼는 것도 아니에요. 난 알아요. 맥주 한 잔 더 할 수 있어요?"

여자가 말했다.

"좋아. 하지만 넌 이걸 알아야……."

"난 알아요. 이제 그 얘기는 그만해요."

여자가 말했다.

남녀는 테이블에 앉았다. 여자는 계곡의 건조한 쪽에 있는 산들을 바라보았고, 남자는 그녀와 테이블을 보았다.

"넌 이걸 알아야 해. 네가 원하지 않는데 그걸 네게 시키고 싶은 생각은 없어. 만약 그게 너한테 그처럼 중요하다면 끝까지 가볼 생각도 있어."

남자가 말했다.

"당신한테는 아무런 의미도 없다는 얘긴가요? 우리는 함께 앞으로 나아갈 수도 있어요."

"물론 의미가 있지. 하지만 난 너 이외에 다른 건 싫어. 다른 사람은 원치 않는다고. 그리고 그 수술이 아주 간단한 절차라는 걸 알아."

"그래요. 당신은 그게 간단하다는 걸 알고 있군요."

"네가 뭐라고 말해도 좋아. 하지만 난 그걸 잘 알아."

"이제 나를 위해 뭔가 하나 해주시겠어요?"

"널 위해서라면 뭐든지 다 할 수 있어."

"제발 제발 제발 제발 제발 제발 제발 입을 좀 다물어주시겠어요?"

남자는 아무런 말도 하지 않고 역사 벽에 기대어 세워놓은 가방들을 쳐다보았다. 거기에는 그들이 함께 밤을 보낸 호텔들의 레이블이 붙어 있었다.

"싫다면 안 받아도 돼. 난 그거 정말 신경 안 쓴다니까."

남자가 말했다.

"비명을 지르겠어요."

여자가 말했다.

바의 여자가 맥주 두 잔을 들고서 커튼 사이로 걸어 나와 축축해진 펠트 받침대 위에 내려놓았다.

"기차가 5분 후에 들어옵니다."

그녀가 말했다.

"뭐라고 말했어요?"

여자가 물었다.

"기차가 5분 후에 들어온다는군."

여자는 고마움을 표시하려고 바의 여자에게 미소를 지어 보였다.

"가방들을 역사 반대편에다 가져다놓는 게 좋겠군."

남자가 말했다. 여자는 그에게 미소를 지었다.

"좋아요. 그런 다음 돌아와서 맥주를 끝까지 마시도록 해요."

남자는 두 개의 무거운 가방을 들고서 역사를 돌아 반대편 철로로 갔다. 기차가 들어오는 철로를 바라보았으나 기차는 보이지 않았다. 그는 되돌아와서 바 안으로 쑥 들어갔다. 그곳에서는 기차를 기다리는 사람들이 술을 마시고 있었다. 그는 바에서 아니스 델 토로를 마시며 사람들을 쳐다보았다. 그들은 저마다 적절한 태도로 기차를 기다리고 있었다. 그는 주렴 커튼 밖으로 나왔다. 여자는 테이블에 앉아서 그에게 미소 지었다.

"기분이 좋아졌어?"

남자가 물었다.

"좋아요."

여자가 말했다.

"아무 이상 없어요. 기분이 좋아요."

살인자들

헨리스 간이식당의 문이 열리고 두 남자가 들어왔다. 그들은 카운터에 앉았다.

"무엇을 드시겠습니까?"

조지가 그들에게 물었다.

"글쎄."

한 남자가 말했다.

"자넨 뭘 먹겠나, 앨?"

"글쎄."

앨이 말했다.

"뭘 먹어야 할지 모르겠군."

날이 어두워지고 있었다. 창문 밖 가로등에 불이 켜졌다. 카운터에 앉은 두 남자는 메뉴판을 봤다. 카운터 한쪽 끝에 있던 닉 애덤스가 그들을 쳐다봤다. 그들이 식당 안으로 들어섰을 때 닉은 조지와 이야기를 나누고 있었다.

"구운 돼지고기 안심, 사과소스, 그리고 으깬 감자를 먹겠어."

첫 번째 남자가 말했다.

"그건 아직 준비가 안 됩니다."

"그럼 메뉴에는 뭣 때문에 올려놓았나?"

"그건 저녁 식사 메뉴입니다."

조지가 설명했다.

"6시 이후에나 나옵니다."

조지는 카운터 뒤 벽에 걸려 있는 시계를 보았다.

"지금 5시입니다."

"저 시계로는 5시 20분인데."

두 번째 남자가 말했다.

"20분 빨라요."

"젠장, 빌어먹을 시계로군."

첫 번째 남자가 말했다.

"그럼 뭐가 되나?"

"샌드위치 종류는 다 됩니다."

조지가 말했다.

"햄과 에그, 베이컨과 에그, 간과 베이컨, 혹은 스테이크 같은 거요."

"치킨 크로켓, 완두콩, 크림소스 그리고 으깬 감자를 주게."

"그것도 저녁 식사 메뉴입니다."

"우리가 주문하는 건 다 저녁 식사야, 엉? 이런 식으로 장사하나?"

"햄과 에그, 베이컨과 에그, 간……."

"햄과 에그 줘."

앨이라는 남자가 말했다. 그는 중산모자를 쓰고 단추들이 가슴 부분을 가로지르는 검은 상의를 입었다. 그의 얼굴은 자그마하고 희었으며 입을 굳게 다물고 있었다. 그는 실크 머플러를 둘렀고 장갑을 꼈다.

"난 베이컨과 에그."

다른 남자가 말했다. 그는 덩치가 앨과 거의 비슷했다. 두 남자는 얼굴은 달랐으나 옷은 쌍둥이처럼 입었다. 둘 다 덩치에 비해 너무 꽉 끼는 상의를 입고 있었다. 그들은 상체를 앞으로 기울인 채 카운터에 앉아 있었고 양 팔꿈치는 바에 내려놓았다.

"마실 건 뭐가 있나?"

앨이 물었다.

"실버 맥주, 베보, 진저에일 등이 있습니다."

조지가 말했다.

"아, 한잔 걸칠 거 없냐 이거야."

"방금 말한 것뿐입니다."

"여긴 아주 무더운 마을이군."

다른 남자가 말했다.

"마을 이름이 뭐야?"

"서밋."

"이런 이름 들어본 적 있나?"

앨이 친구에게 동의를 구했다.

"없어."

"여긴 밤에는 뭘 하나?"

앨이 물었다.

"밤에는 저녁을 먹겠지."

그의 친구가 대답했다.

"사람들이 여기 와서 푸짐한 저녁 식사를 하는 거지."

"맞습니다."

조지가 화답했다.

"그러니까 그렇게 하는 게 옳다는 얘기야?"

앨이 조지에게 물었다.

"그렇습니다."

"넌 꽤 똑똑한 아이구나?"

"그렇습니다."

"아니, 넌 똑똑하지 않아."

다른 작은 남자가 말했다.

"쟤가 똑똑한가, 앨?"

"쟤는 멍청해."

앨은 그렇게 말하고 닉에게 고개를 돌렸다.

"네 이름은 뭐야?"

"애덤스."

"또 다른 똑똑이로군."

앨이 말했다.

"쟤도 똑똑이 같은데, 맥스?"

"이 마을에는 똑똑이가 많군."

맥스가 말했다.

조지는 접시를 두 개 내려놓았다. 한 접시에는 햄과 에그, 다른 접시에는 베이컨과 에그가 들어 있었다. 그는 튀긴 감자가 든 작은 접시 두 개를 내려놓고 주방으로 들어가는 작은 문을 닫았다.

"어느 것이 선생님 거죠?"

조지가 앨에게 물었다.

"기억도 못해?"

"햄과 에그."

"정말 똑똑한 친구야."

맥스가 말했다. 그는 상체를 앞으로 숙이며 햄과 에그 접시를 잡아당겼다. 두 남자는 장갑을 낀 채로 먹었다. 조지는 두 사람이 먹는 것을 지켜보았다.

"뭘 그렇게 쳐다보나?"

맥스가 조지를 보았다.

"안 봤습니다."

"젠장, 쳐다봤단 말이야. 넌 나를 뚫어져라 쳐다봤어."

"그저 장난으로 그랬을지 몰라, 맥스."

앨이 말했다.

조지가 웃었다.

"웃지 마."

맥스가 그에게 말했다. "

이건 전혀 웃을 일이 아니야, 알아들어?"

"잘 알았습니다."

조지가 말했다.

"재가 잘 알았다는군."

맥스가 앨에게 고개를 돌렸다.

"잘 알았다는 거야. 대답 한번 잘했어."

"생각이 깊은 친구야."

앨이 말했다.

두 남자는 식사를 계속했다.

"저기 카운터 아래쪽에 있는 친구 이름은 뭐야?"

앨이 맥스에게 물었다.

"이봐, 똑똑한 친구."

맥스가 닉에게 말했다.

"네 친구와 함께 카운터 안쪽으로 돌아서 들어가."

"무슨 소리예요?"

닉이 물었다.

"무슨 소리긴."

"이봐 똑똑이, 들어가는 게 좋을 거야."

앨이 말했다. 닉은 카운터를 돌아서 안쪽으로 들어갔다.

"왜 그러시죠?"

조지가 물었다.

"네가 알 바 아니야."

앨이 말했다.

"주방에는 누가 있나?"

"깜둥이."

"깜둥이라니, 뭔 소리야?"

"요리사 깜둥이요."

"그놈한테 여기 카운터로 나오라고 해."

"도대체 무슨 일이죠?"

"어서 나오라고 해."

"여기가 도대체 어딘 줄 알고 이러세요?"

"여기가 어딘지는 잘 알고 있어."

맥스라는 남자가 말했다.

"우리가 바보 같아 보이나?"

"자네가 바보처럼 말하고 있군."

앨이 그에게 말했다.

"뭣 때문에 이 애와 입씨름을 하고 있나?"

앨이 조지에게 말했다.

"깜둥이에게 이리로 나오라고 해."

"무슨 짓을 하려는 건데요?"

"아무것도 안 해. 똑똑이, 머리를 좀 굴려봐. 우리가 깜둥이를 어떻게 하겠나?"

조지는 주방으로 열리는 쪽문을 열었다.

"샘" 하고 그가 소리쳤다.

"이리로 좀 나와 봐."

주방으로 들어가는 문이 열리고 깜둥이가 나왔다.

"무슨 일이야?" 하고 그가 물었다.

카운터에 앉아 있던 두 남자가 그를 한 번 쳐다보았다.

"좋아, 깜둥이. 넌 거기 그대로 서 있어" 하고 앨이 말했다.

깜둥이 샘은 앞치마를 두른 채로 거기 서서 카운터에 앉아 있는 두 남자를 바라보았다.

"네, 선생님" 하고 그가 말했다.

앨은 등 없는 걸상에서 내려섰다.

"나는 저 깜둥이와 똑똑이와 함께 주방 안으로 들어간다."

앨이 말했다.

"다시 주방으로 들어가, 깜둥이. 넌 저놈과 함께 가, 똑똑이."

작은 남자는 닉과 요리사 샘의 뒤에서 주방 안으로 걸어 들어갔다. 그들 뒤에서 문이 닫혔다.

맥스라는 남자는 조지 맞은편의 카운터에 앉았다. 그는 조지를 쳐다보는 대신 카운터 뒤쪽 벽에 죽 달려 있는 거울을 보았다. 헨리스는 술집을 간이식당으로 개조한 집이었다.

"이봐, 똑똑이."

맥스가 거울을 쳐다보며 말했다.

"왜 아무 말도 하지 않나?"

"도대체 무슨 일이에요?"

"이봐, 앨."

맥스가 소리쳤다.

"이 똑똑이가 도대체 무슨 일이냐고 하는데?"

"그 애에게 직접 얘기해주지 그래."

앨의 목소리가 주방 쪽에서 들려왔다.

"이게 무슨 일이라고 생각하나?"

“모르겠습니다.”

“짐작되는 거라도 있을 텐데?”

맥스는 말하면서 계속 거울을 들여다보았다.

“말하지 않겠습니다.”

“이봐, 앨. 이 똑똑이가 자기 생각을 말하지 않겠다는데.”

“자네 말 잘 들려.”

앨이 주방에서 말했다. 그는 음식 그릇을 주방으로 넘겨주는 작은 개폐식 배식구를 케첩 병으로 고여서 완전히 열어놓았다.

“이봐, 똑똑이.”

그가 주방에서 조지에게 소리쳤다.

“바에서 약간 왼쪽으로 서 있어. 자넨 약간 왼쪽으로 움직여, 맥스.”

그는 단체 사진의 구도를 잡는 사진사 같았다.

“나한테 말해봐, 똑똑이.”

맥스가 말했다.

“앞으로 무슨 일이 벌어지리라 생각하나?”

조지는 아무 말도 하지 않았다.

“내가 말해주지.”

맥스가 말했다.

“우린 스웨덴 놈을 죽이려고 해. 올레 안드레센이라는 덩치 큰 스웨덴 놈을 아나?”

“예.”

“그놈이 매일 밤 여기에 밥 먹으러 오지?”

“가끔 옵니다.”

"그놈은 저녁 6시에 여기 오지, 그렇지?"

"오는 날에는요."

"우린 다 알고 있어, 똑똑이."

맥스가 말했다.

"다른 얘기를 해보지. 영화관에 가본 적이 있나?"

"아주 드물게 한 번씩 갑니다."

"영화관에 좀 더 자주 가야 해. 영화는 너같이 똑똑한 아이에게 아주 좋은 거야."

"왜 올레 안드레센을 죽이려는 거죠? 그가 당신한테 무슨 짓을 저질렀는데요?"

"그자는 우리한테 무슨 짓을 저지를 기회도 없었어. 그놈은 말이야, 우릴 본 적도 없다고."

"그놈은 우리를 딱 한 번 보게 되어 있지."

앨이 주방에서 말했다.

"그럼 무엇 때문에 그를 죽이려 하세요?"

조지가 물었다.

"어떤 친구를 대신해서 죽이는 거야. 친구의 부탁을 들어주려고 말이야, 똑똑이."

"입 닥쳐."

앨이 주방에서 말했다.

"자넨 너무 많이 지껄이고 있어."

"이봐, 똑똑이를 좀 즐겁게 해주어야 되지 않겠나. 그렇지 않아, 똑똑이?"

"자넨 너무 많이 지껄이고 있어."

앨이 말했다.

"깜둥이와 이쪽 똑똑이도 상황을 즐기고 있어. 두 놈을 수녀원의 수녀 한 쌍처럼 묶어놓았지."

"정말 수녀원에도 가본 적이 있나?"

"안 가르쳐주지."

"유대교 수녀원*에나 가봤겠지. 아마 거기라면 가봤을 거야."

조지는 시계를 쳐다보았다.

"손님이 들어오면 요리사가 없다고 말해. 그런데도 손님이 안 가면 네가 주방에 들어가 요리해서 가져오겠다고 해. 내 말 알아들어, 똑똑이?"

"알았습니다."

조지가 말했다.

"그다음엔 우리를 어떻게 하실 겁니까?"

"그건 상황에 따라 다르지."

맥스가 말했다.

"그건 네가 지금 이 순간 알 수 없는 것들 중 하나이기도 하지."

조지는 시계를 쳐다보았다. 6시 15분이었다. 거리 쪽으로 난 문이 열렸다. 전차(電車) 운전사가 들어왔다.

"안녕, 조지."

그가 말했다.

---

* 유대교에는 수녀원이 없다.

"저녁 식사 할 수 있나?"

"샘이 외출했습니다."

조지가 말했다.

"30분 정도 있다가 돌아올 겁니다."

"그럼 길 위쪽으로 가보아야겠는데."

전차 운전사가 말했다. 조지는 시계를 쳐다봤다. 6시 20분이었다.

"잘했어, 똑똑이."

맥스가 말했다.

"넌 정말 제대로 된 젊은 신사로군."

"저 애는 내가 자기 머리를 총으로 쏴서 날려버릴 거라는 걸 알고 있어."

앨이 주방에서 말했다.

"아니야."

맥스가 말했다.

"그게 아니야. 똑똑이는 성실해. 성실한 애야. 난 재가 마음에 들어."

6시 55분에 조지가 말했다.

"그는 오지 않아요."

그동안 간이식당에는 두 사람이 더 들어왔다. 한 번은 조지가 주방으로 들어가 그 손님이 '가져가겠다'라고 한 햄과 에그 샌드위치를 만들어가지고 나왔다. 주방 안에 들어간 조지는 앨을 보았다. 그는 중산모자를 뒤로 젖힌 채, 구멍문 옆에서 등받이 없는 의자에 앉아 있었다. 총신을 짧게 자른 권총이 선반 위에 놓여 있고 총구가 앞쪽을 보고 있었다. 닉과 요리사는 등을 맞댄 채 한쪽 구석에 앉아 있었다. 두 사람의 입은 타월로 단단히 묶여 있었다. 조지가 샌드위치를 요리해서 기름종이로 포장한 후 종이 백에 넣어 주방 밖으로 나오자 손님은 요금을 지불하고 식당을 나갔다.

"똑똑이는 뭐든지 다 할 수 있지."

맥스가 말했다.

"요리도 하고 그 밖의 것도 다 잘하지. 넌 좋은 여자를 만나고 행복하게 해줄 수 있을 거야, 똑똑이."

"저기요."

조지가 말했다.

"당신의 친구, 올레 안드레센은 안 올 것 같은데요."

"10분만 더 기다려보지."

맥스가 말했다.

맥스는 거울과 시계를 보았다. 시곗바늘은 7시를 가리켰고 곧 7시 5분이 되었다.

"이봐, 앨."

맥스가 말했다.

"철수하는 게 좋겠어. 그놈은 안 와."

"5분만 더 기다려보지."

앨이 주방에서 말했다.

그 5분 사이에 한 남자 손님이 들어왔고 조지는 요리사가 아파서 지금 없다고 설명했다.

"왜 다른 요리사를 쓰지 않지?"

그 손님이 물었다.

"이렇게 해서 간이식당이 운영되겠나?"

그는 식당 밖으로 나갔다.

"자, 앨, 가자고."

맥스가 말했다.

"두 똑똑이와 깜둥이는 어떻게 하지?"

"아무 문제 없는 애들이야."

"그렇게 생각해?"

"그럼. 그건 끝난 문제야."

"마음에 안 들어."

앨이 말했다.

"너무 너절해. 자넨 너무 많이 지껄였어."

"그게 무슨 소리야?"

맥스가 말했다.

"우리도 재밋거리가 있어야지, 안 그래?"

"아무튼 자넨 너무 많이 지껄였어."

앨이 말했다. 그는 주방에서 나왔다. 총신을 짧게 자른 권총이 너무 꽉 끼는 상의의 허리 아래 부분에서 비죽 튀어나와 있었다. 그는 장갑 낀 손으로 상의를 바르게 폈다.

"잘 있으라고, 똑똑이."

앨이 조지에게 말했다.

"넌 운이 아주 좋은 거야."

"그건 사실이야."

맥스가 말했다.

"경마를 한번 해봐, 똑똑이."

두 남자는 문 밖으로 나갔다. 조지는 창문을 통해 그들을 주시했다. 그들은 가로등 아래를 지나 길 반대편으로 건너갔다. 꽉 끼는 상의와 중산모자 때문에 두 남자는 보드빌 희극의 한 팀 같아 보였다. 조지는 뒤로 돌아 회전문을 통과해 주방 안으로 들어가 닉과 요리사를 풀어주었다.

"다시는 이런 일을 당하고 싶지 않아."

요리사 샘이 말했다.

"다시는 당하고 싶지 않아."

닉이 일어섰다. 그는 전에 입을 타월로 틀어막혀본 적이 한 번도 없었다.

"젠장."

닉이 말했다.

"정말 빌어먹을 지옥 같았어."

그는 일부러 거들먹거리며 그 기억을 잊어버리려 했다.

"올레 안드레센을 죽이려 했어."

조지가 말했다.

"그가 식사하러 들어오면 쏴 죽이려 했어."

"올레 안드레센?"

"응."

요리사는 양 엄지손가락으로 입 가장자리를 눌렀다.

"둘 다 갔어?"

요리사가 물었다.

"응."

조지가 말했다.

"갔어."

"난 이 일이 마음에 안 들어."

요리사가 말했다.

"전혀 마음에 들지 않아."

"이봐."

조지가 닉에게 말했다.

"가서 올레 안드레센을 만나 보는 게 좋겠어."

"좋아."

"이런 일에는 끼어들지 않는 게 좋아."

요리사 샘이 말했다.

"이런 일에는 빠지는 게 좋다고."

"가기 싫으면 가지 마."

조지가 말했다.

"이런 일에 끼어들어 봐야 아무런 성과도 없어."

요리사가 말했다.

"끼지 않는 게 최고야."

"난 가서 그를 만나 보겠어."

닉이 조지에게 말했다.

"어디 살지?"

요리사는 외면했다.

"어린애들은 자기가 뭘 하고 싶어 하는지 늘 잘 안다니까."

요리사가 말했다.

"그는 허시스 여인숙에서 지내고 있어."

조지가 닉에게 말했다.

"내가 거기 가보고 올게."

밖에는 가로등이 나무의 앙상한 가지들 사이로 빛나고 있었다. 닉은 전차 선로를 따라 거리 위쪽으로 올라가다가 다음 번 가로등에서 방향을 틀어 이면도로로 들어갔다. 그 도로 세 번째 집이 허시스 여인숙이었다. 닉은 두 계단을 걸어 올라가 초인종을 눌렀다. 어떤 여자가 나왔다.

"올레 안드레센이 여기에 있나요?"

"그를 만나려고?"

"예, 그분이 안에 있다면."

닉은 그 여자를 따라 계단을 올라가 통로 끝에 있는 방으로 갔다. 여자는 방문을 노크했다.

"누구세요?"

"누군가 당신을 만나러 왔습니다. 안드레센 씨."

여자가 말했다.

"닉 애덤스입니다."

"들어오시오."

닉은 문을 열고 방 안으로 들어갔다. 올레 안드레센은 옷을 다 입은 채 침대에 누워 있었다. 그는 헤비급 프로 권투선수였고 키가 너무 커서 침대가 작았다. 베개 두 개를 겹쳐서 머리 밑에 대고 누워 있었다. 그는 닉을 쳐다보지 않았다.

"무슨 일이오?" 그가 물었다.

"나는 헨리스 간이식당에 있었습니다."

닉이 말했다.

"그런데 두 남자가 들어오더니 나와 요리사를 묶어놓고 당신을 죽이겠다고 했습니다."

그렇게 말해놓고 보니 아주 우스꽝스럽게 들렸다. 올레 안드레센은 아무 말도 하지 않았다.

"조지는 내가 당신을 만나서 그 사건에 관해 말해주는 게 좋겠다고 했습니다."

"그 일에 대해 내가 할 수 있는 건 아무것도 없소."

올레 안드레센이 말했다.

"그들이 어떻게 생겼는지 말해줄 수 있습니다."

"나는 그들이 어떻게 생겼는지 알고 싶지 않아요."

올레 안드레센이 말했다. 그는 벽을 쳐다보았다.

"여기까지 와서 말해줘서 고맙소."

"고맙긴 뭘요."

닉은 침대에 누워 있는 덩치 큰 남자를 내려다보았다.

"경찰에 가서 신고할까요?"

"아니."

올레 안드레센이 말했다.

"그건 아무 도움도 안 될 거요."

"뭔가 해드릴 게 없을까요?"

"아니요. 당신이 할 수 있는 건 아무것도 없소."

"어쩌면 허풍일지도 모릅니다."

"아니, 그건 허풍이 아니오."

올레 안드레센은 다시 벽 쪽으로 몸을 돌렸다.

"문제는" 하고 그가 벽에다 대고 말했다.

"내가 밖으로 나갈 결심을 하지 못한다는 거요. 나는 하루 종일 여기 있었소."

"아예 마을을 떠나버리면 되잖아요."

"아니."

올레 안드레센이 말했다.

"여기저기 도망 다니는 것이 이제 지겨워졌어요."

그는 벽을 쳐다보았다.

"이제 할 수 있는 일은 아무것도 없소."

"문제를 해결할 수는 없나요?"

"아니, 나는 영 엉뚱한 방향으로 들어섰소."

그는 아까와 똑같은 맥없는 목소리로 말했다.

"할 수 있는 일은 아무것도 없소. 조금 뒤에 밖으로 나갈 결심을 할 거요."

"난 이제 식당에 있는 조지에게로 돌아가겠습니다."

닉이 말했다.

"잘 가시오."

올레 안드레센이 말했다. 그는 닉을 쳐다보지 않았다.

"일부러 와줘서 고맙소."

닉은 밖으로 나갔다. 그는 문을 닫으면서 옷을 다 입은 채 침대 위에 누워 벽을 쳐다보는 올레 안드레센을 보았다.

"그 사람은 하루 종일 방 안에 있었어요."

여인숙 여주인이 아래층에서 말했다.

"몸 상태가 나쁜 것 같아요. 내가 그에게 말했어요. '안드레센 씨, 이렇게 멋진 가을날에는 밖으로 나가 산책하는 게 좋아요.' 하지만 그는 산책 나갈 기분이 아닌 듯했어요."

"외출하기를 원하지 않아요."

"몸이 불편한 건 안된 일이에요."

여자가 말했다.

"정말 점잖은 사람이에요. 아시겠지만 권투를 했대요."

"알고 있습니다."

"얼굴에서만 표시가 날 뿐 다른 면에서는 그걸 알 수가 없어요."

그들은 현관문 바로 안쪽에 서서 이야기를 나눴다.

"그는 정말 점잖아요."

"그럼, 안녕히 계세요, 허시 부인."

닉이 말했다.

"나는 허시 부인이 아니에요."

여자가 말했다.

"허시 부인은 이 집의 주인이지요. 나는 그분 대신 이 여인숙을 돌보고 있어요. 나는 벨입니다."

"그럼, 안녕히 계세요, 벨 부인."

닉이 말했다.

"잘 가요."

여자가 말했다.

닉은 거리 위쪽으로 걸어가 가로등이 켜진 코너까지 왔고 이어 전찻길을 따라서 헨리스 간이식당으로 돌아왔다. 조지는 카운터 뒤 내부에 있었다.

"올레를 만나 봤어?"

"응."

닉이 말했다.

"방 안에 틀어박혀 밖에 나가지 않으려 했어."

요리사는 닉의 목소리를 듣자 주방 안으로 통하는 문을 열었다.

"난 그 말조차 안 들은 것으로 해줘."

그는 그렇게 말하고 문을 닫았다.

"그에게 여기서 벌어진 일을 말해주었어?"

조지가 물었다.

"응. 말해줬어. 이게 무엇 때문인지 다 알고 있더군."

"어떻게 할 거래?"

"아무것도 안 한대."

"그들은 그를 죽일 거야?"

"그럴 것 같아."

"시카고에서 무슨 사건에 연루된 게 틀림없어."

"나도 그렇게 생각해."

닉이 말했다.

"참 지랄 같은 일이야."

"그래, 정말 끔찍한 일이지."

닉이 말했다.

그들은 아무 말도 하지 않았다. 조지는 손을 아래로 뻗어 타월을 꺼내 카운터를 닦았다.

"그가 무슨 짓을 저질렀을까?"

닉이 말했다.

"누군가에게 져주겠다고 하고서 이겨버렸을 거야. 그 때문에 저들이 그를 죽이려고 하는 거지."

"난 이 마을을 떠나야겠어."

닉이 말했다.

"그래."

조지가 말했다.

"그게 좋겠어."

"자기가 살해당하리라는 것을 알면서도 방 안에서 기다리기만 하다니, 그 사람 생각만 하면 견딜 수가 없어. 그건 너무 끔찍한 일이야."

"그래."

조지가 말했다.

"하지만 그 일에 대해 더는 생각하지 않는 게 좋겠어."

조국은 당신에게
무엇을 말하고 있습니까?

고갯길은 단단하고 매끄러웠으며 이른 아침이어서 먼지도 일어나지 않았다. 아래로는 밤나무와 참나무가 우거진 언덕이 있었고 한참 더 아래에는 바다가 있었다. 다른 면은 눈 덮인 산이었다.

우리는 나무가 우거진 지역을 통과해 고개에서 내려왔다. 길옆에는 목탄이 쌓여 있었고, 숯 굽는 사람들이 사는 오두막도 나무 사이로 보였다. 그날은 일요일이었고 길은 오르락내리락했지만 고개의 높은 곳에서 점차 아래쪽으로 아래쪽으로 내려가면서 관목이 무성한 숲과 마을을 지나갔다.

마을의 외곽에는 포도밭들이 있었다. 밭들은 갈색이었고 포도나무들은 굵고 거칠었다. 집들은 흰색이었고 거리에서는 남자들이 일요일에 입는 제일 좋은 옷을 입고서 나무 공 굴리기를 했다. 일부 집들의 벽 앞에는 배나무가 벽에 기댄 듯 서 있었는데 가지들이 흰 벽에 촛대 모양을 만들었다. 사람들은 배나무에 물을 뿌렸고, 벽에 튄 물방울이 증발하면서 짙은 청록색 얼룩을 남겼다. 마을 주변으로는 포도나무들이 자라는 작은 빈터가 있었는데 그곳을 지나면 숲이 나타났다.

스페치아에서 위쪽으로 20킬로미터 떨어진 마을 광장엔 사람들이 몰려 있었다. 광장에 들어서자 여행 가방을 든 한 청년이 우리 차로 와서 스페치아까지 태워줄 수 없느냐고 물었다.

"두 자리밖에 없는데 이미 사람이 앉았어요."

내가 말했다. 우리 차는 낡은 포드 쿠페였다.

"밖에 매달려 갈게요."

"불편할 텐데."

"그건 문제도 아니에요. 전 꼭 스페치아에 가야 합니다."

"태워줘도 될까?"

나는 가이에게 물었다.

"어떻게든 타려고 하는 것 같은데."

가이가 대답했다.

청년은 차창을 통해 작은 짐을 하나 넘겨주며 말했다.

"짐 좀 봐주세요."

두 명의 이탈리아 남자가 그의 여행 가방을 차 뒤에 있는 우리 여행 가방들 위로 올려 묶었다. 청년은 환송 나온 무리들과 일일이 악수한 뒤 파시스트이자 여행에 익숙한 자신은 밖에 서서 가도 불편한 걸 못 느낀다고 말했다. 이어 그는 차 왼편의 발판 위로 올라와 열린 창문 안으로 오른팔을 집어넣어 안쪽을 잡았다.

"출발하셔도 됩니다."

청년이 말했다. 군중은 손을 흔들었고 청년 또한 왼팔을 흔들었다.

"저 친구 뭐라고 한 거야?"

가이가 내게 물었다.

"출발해도 된다는군."

"친절한 친구로군."

가이가 말했다.

길은 강을 따라 나 있었다. 강 건너에는 산이 있었다. 풀에 낀 서리는 햇빛에 녹는 중이었다. 환하지만 추운 날씨였고 바깥 공기가 열린 바람막이 창 안으로 들어왔다.

"저 친구 밖에서 버틸 것 같아?"

가이는 길 위쪽을 쳐다보았다. 청년 때문에 왼쪽 시야가 가로막혔다. 차 옆에 매달린 청년은 마치 배의 선수상(船首像) 같았다. 그는 모자를 꽉 눌러썼고 외투의 깃을 올렸으며 코는 바람을 맞아 시린 것 같았다.

"곧 피곤해질 거야."

가이가 대답했다.

"저 친구가 매달린 쪽 타이어 상태가 좀 안 좋으니까."

"타이어가 터지면 우릴 떠나겠지."

내가 말했다.

"여행용 옷을 더럽히면서 도울 생각은 없을 테니까."

"뭐, 난 신경 안 써."

가이가 말했다.

"커브길에서 저 친구가 몸을 밖으로 내미는 것만 빼고."

숲은 이제 보이지 않았다. 강을 왼쪽에 둔 길은 오르막으로 변했다. 차의 냉각기는 끓고 있었다. 청년은 난감하고 의심스러운 표정으로 증기와 올라오는 쇳물을 쳐다보았다. 가이가 저속 기어 페달에 올린 발이 현란하게 움직일 때마다 엔진은 맹렬하게 소리를 냈다. 엔진이 소리를 내는 것을 멈추자 냉각기는 아주 크게 부글부글 끓어올랐다. 우리는 스페치아와 바다 위에 솟아 있는 마지막 산줄기 정상에 와 있었다. 내려가는 길은 짧고 잘 다듬어지지 않은 커브길이 자주 나타났다. 그런 커브길을 돌 때마다 매달린 손님이 꽉 달라붙는 바람에 안 그래도 윗부분이 무거운 우리 차를 거의 기울어지게 했다.

"저러지 말라고 할 수가 없군."

내가 가이에게 말했다.

"자기 보호 본능이니까."

"참 이탈리아인답군."

"아주 이탈리아인답지."

우리는 엄청난 먼지를 일으키며 커브길들을 돌아서 언덕길을 내려왔고 그 먼지는 올리브나무들 위로 분가루처럼 내려앉았다. 그 아래에는 스페치아가 바다를 따라 모습을 드러내고 있었다. 도시 외곽에 다다르니 길이 평탄해졌다. 우리 손님은 고개를 불쑥 창문으로 집어넣었다.

"이제 내리고 싶은데요."

"멈추라는군."

내가 가이에게 말했다.

가이는 속도를 줄이고 차를 길가에 댔다. 그러자 청년은 내려서 차 뒤로 가 자기 여행 가방을 풀었다.

"여기서 내려야 당신네들이 손님을 태웠다고 곤란해지지 않을 것 같아서요. 일단 제 짐을 주시겠습니까?"

나는 그에게 짐을 건넸다. 청년은 지갑을 꺼내며 말했다.

"얼마나 드려야 할까요?"

"안 줘도 돼요."

"왜죠?"

"글쎄."

내가 말했다.

"그렇다면 뭐, 고맙습니다."

청년이 말했다.

이탈리아에서는 누군가에게 시간표를 받거나 길을 찾는 설명을 들으면 "감사합니다", "정말 감사합니다", "감사해서 어찌할 바를 모르겠습니다" 같은 말을 하곤 했다. 그런데 이 친구는 건성으로 "고맙습니다"라는 한마디를 던지고 가이가 차에 시동을 걸자 우리를 의심스럽게 쳐다보기까지 했다. 그래도 나는 그에게 손을 흔들어줬다. 하지만 그는 너무 근엄해서 마주 손을 흔들지 않았다. 우리는 스페치아로 향했다.

"저 이탈리아 청년 아주 많이 가야 할 것 같은데."

내가 가이에게 말했다.

"글쎄."

가이가 말했다.

"저 친구, 그래도 우리랑 20킬로미터나 같이 왔잖아."

스페치아에서의 식사

우리는 식당을 찾으면서 스페치아에 들어섰다. 거리는 넓었고 황색의 집들이 높이 들어서 있었다. 우리는 전차가 다니는 길을 따라 도시의 중심부로 향했다. 집들의 벽에는 형판(型板)에서 떠낸, 눈을 부릅뜬 무솔리니의 초상이 붙어 있었다. 초상 옆에는 '만세(ViVas)'라고 사람이 직접 페인트칠을 해놨는데 대문자로 표기된 두 개의 V 자에서 검은 페인트가 벽을 따라 흘러내린 자국이 있었다. 이면도로들은 항구로 이어졌다. 맑은 날이어서 많은 사람이 일요일을 즐기기 위해 밖에 나와 있었다. 도시에는 돌로 포장된 도로가 간간이 있었고 먼지가 이는 가운데 습기도 있었다. 우리는 전차를 피하려고 갓돌 쪽으로 가까이 붙어 갔다.

"어디 가서 간단하게 먹자고."

가이가 말했다.

우리는 두 개의 식당 간판이 보이는 곳 맞은편에 차를 세웠고 나는 신문을 샀다. 두 식당은 나란히 붙어 있었다. 그중 한 식당의 출입구에 서 있던 여자가 우릴 보며 미소를 지었고 우리는 길을 건너 그 식당으로 들어갔다.

식당 안은 어두웠고 방 뒤에 있는 탁자엔 세 명의 여자가 늙은 여자와 함께 앉아 있었다. 우리 맞은편의 다른 탁자엔 선원이 혼자 앉아 있었다. 그는 먹지도 마시지도 않았다. 더 뒤에 있는 탁자엔 푸른색 정장을 입은 젊은 남자가 뭔가를 적고 있었다. 포마드를 바른 그의 머리가 반들거렸다. 그의 차림새는 아주 말쑥했고 용모도 단정했다.

빛은 출입구와 창문에서 흘러 들어왔다. 창문에는 채소, 과일, 스테이크, 고깃덩이 등을 담은 진열장이 있었다. 한 여자가 다가와서 우리의 주문을 받았고 또 다른 여자는 출입구에 서 있었다. 우리는 그 여자가 겉옷 안에 아무것도 입지 않았음을 금세 알게 됐다. 우리가 메뉴를 보고 있는 동안 주문을 받으러 온 여자는 가이의 목에 팔을 둘렀다. 늙은 여자를 제외하면 이 가게에 여자가 셋이었는데 돌아가면서 출입구로 가서 서 있었다. 방 뒤의 탁자에 있는 늙은 여자가 뭔가 말하자 여자들은 다시 그녀에게로 가 함께 앉았다.

부엌으로 들어가는 출입구를 제외하고 방과 연결된 출입구는 없었다. 방에는 커튼이 드리워져 있었다. 우리에게 주문을 받았던 여자는 부엌에서 스파게티를 들고 나왔다. 그녀는 스파게티를 탁자에 내려놓은 뒤 레드 와인을 한 병 들고 와 우리 옆에 앉았다.

"간단하게 먹을 곳 찾지 않았어?"

내가 가이에게 말했다.

"그런데 간단하지 않군. 좀 복잡해."

"뭐라고 하는 거예요?"

여자가 물었다.

"독일인?"

"남부 독일인입니다. 남부 독일인들은 점잖고 매력적이죠."

내가 말했다.

"무슨 소리예요?"

여자가 말했다.

"대체 여기서는 어떻게 해야 되는 거야? 이 여자가 내 목에 팔을 둘러도 가만있어야 하는 거야?"

가이가 물었다.

"응. 무솔리니가 사창가를 없앴거든. 그 뒤로 식당이 다 이래."

내가 말했다.

여자는 원피스 차림이었다. 그녀는 탁자 쪽으로 몸을 숙이면서 가슴에 손을 올린 뒤 미소를 지었다. 얼굴 한쪽의 미소가 다른 쪽보다 나았기에 더 괜찮은 쪽 얼굴을 우리에게 들이밀었다. 과거에 어떤 일로 인해 코 한쪽이 마치 뜨거운 초를 짓눌러놓은 것처럼 짜부라져서 코가 성한 쪽 얼굴의 매력이 더욱 높아졌다. 하지만 코는 뜨거운 초 같아 보이지는 않았다. 오히려 굉장히 차갑고 견고한데 단지 짜부라졌을 뿐이었다. "나 마음에 들어요?" 하고 여자가 가이에게 물었다.

"그는 당신을 좋아하죠."

내가 말했다.

"하지만 이 친구는 이탈리아어를 못해요."

"나 독일어 할 줄 아는데."

여자가 가이의 머리카락을 쓰다듬으며 말했다.

"이 여자에게 자네의 모국어로 말해봐, 가이."

"어디서 왔어요?"

여자가 물었다.

"포츠담에서요."

"여기에 한동안 머무를 거예요?"

"이 사랑스러운 스페치아에서?"

내가 물었다.

"이제 가야 한다고 말해."

가이가 말했다.

"이 여자한테 우리는 중병을 앓고 있고 돈도 없다고 해."

"실은 제 친구는 여자를 싫어합니다. 나이 든 독일인 여성 혐오자예요."

내가 말했다.

"내가 그를 사랑한다고 말해줘요."

나는 그에게 전했다.

"제발 그 입 좀 닥치고 여기서 나갈 수 없어?"

가이가 말했다.

이제 여자의 다른 팔마저도 가이의 목을 휘감았다.

"이 사람은 내 거라고 말해줘요."

나는 이 말도 그대로 옮겼다.

"아니, 여기서 나가자고."

"뭐야, 두 사람 싸우는 거예요? 서로 사랑하지 않나 봐."

여자가 말했다.

"우린 독일인입니다."

내가 자랑스럽게 말했다.

"그것도 뼛속까지 남부 독일인이죠."

"그가 아름다운 남자라고 좀 말해줘요."

여자가 말했다. 가이는 서른여덟이었고 자신이 프랑스에서 출장 영업사원으로 오해받는다는 사실에 약간의 자부심을 느끼고 있었다.

"당신은 아름다운 남자야."

내가 말했다.

"뭐야, 자네 말이야, 아니면 이 여자 말이야?"

가이가 물었다.

"이 여자지. 나는 그냥 통역만 해주는 거야. 그래서 여행에 날 데려온 거 아니야?"

"이 여자가 한 소리라니 참 다행이로군. 자넬 여기에 버려두고 갈 생각은 없었으니까."

"글쎄, 스페치아는 참 좋은 곳이야."

"스페치아, 당신 지금 스페치아라고 했어요."

여자가 말했다.

"좋은 곳이라고 했죠."

내가 말했다.

"내 나라잖아요."

여자가 말했다.

"스페치아는 내 고향이고 이탈리아는 내 나라예요."

"이탈리아가 자기 나라라는군."

"여긴 그렇게 보인다고 말해줘."

가이가 말했다.

"디저트로는 뭐가 있어요?"

내가 물었다.

"과일이요. 바나나가 있죠."

여자가 말했다.

"바나나 좋은데. 껍질이 있으니 말이야."

가이가 말했다.

"아아, 바나나 좋아하시는구나!"

여자는 이렇게 말하고 가이를 껴안았다.

"이 여자 도대체 무슨 소리야?"

가이는 얼굴을 피하며 물었다.

"자네가 바나나를 먹겠다니 좋아하네."

"그럼 안 먹겠다고 말해줘."

"친구가 바나나를 먹지 않겠다는군요."

여자는 내 말을 듣고 풀이 죽은 채로 이렇게 말했다.

"바나나를 안 드시는구나."

"내가 매일 아침 냉수욕을 한다는 말도 전해줘."

가이가 말했다.

"이 친구는 매일 아침 냉수욕을 한다는군요."

"무슨 말씀인지 모르겠어요."

여자가 말했다.

아무래도 손님 행세를 하는 것 같은 우리 건너편의 선원은 미동도 하지 않았다. 이 가게의 누구도 그에게 전혀 관심을 보이지 않았다.

"계산할게요."

내가 말했다.

"안 돼요. 좀 더 계세요."

"이봐!"

말쑥한 청년이 탁자에서 글을 쓰다 말고 일어나서 말했다.

"가라고 해. 저 둘은 공들일 필요 없어."

여자가 내 손을 잡으며 말했다.

"왜요, 더 안 계시게요? 저분한테 더 계시라고 말 좀 해줘요."

"우린 이제 가야 해요."

내가 말했다.

"피사까지 가야 해요. 가능하다면 밤엔 피렌체에 도착하려고요. 그곳에서 하루의 끝을 보내며 즐길 걸 찾아봐야죠. 지금은 낮이잖아요. 먼 거리를 가려면 낮에 움직여야죠."

"조금 더 있다고 해서 무슨 일 안 생겨요. 재미있게 해드릴게요."

"여행을 하려면 해가 떠 있는 낮에 해야 돼요."

"야!"

말쑥한 청년이 소리쳤다.

"저 두 사람하고 말하는 거 시간 낭비라니까. 돈이 안 된단 말이야. 딱 보면 몰라?"

"계산서 주세요."

내가 말했다.

여자는 늙은 여자한테서 계산서를 받아와 다시 가이 옆에 앉았다. 또 다른 여자가 부엌에서 나온 뒤 방을 가로질러 출입문으로 가서 섰다.

"저 두 사람은 신경 쓰지 말라니까."

말쑥한 청년이 싫증 난 목소리로 말했다.

"그냥 식사하러 왔어. 돈이 안 된다고."

우리는 계산을 한 뒤 자리에서 일어섰다. 여종업원 전부, 늙은 여자, 말쑥한 청년은 이제 같은 탁자 주위에 모여 앉았다. 붙박이 선원은 양손으로 턱을 감싸 쥐고 앉아 있었다. 우리가 점심을 먹던 내내 아무도 그에게 말을 걸지 않았다. 가이의 환심을 사려고 애썼던 여자는 늙은 여자가 건넨 거스름돈을 우리에게 전한 뒤 앉았던 곳으로 돌아갔다. 우리는 탁자에 팁을 내려놓고 가게를 나왔다. 차에 탄 뒤 출발하려고 하자 아까 그 여자가 출입문에 나와 서 있었다. 나는 그녀에게 손을 흔들었으나 그녀는 손을 흔들지 않았다. 그저 거기 서서 우리를 쳐다봤다.

비가 내린 뒤

제노바의 교외를 지나는 동안 비가 엄청 내렸다. 전차와 트럭 뒤에서 아주 느릿느릿하게 차를 몰았는데도 묽은 진흙이 보도로 튈 정도였다. 그래서 사람들은 우리 차를 보고 인근 건물의 현관으로 피했다. 다행히 제노바 교외 공업 단지인 산페데나에는 전찻길 두 개가 달리는 넓은 길이 있었고, 퇴근하는 사람들에게 진흙을 튀기지 않으려고 중앙으로 차를 몰았다. 우리 왼쪽으로는 지중해가 있었다. 크게 파도가 밀려와 부서졌고 바람은 물보라를 우리 차로 실어 보냈다. 이탈리아로 들어올 때 우리가 이미 그 옆을 통과했던 넓은 강바닥은 그땐 바싹 말라 돌멩이들이 굴러다니는 게 보일 정도였지만 지금은 흙탕물로 가득 차 수위가 둑까지 올라온 상태였다. 흙탕물은 바다로 흘러들어가 바닷물을 더럽혔고, 파도가 부서지면서 얇아지고 투명해지면 흙탕물 사이로 햇빛이 보였다. 바람은 파도의 물마루를 떼어내 길가에 흩뿌렸다.

큰 차가 빠르게 지나며 우리를 앞질렀고, 동시에 흙탕물이 솟아오르며 차의 바람막이 창과 냉각기를 덮쳤다. 자동 와이퍼는 앞뒤로 움직이며 흙탕물을 밀어냈다. 우리는 점심을 먹기 위해 세스트리에 차를 세웠다. 식당은 난방을 하지 않았고 그래서 우리는 모자를 벗지 않았고 상의도 그대로 입고 있었다. 우리는 창문을 통해 밖에 세워둔 우리 차를 볼 수 있었다. 악천후가 되자 육지로 끌어올린 배들 옆에 세운 차는 진흙 범벅이 된 상태였다. 식당 안에서는 숨을 내쉬면 입김이 곧장 보였다.

파스타 아시우타*는 훌륭했다. 하지만 와인에선 백반(白礬) 같은 맛이 났고, 우리는 물을 타서 마셨다. 그 뒤에 웨이터는 소고기 스테이크와 감자튀김을 가져왔다. 식당 한쪽 끝엔 한 남녀가 있었다. 남자는 중년이었고 여자는 젊었는데 검은 옷을 입고 있었다. 식사하는 내내 그녀는 차갑고 습한 공기 속에서 숨을 내쉬었다. 남자는 그 모습을 보고 고개를 가로저었다. 그들은 말없이 식사했고 남자는 탁자 밑에서 그녀의 손을 잡아줬다. 수려한 용모의 여자는 매우 슬

---

* 토마토소스로 만드는 대표적인 파스타

펴 보였다. 그들의 옆엔 여행용 가방이 있었다.

신문을 보던 나는 상하이 사변* 기사를 가이에게 큰 소리로 읽어 줬다. 식사를 마친 뒤 가이는 식당에 없는 화장실을 찾아서 웨이터와 함께 갔다. 그사이 나는 넝마 조각을 하나 들고 차의 바람막이 창과 등, 그리고 번호판을 닦아냈다. 가이가 돌아왔고 우리는 차를 후진으로 빼서 다시 여정을 시작했다. 웨이터는 아까 길 건너편의 낡은 집으로 가이를 데려갔었다. 웨이터가 남아서 가이가 뭘 훔쳐 가지 않는지 감시해야 할 정도로 그 집 사람들은 의심이 많았다.

"대체 내가 그 상황에서 뭘 훔쳐간단 말이지. 배관공처럼 그 집에 오래 있을 것도 아니고."

가이가 말했다.

세스트리를 벗어나 곶이 있는 지역으로 오자 바람이 세게 불어와 차가 거의 넘어갈 지경이었다.

"육지로 바람이 불어서 다행이야."

가이가 말했다.

"그러게. 퍼시 셸리**가 여기 근처에서 익사하지 않았던가?"

내가 말했다.

"그건 비아레조 근처야."

가이가 말했다.

---

* 1927년 4월 12일에 장개석이 공산당을 무력으로 진압한 사건

** 1792~1822, 영국의 낭만파 시인으로 《프랑켄슈타인》의 작가 메리 셸리의 남편. 항해에서 돌아오다가 이탈리아에서 사고로 익사했다.

"그나저나 자넨 우리가 왜 이 나라에 왔는지 기억하나?"

"물론이지."

내가 대답했다.

"하지만 목적은 달성하지 못했군."

"우린 오늘 이탈리아에서 벗어나게 될 거야."

"벤티밀리아를 벗어날 수 있다면 말이지."

"어디 두고 보자고. 난 밤중에 이런 해안을 달리는 건 좋아하지 않아."

이른 오후라 해는 아직 지지 않았다. 아래쪽 바다는 푸른색이었고 흰 물결이 일어나 사보나까지 뻗어 있었다. 뒤를 보니 곶 너머에선 흙탕물과 푸른 바닷물이 만나고 있었다. 우리 앞에서는 부정기 화물선 한 척이 해안 위쪽으로 가고 있었다.

"여전히 제노바가 보이나?"

가이가 물었다.

"보이는군."

"저기 보이는 큰 곶을 지나가면 더는 보이지 않을 거야."

"그래도 한참은 더 보일 것 같은데. 제노바 뒤에 있는 포르토피노 곶도 보이는데."

마침내 우리는 제노바를 볼 수 없게 되었다. 뒤를 돌아보니 바다만 보였다. 그 밑으로 보이는 만에는 어선이 늘어선 해변이 있었다. 그 위로는 언덕의 한 면과 도시가 보였고 뒤이어 한참 멀리 있는 해안을 따라서는 여러 곶들이 있었다.

"이젠 안 보이는군."

내가 가이에게 말했다.

"한참 전부터 안 보였다니까."

"어쨌든 이탈리아를 빠져나올 때까지는 확신할 수 없지."

얼마 지나자 S자 길을 나타내는 그림과 함께 '굽이길 조심(Svolta Pericolosa)'이라고 적힌 표지판이 보였다. 길은 곶 주변을 따라 곡선으로 뻗었고 바람은 바람막이 창의 좁은 틈으로 흘러들어왔다. 곶 아래쪽, 바다 옆으로는 평평한 길이 뻗어 있었다. 평평한 길에서 우리는 자전거를 탄 파시스트를 지나쳤다. 그가 둘러멘 권총집에 무거운 연발 권총이 넣어져 있었다. 자전거는 길 한복판을 달리고 있었기 때문에 우리는 옆으로 비켜서 그를 지나쳤다. 그 파시스트는 지나치는 우리를 쳐다보았다. 앞엔 철도 건널목이 있었는데 우리가 접근하자 개폐기가 내려왔다.

우리가 신호를 기다리는 동안 파시스트도 자전거로 우리를 따라왔다. 기차가 지나간 뒤 개폐기가 올라가자 가이는 시동을 다시 걸었다.

"기다리시오!"

차 뒤에서 파시스트가 소리쳤다.

"번호판이 더럽지 않소."

이에 나는 넝마 조각을 들고 차에서 내렸다. 이미 점심에 번호판은 청소한 상태였다.

"보이지 않습니까?"

내가 말했다.

"정말 그렇게 생각하시오?"

"보세요, 그럼."

"볼 수가 없소, 더러우니까."

나는 다시 넝마로 번호판을 닦아냈다.

"이젠 어떻습니까?"

"25리라 내시오."

"뭐라고요?"

내가 말했다.

"읽을 수 있잖아요. 길 상태가 안 좋아서 더러워진 건데."

"이탈리아의 길을 별로 좋아하지 않는단 말이구려."

"지저분하지요."

"50리라."

말을 마친 뒤 그는 길에 침을 뱉었다.

"당신 차는 지저분하고 당신 또한 지저분하오."

"아 뭐 좋아요. 그럼 당신 이름 적힌 영수증이나 주세요."

그러자 파시스트는 영수증 첩을 꺼냈다. 구멍이 뚫린 영수증은 두 장으로 되어 있었다. 한 장은 나 같은 사람에게 줄 것이었고, 다른 한 장은 내용을 적어 이 파시스트가 증거로 보관할 것이었다. 그런데 내게 줄 종이의 내용을 그대로 복사할 먹지가 없었다.

"50리라 주시오."

그는 지울 수 없는 연필로 뭔가 끼적거린 영수증 종이를 내게 건네며 말했다. 나는 곧장 이의를 제기했다.

"25리라라고 적었잖아요."

"아, 그건 내 실수요."

말을 마친 그는 종이를 가져가 25를 50으로 고쳐 썼다.

“이제 당신이 가진 쪽도 고쳐 써야죠. 50리라로 빨리 고쳐요.”

그러자 파시스트는 아름다운 이탈리아식 미소를 띠고 자기 종이에 뭔가를 적은 뒤 내가 볼 수 없도록 손에 쥐었다.

“가시오.”

그가 말했다.

“다시 번호판이 더러워지기 전에.”

우리는 파시스트에게 50리라를 건네준 뒤, 두 시간을 더 달려 그날 밤 망통에서 잠을 잤다. 아주 쾌활하고, 깨끗하고, 건전하고, 아름다운 곳이었다. 우리는 벤티밀리아에서 피사로, 거기서 피렌체로, 또 로마냐를 가로질러 리미니로 갔다. 거기서 다시 포를리, 이몰라, 볼로냐, 파르마, 피아첸차를 거쳐 제노바에서 다시 벤티밀리아로 돌아왔다. 이 여행을 다 마치는 데엔 고작 열흘밖에 걸리지 않았다. 당연하게도 그런 짧은 여행에서 이탈리아와 그 나라 사람들의 사정을 살펴볼 기회는 없었다.

5만 달러

"요샌 어떻게 지내나, 잭?"

내가 그에게 물었다.

"자네 월컷이란 친구 본 적 있나?"

그가 말했다.

"체육관에서만 봤지."

"음" 하고 잭이 말했다.

"그 친구랑 링에서 뛰려면 난 참 운이 좋아야겠는걸."

"그놈은 자넬 치지도 못해, 잭."

솔저가 말했다.

"그러길 참 바라지만."

"산탄총을 들고 있더라도 자넬 못 맞출걸."

"산탄총 거 좋네. 뭐, 어떤 산탄총이든 상관하지 않겠지마는."

잭이 말했다.

"그 월컷이란 친구 쉽게 칠 수 있을 것 같아."

내가 말했다.

"물론이지. 그 친구는 오래 버티지 못할 거야. 제리, 자네와 나처럼 오래 버티지는 못할 거라고. 하지만 지금은 그 친구가 모든 걸 가지고 있어."

잭이 말했다.

"자네가 왼손으로 쳐서 죽여버릴 것 같은데."

"그럴지도 모르지. 그래, 분명 나한테도 기회는 있을 테니까."

잭이 말했다.

"키드 루이스를 두들겼던 것처럼 흠씬 패주라고."

"키드 루이스? 아, 그 유대인 놈!"

잭이 말했다.

잭 브레넌, 솔저 바틀렛, 그리고 나는 핸리 술집에 앉아 있었다. 우리 옆 탁자에는 창녀 두 명이 앉아 있었다. 그들은 아까부터 술을 마시고 있었다.

"유대인 놈이라니 무슨 소리예요?"

한 창녀가 물었다.

"유대인 놈이라니, 대체 무슨 소리냐고요, 덩치 큰 아일랜드 놈팡이 씨?"

"알고 있네, 말 그대로야."

잭이 대답했다.

"유대인 놈이라니," 하고 그 창녀가 계속 말했다. "이 덩치 큰 아일랜드 놈팡이들은 언제나 유대인 얘기만 해. 유대인 놈이라니 대체 무슨 뜻이에요?"

"이런, 여길 빨리 나가세."

"유대인 놈이라뇨?"

창녀가 다시 입을 열었다.

"그래, 당신이 술 한잔 사는 것을 본 사람이 있어? 마누라가 매일 아침이면 호주머니를 아주 꿰매버릴 테니 그럴 수가 있나? 아일랜드 놈들이나 유대인 놈들이나 뭔 차이가 있담! 테드 루이스도 당신 정도는 쉽게 해치울 수 있을 것 같은데요."

"그래, 그래서 댁은 그렇게 많이 공짜로 대주시나?"

잭이 말했다.

우리는 가게를 나왔다. 그게 잭의 본모습이었다. 그는 뭔가 말하고 싶을 때 곧바로 그걸 말해버렸다.

잭은 저쪽 뉴저지에 있는 대니 호건의 헬스클럽에서 훈련을 시작했다. 훌륭한 곳이었지만 잭은 별로 좋아하지 않았다. 그는 부인, 그리고 자식들과 떨어져 지내는 걸 꺼렸다. 대부분의 경우 그는 예민했고 부루퉁했다. 잭은 나를 좋아했고 우리는 서로 잘 어울렸다. 잭은 호건 또한 좋아했다. 그러나 얼마 지나지 않아 솔저 바틀렛이 그의 신경을 건드리기 시작했다. 농담꾼의 얘기가 다소 조악해지면 그는 훈련지에서 성가신 존재가 돼버렸다. 솔저는 늘 잭에게 온갖 농담을 건넸다. 하지만 별로 재미있지도 않고 조악한 것이어서 잭을 짜증나게 만들었다. 예를 들면 이랬다. 잭은 역기를 들고 샌드백을 두들긴 뒤 장갑을 끼고 있었다.

"대련 한 번 할까?"

잭이 솔저에게 물었다.

"물론이지. 내가 어떻게 해주길 원해?"

솔저가 말했다.

"월컷처럼 거칠게 해줄까? 아니면 몇 번 눕혀줘?"

"바로 그거야."

잭이 대답하곤 했다. 하지만 그는 솔저의 농담을 좋아하지 않았다.

어느 날 아침 우리는 모두 달리기 운동을 나왔다. 꽤 멀리까지 나온 우리는 돌아가는 중이었다. 우리는 3분 동안 뛰고 1분 동안 걷는 운동을 계속했다. 잭은 흔히 우리가 생각하는 단거리 주자는 아니었다. 링에서 그럴 필요가 있을 때에는 빠르게 움직였지만, 길에서는 그리 빠르게 움직이지 않았다. 달리기 운동 내내 솔저는 그에게 농담을 던졌다. 그러다 우리는 언덕을 올라가 농가에 도착했다.

"솔저, 자넨 이제 도시로 돌아가는 게 좋겠어."

잭이 말했다.

"무슨 소리야?"

"도시로 돌아가서 거기 머무르는 게 낫겠다고."

"대체 무엇 때문에 그러는데?"

"자네 말을 듣는 게 지겨워."

"진심이야?"

솔저가 물었다.

"그래."

잭이 대답했다.

"월컷이 자넬 해치우면 훨씬 더 지겨울걸."

"그래, 그럴지도 모르지. 어쨌든 지금 나는 자네가 지겨워."

이렇게 하여 솔저는 같은 날 아침에 도시로 가는 기차를 타러 떠났다. 나는 기차를 타려는 솔저를 따라갔다. 그는 화가 머리끝까지 나 있었다.

"참나, 농담도 못하나?"

승강장에 앉아 차를 기다리면서 솔저가 말했다.

"그놈이 나한테 그런 식으로 나오면 안 돼, 제리."

"긴장해서 예민한 거야. 잭은 좋은 친구라고, 솔저."

"하이고 퍽이나. 언제부터 그놈이 좋은 친구였나?"

"어쨌든 또 보자고, 솔저."

내가 말했다.

솔저는 기차가 도착하자 가방을 챙겨 탑승했다.

"또 보자고, 제리. 그나저나 시합 전에 도시로 올 건가?"

솔저가 물었다.

"그렇겐 힘들걸."

"그럼 나중에 보자고."

솔저가 기차 안으로 들어가자 차장이 기차에 올라 신호를 보냈고, 곧 기차는 출발했다. 나는 짐마차를 타고 헬스클럽으로 돌아왔다. 잭은 현관에서 아내에게 보낼 편지를 쓰고 있었다. 우편물이 도착한 뒤라 나는 신문을 가져와 현관 다른 쪽에 앉아 읽기 시작했다. 곧 호건이 문을 열고 나와서 내게로 왔다.

"솔저랑 무슨 일 있나?"

"일은 무슨."

내가 말했다.

"그냥 잭이 그 친구한테 도시로 돌아가라고 말한 것뿐이야."

"이제 무슨 일인지 좀 알겠군. 실은 잭이 솔저를 그다지 좋아하지 않았지."

호건이 말했다.

"그래, 잭은 사람을 별로 좋아하지 않아."

"참 냉정한 친구야."

호건이 말했다.

"글쎄, 나한테는 늘 괜찮은 친구라서."

"나 역시 그래."

호건이 말했다.

"잭하고는 아무 문제도 없었어. 하지만 그 친구는 냉정해."

호건은 방충망 문을 통해 다시 건물 안으로 들어갔고 나는 그대로 현관에 앉아 신문을 읽었다. 막 가을 날씨로 바뀌기 시작한 뉴저지의 이곳은 산속이라서 참 좋았다. 신문을 다 읽은 나는 계속 현관에 앉아서 이 지역을 내려다봤다. 숲 가까이 있는 저 아래의 길에선 차들이 먼지를 일으키며 달렸다. 좋은 날씨였고 아주 아름다운 고장이었다. 호건이 다시 문을 열고 나왔다.

"어이 호건, 여기 사냥감들은 좀 있나?"

내가 말했다.

"아니."

호건이 말했다.

"참새 정도밖에 없지."

"신문 봤나?"

내가 호건에게 물었다.

"뭐가 났는데?"

"경주마 샌드가 어제 세 번이나 이긴 모양이야."

"어젯밤에 전화로 소식 들었네."

"자네 소식 참 빠르군, 호건."

내가 말했다.

"연락을 하고 있거든."

"잭은 어때? 여전히 돈을 걸고 있나?"

"그 친구? 자넨 돈 거는 거 본 적 있어?"

마침 그때 잭이 손에 편지를 들고 모퉁이를 돌아 나타났다. 그는 스웨터와 낡은 바지, 권투화를 신고 있었다.

"우표 가지고 있나, 호건?"

잭이 물었다.

"편지를 주면 내가 부쳐주지."

호건이 말했다.

"이봐, 잭. 자네 경마하지 않았었나?"

내가 물었다.

"했지."

"실은 난 알고 있었네. 쉽스헤드 경마장에서 자넬 보곤 했거든."

"왜 그만뒀나?"

호건이 물었다.

"돈을 잃었거든."

잭이 현관으로 와서 내 옆에 앉았다. 그는 기둥에 몸을 기댔고 햇빛이 들자 눈을 감았다.

"의자 줄까?"

호건이 물었다.

"됐네. 이대로도 좋아."

잭이 말했다.

"아, 참 좋은 날이야. 이곳 시골은 정말 아름답군."

내가 말했다.

"제기랄, 마누라랑 같이 도시에 있었다면 훨씬 그림이 좋았겠지."

"이보게, 이제 한 주 남았어."

"그렇긴 하군."

잭이 말했다.

우리는 현관에 앉아 있었다. 호건은 안쪽 사무실에 있었다.

"내 상태가 지금 어때 보이나?"

잭이 내게 물었다.

"아직 뭐라 말할 수 없네. 아직 몸을 만들 시간이 한 주 더 있잖나."

"빙빙 돌리지 말게."

"그래, 자넨 좋은 것 같지 않아."

내가 말했다.

"요새 잠을 통 못 자."

잭이 말했다.

"하루 이틀 지나면 괜찮아지겠지."

"아니, 난 불면증이 있네."

"뭐 마음에 걸리는 거라도 있나?"

"마누라 생각이 나서 말이야."

"그럼 오라고 해."

"안 돼. 내가 지금 나이가 몇 살인데."

"자기 전에 같이 장거리 산책을 나갔다 오면 자넨 완전히 녹초가 될 걸세."

"녹초라, 난 늘 그랬는데."

잭이 말했다.

그는 한 주 내내 그런 모습이었다. 밤에는 잠을 못 잤고 아침엔 손을 제대로 쥘 수 없을 것 같은 그런 찜찜한 기분으로 일어났다.

"구빈원에서 주는 케이크처럼 맛이 갔는데. 저래가지고는 아무것도 안 돼."

호건이 말했다.

"월컷이란 친구는 어떤가? 본 적이 없어서 말이야."

내가 말했다.

"저러단 완전 박살나. 반쪽으로 쪼개질걸."

"때론 저런 때도 있는 거지. 사람 아닌가."

내가 말했다.

"그래도 이건 아닐세."

호건이 말했다.

"저 친구 보면 누가 훈련했다고 생각하겠어. 우리 헬스클럽에도 창피한 일이야."

"기자들이 잭한테 뭐라고 하는지 들었는가?"

"듣다마다! 그 친구들은 잭이 맛이 갔다고 하더군. 시합에 내보내선 안 된다고 했어."

"뭐, 그렇다고 해도 기자들은 늘 틀리잖아, 안 그런가?"

내가 말했다.

"그래. 하지만 이번엔 맞아."

호건이 말했다.

"아니, 선수 상태가 괜찮은지 아닌지 기자들이 대체 무슨 수로 판단한단 말인가?"

"이보게, 그들은 그렇게까지 까막눈은 아니야."

호건이 말했다.

"그 잘난 자들이 톨레도에서 누굴 승자라고 예측했더라, 윌라드 아닌가? 그 라드너라는 기자는 지금은 아주 박식한 것처럼 보이는데, 톨레도의 승자를 언제 윌라드로 선택했는지 묻고 싶군."

"아, 그자는 거기 없었어. 큰 시합만 기사를 내더군."

호건이 말했다.

"난 기자들 따위는 신경 안 써. 대체 그 친구들이 아는 게 뭐야? 글이야 쓸 수 있겠지. 그런데 대체 아는 게 뭐냐고?"

"자넨 잭의 몸이 안 올라왔다고 생각하지?"

호건이 물었다.

"안 올라왔어. 그는 글렀어. 이젠 콜벳에게 잭을 승자라고 예측하면서 뻔한 경기라는 기사를 쓰게 할 수밖에 없어."

"콜벳이라면 그렇게 해줄 거야."

호건이 말했다.

"당연하지. 그 친구라면."

그날 밤 잭은 평소처럼 잠들지 못했다. 다음 날은 시합 바로 전날이었다. 아침을 먹은 뒤 우리는 다시 현관으로 나왔다.

"잠이 오지 않을 때 무슨 생각을 하나, 잭?"

내가 물었다.

"주로 걱정을 하지. 브롱크스나 플로리다에 있는 부동산들 말이야. 애들이나 마누라도 걱정되더군. 시합에 관해선 가끔 생각할 뿐이야. 유대인 놈인 테드 루이스 생각도 나는데 기분이 더러워져. 주식이 좀 있는데 그것도 신경 쓰이고. 대체 내가 걱정하지 않는 게 뭘까?"

"그래도 내일 밤이면 다 끝나지 않나."

내가 말했다.

"물론이지. 그런 점은 참 많이 도움 돼. 그건 모든 걸 깨끗하게 해결해준단 말이야."

잭은 온종일 예민했다. 우리는 대련은 전혀 하지 않았다. 잭은 긴장을 풀려고 잠시 움직였을 뿐이었다. 또한 몇 라운드 정도 섀도복싱을 했다. 하지만 잭은 그마저도 잘하는 것처럼 보이지 않았다. 이어 그는 잠깐 줄넘기를 했지만 땀이 나지는 않았다.

"잭은 이제 더는 훈련을 안 하는 게 낫겠어."

호건이 말했다. 우리는 잭이 줄넘기하는 모습을 지켜보며 서 있었다.

"저 친구 전혀 땀이 안 나지?"

"응. 그는 땀을 뺄 수가 없어."

"저거 폐병에 걸린 거 아니야? 체중 유지하는 데에는 여태까지 아무런 문제 없었잖아?"

"아니, 폐병은 아니야. 그냥 속이 텅 빈 거야."

"땀을 빼야 하는데."

호건이 말했다.

잭은 줄넘기를 하며 이쪽으로 다가왔다. 그는 우리 앞에서 줄넘기를 하며 앞뒤로 뛰고 세 번째 넘을 때마다 팔을 교차해서 뛰었다.

"대체 촉새처럼 무슨 말들을 하는 거야?"

잭이 말했다.

"잭, 난 자네가 훈련을 더 하면 안 된다고 보네. 지치게 될 거야."

호건이 말했다.

"그렇게 되면 안 되지."

잭은 말을 마친 뒤 줄넘기를 하며 멀어지다 바닥을 세게 치며 줄을 내려놨다.

그날 오후 존 콜린스가 훈련장에 나타났다. 잭은 방에 들어가 있었다. 존은 도시에서 차로 이곳에 온 모양이었다. 차엔 그의 친구들이 타고 있어 존이 내릴 때 모두 함께 내렸다.

"잭은 어딨나?"

존이 내게 물었다.

"방에 누워 있지."

"누워 있다고?"

"그래."

내가 말했다.

"잭은 어떤가?"

나는 존과 함께 내린 두 사람을 보고 있었다.

"저들은 다 잭의 친구들이야."

존이 말했다.

"그 친구 상태가 정말 안 좋아."

내가 말했다.

"잭한테 무슨 문제라도 있나?"

"잠을 못 자."

"망할, 저 아일랜드 놈은 언제나 잠을 못 자."

"몸 상태가 완전하지 않아."

내가 말했다.

"제기랄, 언제는 뭐 온전했나? 10년을 알고 지냈지만 온전한 적이 단 한 번도 없었어."

그와 함께 온 동행들은 웃음을 터트렸다.

"모건 씨와 스타인펠트 씨라네. 악수하게."

존이 말했다.

"이쪽은 도일 씨. 잭의 훈련을 도와주고 있지."

"만나서 반갑습니다."

내가 말했다.

"올라가서 그 친구 좀 봅시다."

모건이란 사람이 말했다.

"그래, 한번 봅시다."

스타인펠트가 말했다.

우리는 함께 계단을 걸어 올라갔다.

"호건 어딨나?"

존이 물었다.

"헛간에 나가 있네. 헬스 손님 두 명하고."

내가 말했다.

"여기 손님은 몇이나 있나?"

존이 물었다.

"그 둘뿐일세."

"엄청나게 조용한 곳이군."

모건이 말했다.

"네, 참 조용한 곳이죠."

우리는 잭의 방 밖에 있었다. 존이 문을 두들겼지만, 아무런 반응이 없었다.

"자나 보군요."

내가 말했다.

"젠장, 대낮에 처 자빠져 자다니 뭐하는 짓이야?"

존은 문고리를 돌렸고 우리는 모두 방으로 들어갔다. 잭은 침대에 누워 자고 있었다. 엎드려 자고 있어서 얼굴이 베개에 파묻혔다. 양팔은 베개 주변을 두르고 있었다.

"이봐, 잭!"

존이 소리쳤다.

잭의 머리가 베개에서 살짝 움직였다. "잭!" 하고 존이 그에게 허리를 굽히며 다시 불렀다. 그러자 잭은 베개 안으로 좀 더 파고들었다. 결국 존이 그의 어깨에 손을 댔다. 그러자 잭은 별수 없이 일어나 방 안의 우리를 쳐다보았다. 그는 면도도 하지 않고 낡은 스웨터를 입고 있었다.

"세상에! 좀 자게 내버려둘 수는 없나?"

잭이 존에게 말했다.

"화내지 말게."

존이 말했다.

"깨우려던 건 아니었어."

"하, 물론 그랬겠지."

잭이 말했다.

"모건하고 스타인펠트가 왔네."

존이 말했다.

"다시 봐서 반갑군."

잭이 말했다.

"좀 어떤가, 잭?"

모건이 물었다.

"괜찮아. 대체 내가 어때야 한다는 건가?"

"좋아 보이는데."

스타인펠트가 말했다.

"그래, 좋아."

잭이 말했다.

"근데 존, 자넨 내 매니저 아닌가. 충분히 자네 몫도 챙기고 있고 말이야. 근데 대체 기자들이 여기 와서 설칠 때 왜 오지 않은 건가! 꼭 제리와 내가 그 친구들을 상대해야 되겠나?"

"루가 필라델피아에서 시합을 뛰고 있었어."

존이 말했다.

"아, 그게 나하고 무슨 상관이야? 자넨 내 매니저잖아. 돈도 많이 챙기고 있고. 안 그래? 필라델피아 시합이 나한테 뭐 한 푼이라도 갖다 주나, 응? 자네가 꼭 필요할 때에 거기 나가 있으면 대체 어쩌라는 거야?"

"호건이 있었잖아."

"호건이라, 그 친구도 나만큼이나 말을 잘하지 못한다고."

잭이 말했다.

"솔저 바틀렛이 잠깐 여기서 자네랑 훈련했다고 하던데, 맞나?"

스타인펠트가 주제를 바꿨다.

"그래, 여기 있었지. 잘 있다 갔네."

잭이 말했다.

"그런데 제리."

존이 내게 말했다.

"호건한테 가서 30분 후에 보자고 말 좀 전해주지 않겠나?"

"그러지."

내가 대답했다.

"아니, 이 친구가 여기 그냥 있으면 어디 덧나나?"

잭이 말했다.

"그냥 여기 있게, 제리."

잭이 그렇게 말하자 모건과 스타인펠트가 서로를 바라봤다.

"흥분 좀 가라앉히게, 잭."

존이 말했다.

"내가 호건한테 가는 편이 낫겠어." 내

가 말했다.

"자네가 가고 싶다면 좋아. 하지만 이 친구들 때문에 자네가 나갈 필요는 없어."

"가서 호건을 찾아보겠네."

내가 말했다.

호건은 헛간에 설치된 체육관에 있었다. 그는 권투 장갑을 낀 헬스클럽 손님 두 명과 함께였다. 손님들은 맞는 걸 두려워해 서로를 공격하려고 하지 않았다.

"자자, 마무리합시다."

호건이 내가 들어가는 것을 보고 손님들에게 말했다.

"이제 서로 두들기는 건 그 정도면 됐습니다. 샤워하시면 브루스가 마사지를 해드릴 겁니다."

손님들이 링을 나섰고 호건이 내게로 왔다.

"존 콜린스가 잭을 보러 친구 두 명하고 왔네."

내가 말했다.

"나도 그 친구들이 차에서 내리는 걸 봤어."

"존과 함께 있는 두 사람은 누군가?"

"똑똑한 놈들이라고 불리는 녀석들이지."

호건이 말했다.

"자네는 그 둘을 모르나?"

"몰라."

내가 대답했다.

"해피 스타인펠트와 류 모건이야. 도박장을 운영하고 있지."

"그쪽엔 관심 안 가진 지 오래라서."

내가 말했다.

"그렇겠지. 어쨌든 저 해피 스타인펠트는 거물이야."

"이름은 들어본 적 있네."

"굉장한 수완가야. 참고로 저 둘은 참 악독하다네."

"어찌됐든 저 사람들이 우리보고 30분 뒤에 보자고 하네."

내가 말했다.

"30분이 지나야 우릴 만나주겠다는 말이지?"

"바로 그걸세."

"사무실에 있자고. 저 악독한 놈들은 지옥에나 가라고 해."

호건이 말했다.

30분 정도 지나자 호건과 나는 계단을 올랐다. 우리는 잭의 방문을 두드렸다. 안에서 이야기하는 소리가 들렸다.

"조금만 더 기다려주시게."

안에서 목소리가 들렸다.

"뭐 그럼 알아서들 해! 날 보고 싶으면 사무실로 오라고. 거기 가 있을 테니까."

호건이 말했다.

그러자 문이 열렸다. 스타인펠트였다.

"들어오게, 호건. 이제 술을 마실 참이었어."

"뭐, 그건 좋지."

호건이 말했다.

우리는 방으로 들어섰다. 잭은 침대 위에 앉아 있었다. 존과 모건은 의자에 앉아 있었고, 스타인펠트는 서 있었다.

"신비스러운 친구들이 모였구먼."

호건이 말했다.

"대니, 잘 지냈나?"

존이 말했다.

"대니, 오랜만이군."

모건이 호건에게 악수를 청하며 말했다.

잭은 아무런 말도 하지 않았다. 그저 침대 위에 앉아 있을 뿐이었다. 그는 다른 이들과 말을 하지 않았다. 이 방에서 잭은 혼자였다. 그는 낡은 푸른색 스웨터와 바지를 입고 권투화를 신고 있었다. 얼굴을 보니 면도도 해야 할 처지였다. 반면 스타인펠트, 모건, 존은 옷을 말끔하게 입고 있었다. 잭만 거기서 억센 아일랜드인처럼 보였다.

스타인펠트가 술병을 하나 꺼냈고 호건은 잔을 몇 개 가져왔다. 모두가 술을 마시기 시작했다. 잭과 나만 한 잔씩 받고 나머지 사람들은 계속 마셔서 저마다 두세 잔씩 마셨다.

"돌아갈 때 마실 것은 남겨."

호건이 말했다.

"걱정하지 말게. 술 많으니까."

모건이 말했다.

잭은 한 잔을 받은 뒤로는 술을 전혀 입에 대지 않았다. 그는 서서 다른 친구들을 바라봤다. 모건은 침대 위 잭이 앉았던 자리에 앉았다.

"잭, 한잔 들어."

존이 술병과 잔을 잭에게 건네며 말했다.

"됐네. 난 영안실에 가는 것을 좋아하지 않아."

방에 있던 모두가 웃었다. 하지만 잭은 웃지 않았다.

모두는 기분 좋게 취해 방을 나섰다. 잭은 세 사람이 차에 탈 때 현관에 서 있었다. 세 사람은 잭에게 손을 흔들었다.

"잘 가게."

잭이 말했다.

이후 우리는 저녁을 먹었다. 잭은 식사 중에 "그것 좀 건네주겠나?" "저것 좀 집어주겠나?" 같은 말 말고는 아무런 말도 하지 않았다. 헬스클럽 이용객 두 명도 우리와 같은 식탁에서 밥을 먹었다. 참 괜찮은 친구들이었다. 식사를 마친 뒤에 우리는 현관으로 나섰다. 그곳은 빨리 어두워졌다.

"산책 좀 하겠나, 제리?"

잭이 물었다.

"물론이지."

내가 대답했다.

우리는 상의를 입고서 산책을 나갔다. 주요 도로까지는 꽤 멀었고 우리는 1마일 반* 정도 주요 도로를 따라 걸었다. 차들이 계속 지

---

* 약 2.4km

나다니고 있어서 우리는 차가 지나갈 때까지 구석으로 비켜야 했다. 잭은 아무 말도 하지 않았다. 덤불 쪽으로 움직여 큰 차를 피한 뒤에야 잭이 말했다.

"제기랄, 산책 따위 때려치우자고. 헬스클럽으로 돌아가세."

우리는 언덕 위로 올라가는 샛길을 따라간 뒤 들판을 가로질러 호건의 헬스클럽에 도착했다. 우리 눈엔 언덕 위의 집에서 새어 나오는 불빛이 보였다. 집 앞으로 왔을 때 문간엔 호건이 서 있었다.

"산책 좋았나?"

호건이 물었다.

"좋았지. 그나저나 호건, 자네 술 좀 있나?"

"물론이지. 뭐하려고?"

"방에 좀 올려줘. 오늘 밤엔 자야 하니까."

"의사가 따로 없군."

호건이 말했다.

"제리, 방으로 올라오게나."

잭이 말했다.

계단을 올라가니 잭은 양손으로 머리를 감싸고 침대 위에 앉아 있었다.

"이게 인생 아니겠나?"

잭이 말했다.

호건은 1리터짜리 술 한 병과 두 개의 잔을 들고 나타났다.

"진저에일 필요하나?"

"내가 뭘 하길 바라나, 아프길 바라나?"

"그냥 물어본 거야."

호건이 말했다.

"좀 마시겠나?"

잭이 물었다.

"됐네, 괜찮아."

호건은 이렇게 말하고 나갔다.

"자넨 어떤가, 제리?"

"한 잔 정도라면 같이 마셔주겠네."

내가 말했다.

잭은 두 잔을 채웠다.

"천천히 편하게 마셔야지."

잭이 말했다.

"물 좀 타게나."

내가 말했다.

"그래, 그러면 훨씬 낫겠군."

잭이 말했다.

우리는 아무 말 없이 두 잔 정도 마셨다. 잭은 다시 내 잔을 채우기 시작했다.

"아니, 더 필요 없네."

내가 말했다.

"알겠네."

잭이 말했다. 그는 자신의 잔에 술을 잔뜩 따르고 물을 섞었다. 조금은 기분이 풀리는 모습이었다.

"엄청난 놈들이 오후에 왔었지. 모험을 걸려고 하지 않더군. 그 둘 말이야."

잭이 말했다.

잠시 술을 더 마신 뒤 잭은 다시 입을 뗐다.

"뭐, 그 친구들 말이 맞아. 대체 모험을 걸어서 좋을 게 뭐가 있나?"

"한 잔 더 안 하겠나, 제리? 자자, 나랑 같이 한잔하세."

"더 안 마실래, 잭. 난 지금이 딱 좋아."

내가 말했다.

"그래도 한 잔만 해."

잭은 술을 마시고 기분이 확실히 나아진 것 같았다.

"그렇다면야."

내가 말했다.

잭은 내게 술을 따른 뒤 자기 잔에 또다시 가득 따랐다.

"보다시피 난 술을 꽤 좋아해. 권투만 안 했더라도 술깨나 마셨을 거야."

"그랬을 거야."

내가 말했다.

"권투를 하면서 많은 걸 잃었어."

잭이 말했다.

"그래도 큰돈을 벌었잖아."

"맞아. 그래서 내가 권투를 한 거지. 자넨 내가 잃은 게 많다는 걸 알고 있지, 제리?"

"대체 무슨 말을 하고 싶은 거야?"

"마누라한테 제대로 뭔가 해준 적이 없어. 집 밖으로 너무 많이 돌아다녔고. 딸애들한테는 아무런 도움이 못 됐어. 사교계 남자애들이 '너희 아빠 누구야?'라고 물어보면 '우리 아빠는 잭 브레넌이야'라고 할 거 아니야? 그게 애들한테 무슨 도움이 되겠어?"

"그거 무슨 소리야? 딸애들은 돈이 있으면 크게 대접을 받을 거 아니야?"

내가 말했다.

"그래, 딸애들한테 줄 돈은 있지."

잭이 말했다.

그는 다시 술을 잔에 채웠다. 술병은 거의 바닥을 드러냈다.

"물 좀 넣게."

내가 말했다. 잭은 물을 잔에 부었다.

"이보게, 내가 얼마나 마누라를 보고 싶어 하는지 자넨 모를 거야."

"그렇겠지."

"아니, 자넨 모른다니까. 그게 어떤 건지 자넨 알 수가 없어."

"그래도 도시보다는 이런 외딴곳에 있으니 더 낫지 않나."

"지금 나한테 어디에 있느냐가 뭐가 중요해. 자넨 이런 기분을 모른다니까."

잭이 말했다.

"자, 한 잔 더 들게."

"내가 지금 취한 건가? 실없는 소리 하는 건 아니지?"

"그렇게 되어가는 것 같구먼."

"어쨌든 자넨 내 기분이 어떤지 몰라. 누구도 알 수 없다고."

"마누라 빼고는 말이지."

내가 말했다.

"마누라는 알지."

잭이 말했다.

"마누라는 정말 다 안다고. 정말이야. 마누라는 안다고."

"술에 물이나 좀 붓게."

내가 말했다.

"제리, 내가 어떤 심정인지 자넨 정말 모를 거야."

잭은 완전히 취했다. 그는 계속해서 나를 쳐다봤다. 뭐라고 할까, 그의 눈빛은 너무 강렬했다.

"제리, 돈 벌고 싶지 않나? 월컷에게 돈을 걸어보라고."

"뭐라고?"

"이봐." 잭이 잔을 내려놓으며 말했다.

"난 취하지 않았네. 내가 월컷에게 돈을 얼마나 걸었는지 알려줄까? 5만 달러야, 5만."

"엄청난 돈이군."

"5만 달러일세. 2 대 1로 걸었지. 월컷이 이기면 2만 5,000달러가 내 거란 말이야. 제리, 자네도 월컷에게 돈을 걸게."

"구미가 당기는 소리군."

내가 말했다.

"이보게, 내가 어떻게 그 친구를 이기겠나? 사기를 치자고 하는 소리가 아닐세. 내가 어떻게 그 친구를 이기겠어? 자네도 돈 좀 걸고 한몫 챙기면 좋잖아?"

"술에 물 좀 더 섞게."

내가 말했다.

"이 시합이 끝나면 나는 손 떼겠어. 권투에서 손 뗄 거라고. 흠씬 맞게 되겠지. 그러니 돈이라도 벌자는 게 뭐가 나빠?"

잭이 말했다.

"그렇지."

"한 주 내내 잠을 못 잤네. 눈을 뜬 채로 날밤을 새우고 끝도 모를 걱정을 했다고. 잠을 잘 수가 없었어, 제리. 잠을 못 잔다는 게 어떤 건지 자넨 짐작도 못할 걸세."

"잘 몰라."

"잠을 잘 수가 없었네. 그게 다야. 그냥 잠이 안 왔어. 요 몇 년 사이에 잠을 통 못 잤는데 이 판에 몸 걱정을 해서 무슨 소용 있겠나?"

"안됐군."

"제리, 잠을 못 자는 기분은 자네는 도저히 이해하지 못할 걸세."

"물이나 더 타보게."

내가 말했다.

11시 정도 되자 잭은 기절하다시피 쓰러졌고 나는 그를 침대에 옮겼다. 마침내 잭은 잠 안 오는 걱정에서 벗어났다. 나는 그가 옷을 벗는 걸 도와주고 그를 침대 위에 눕혔다.

"이젠 푹 자겠구먼, 잭."

내가 말했다.

"그래, 이제 잘 수 있겠군."

"푹 쉬게, 잭."

내가 말했다.

"자네도 푹 쉬라고, 제리."

잭이 말했다.

"자네는 정말 내 유일한 친구야."

"쓸데없는 소리."

"정말이라니까! 자네가 내 유일한 친구라고."

"자게."

내가 말했다.

"자겠네."

잭이 말했다.

계단을 내려가니 호건이 사무실 책상에 앉아 신문을 읽고 있었다. 그는 눈을 들어 나를 봤다.

"그 친구 재우고 오는 길인가?"

호건이 물었다.

"곯아떨어졌어."

"자지 않는 것보단 나을 거야."

호건이 말했다.

"그야 물론이지."

"기자들한테 저 상태를 설명하려면 얼마나 많은 시간이 필요할지."

호건이 말했다.

"이젠 나도 자야겠네."

내가 말했다.

"잘 자게."

호건이 말했다.

아침 8시경에 나는 계단을 내려와서 아침을 먹었다. 호건은 헬스 손님 두 명을 데리고 헛간에서 훈련하는 중이었다. 아무래도 궁금했기에 나는 헛간으로 발길을 옮겨 그들을 지켜봤다.

"하나! 둘! 셋! 넷!"

호건이 손님들의 훈련을 돕기 위해 수를 세고 있었다.

"일어났나, 제리? 잭은 아직 자나?"

"맞아, 아직 자고 있네."

나는 방으로 돌아가 도시로 가려고 짐을 챙겼다. 9시 반 정도가 되자 옆방에서 잭이 일어나는 소리가 들렸다. 잭이 계단을 내려가자 나도 그 뒤를 따라갔다. 잭은 식탁에 앉아 있었다. 호건은 이미 들어와 잭의 식탁 옆에 서 있었다.

"좀 어떤가, 잭?"

내가 잭에게 물었다.

"그리 나쁘지는 않아."

"잠은 잘 잤나?"

호건이 물었다.

"아주 잘 잤네. 혀가 좀 뻣뻣하지만 머리는 안 아파."

"잘됐군. 좋은 술을 마신 덕분이지."

호건이 말했다.

"계산서에 술값을 달게."

잭이 말했다.

"언제 도시로 가나?"

호건이 물었다.

"점심 전에는 가야지. 11시 기차를 탈 거야."

잭이 대답했다.

"앉게, 제리."

잭이 말했다.

호건이 방을 나갔다.

나는 식탁에 앉았다. 잭은 자몽을 먹는 중이었다. 씨를 씹은 그는 바로 숟가락에 그것을 뱉어낸 뒤 접시에 떨어뜨렸다.

"밤에 내가 꽤 마신 것 같군."

잭이 말했다.

"좀 마셨지."

"멍청한 소리를 많이 했을지도 모르겠는데."

"그 정도까진 아니었네."

"호건은 어디 간 거야?"

잭이 다 먹은 자몽을 내려놓으며 말했다.

"나가서 사무실 앞에 있네."

"시합에 돈을 건 이야기에 관해 내가 무슨 소릴 하던가?"

잭이 물었다. 그는 숟가락을 쥐고 자몽을 쿡쿡 찌르고 있었다.

그 순간 여자 종업원이 구운 햄과 달걀 프라이를 가지고 들어왔고 곧장 자몽을 치웠다.

"우유 한 잔 가져다주세요."

잭이 종업원에게 말했다. 부탁을 받은 종업원은 밖으로 나갔다.

"월컷에게 자네가 5만 달러를 걸었다고 했네."

내가 말했다.

"맞아."

잭이 대답했다.

"거액 아닌가?"

"이번 일 말인데, 썩 좋은 느낌은 아니야."

잭이 말했다.

"무슨 일이 생길지 모르니까."

"그렇지는 않아."

잭이 말했다.

"월컷이란 친구가 벨트 욕심이 있거든. 그쪽하고도 얘기가 됐을 거야."

"장담할 수 없는 것 아닌가."

"아니야, 확실해. 그 친구 벨트를 갖고 싶어 한다니까. 거액만큼이나 그 친구한테는 가치가 있다고."

"5만 달러는 거액이야."

내가 말했다.

"이건 사업이야. 내가 이길 수는 없어. 어쨌든 자네도 내가 못 이긴다는 건 알잖아."

잭이 말했다.

"링에 올라가면 자네도 기회가 있어."

"아니. 난 끝났어. 이젠 그냥 돈 버는 사업으로 생각할 뿐이야."

잭이 말했다.

"몸은 좀 어떤가?"

"아주 좋아. 잠이 필요했었거든."

잭이 말했다.

"잘할지도 몰라."

"관중들에게 좋은 볼거리를 내놓겠네."

잭이 말했다.

아침을 먹은 뒤 잭은 아내와 장거리 통화를 했다. 그는 부스 안에서 전화를 하고 있었다.

"여기 오고 처음으로 마누라한테 전화하는 거 아닌가?"

호건이 말했다.

"매일 편지를 보내긴 했지."

"그래, 편지는 2센트밖에 안 들지."

호건이 말했다.

호건은 떠나는 우리에게 작별 인사를 건넸다. 흑인 안마사 브루스는 마차로 우리를 역까지 데려다줬다.

"브레넌 씨, 잘 가세요."

기차 앞에서 브루스가 말했다.

"월컷 따위 시원하게 해치우실 거라고 믿습니다."

"잘 있게."

잭이 말했다. 그는 브루스에게 2달러를 건넸다. 브루스는 훈련 중에 잭을 많이 챙겼다. 그는 작은 팁에 실망한 기색이 역력했다. 잭은 2달러를 손에 쥐고 실망하는 브루스를 쳐다보는 나를 보았다.

"전부 다 청구했더라고. 내게 마사지해주는 것까지 말이야."

잭이 말했다.

도시로 들어가는 기차에서 잭은 아무 말도 없었다. 그는 구석 자리에 앉아 모자에 달린 띠에 기차표를 꽂은 뒤 창밖을 바라봤다. 그러던 중 잭은 갑자기 내 쪽을 보며 말했다.

"오늘 밤 셸비 호텔에 방을 잡을 거라고 마누라한테 얘기해뒀다네. 매디슨 스퀘어 가든에서 모퉁이만 돌면 있어. 다음 날 아침이면 집에 갈 수 있다고."

"잘 생각했네. 그런데 잭, 자네 마누라가 자네 시합은 본 적 있나?"

"아니. 내 시합은 한 번도 보지 못했지."

바로 집에 가고 싶지 않아 하는 걸 봐선 흠씬 두들겨 맞을 것이라고 예상한 모양이었다. 도시에서 우리는 택시를 잡아타고 셸비 호텔에 도착했다. 종업원이 나와 우리의 짐을 옮겼고 우리는 접수처로 발길을 옮겼다.

"방은 얼마 정도 합니까?"

잭이 물었다.

"2인실밖에는 없습니다. 10달러면 훌륭한 방에서 묵으실 수 있습니다."

직원이 말했다.

"터무니없군."

"7달러짜리 2인실도 있습니다."

"욕실도 있는 거요?"

"물론이죠."

"같이 방 쓰지 그래, 제리."

잭이 말했다.

"아니, 난 처남 집에서 자면 돼."

"자네보고 돈 내라는 게 아니야. 낸 만큼은 써야 하지 않겠어."

잭이 말했다.

"숙박부를 작성해주시겠습니까?"

접수처 직원이 말했다. 우리 이름을 본 그가 이렇게 말했다.

"238호를 사용하시면 됩니다, 브레넌 씨."

우리는 엘리베이터를 타고 올라갔다. 238호는 침대 두 개에 욕실로 통하는 문이 달린 훌륭한 방이었다.

"꽤 좋잖아."

잭이 말했다.

우리를 안내한 직원은 커튼을 걷고 짐을 가져다주었다. 잭이 아무런 답례도 하지 않았기에 나는 25센트를 그에게 주었다. 우리는 세수를 했다. 잭은 얼마 지나지 않아 밖으로 나가서 뭔가 먹자고 했다.

우리는 지미 헨리의 식당에서 점심을 먹었다. 그곳에는 사람이 꽤 많았다. 중간 정도 먹었을 즈음 존이 우리 식탁으로 와서 앉았다. 잭은 그다지 말을 하지 않았다.

"체중은 어떤가, 잭?"

존이 잭에게 물었다. 잭은 점심치고는 꽤 많이 먹고 있었다.

"옷을 입고도 계체량은 통과할 수 있네."

잭이 말했다. 그는 체중 감량에 관해선 단 한 번도 걱정해본 적이 없었다. 그는 타고난 웰터급* 선수였고 그보다 살이 찐 적도 없었

* 61~67kg

다. 게다가 호건의 헬스클럽에서는 살이 빠진 상태였다.

"그래, 자넨 체중으로 걱정한 적은 없지."

존이 말했다.

"맞아, 그거 한 가지는."

잭이 말했다.

우리는 점심을 먹은 뒤 매디슨 스퀘어 가든으로 체중을 재러 갔다. 상대 선수인 월컷은 3시에 이미 체중을 쟀는데 66.7킬로그램이 나왔다고 했다. 잭은 목에 수건을 두르고 체중계 위에 올라섰다. 바늘이 멈췄다. 월컷은 막 체중을 재고 내려온 뒤였고 그의 주변엔 많은 사람이 몰려 있었다.

"얼마나 나가는지 볼까, 잭."

월컷의 매니저 프리드먼이 말했다.

"좋을 대로. 대신 저 친구도 재봐야 해."

잭이 머리를 젖혀 월컷을 가리켰다.

"일단 수건부터 내려놔."

프리드먼이 말했다.

"얼마나 나왔나?"

"64.8킬로그램입니다."

체중을 재는 뚱뚱한 남자가 대답했다.

"관리를 잘했군, 잭."

프리드먼이 말했다.

"이제 저 친구 재라고."

잭이 말했다.

월컷이 체중계로 왔다. 그는 헤비급* 선수처럼 드넓은 어깨와 묵직한 팔을 가진 금발의 선수였다. 하지만 키가 그리 크지는 않았다. 잭은 그보다 머리통 반은 더 컸다.

"반갑군, 잭."

월컷이 말했다. 그의 얼굴엔 훈련의 흔적이 역력하게 남아 있었다.

"나야말로. 자넨 컨디션이 어떤가?"

잭이 말했다.

"좋아."

월컷이 말했다. 그는 허리에 매고 있던 수건을 내려놓은 뒤 체중계에 섰다. 어깨와 등이 어찌나 넓은지 어지간한 사람은 그보다 더 등 넓은 사람을 평생 보지 못했을 것이다.

"66.6킬로그램입니다."

월컷이 체중계에서 내려온 뒤 잭을 보며 씩 웃었다.

"이런, 잭이 자네에게 거의 2킬로그램 정도 접어줬군."

존이 월컷에게 말했다.

"링에 들어설 땐 이것보단 더 나갈 거야, 친구."

월컷이 말했다.

"이제 가서 뭐 좀 먹어야겠군."

우리는 현장에서 물러났고 잭은 옷을 다시 입었다.

"엄청나게 강인해 보이지 않아, 그 친구?"

잭이 내게 말했다.

---

* 79.5kg 이상

"엄청나게 두드려 맞은 선수처럼 보이던데."

"맞아. 때리기는 어렵지 않겠어. 호텔로 돌아가자고."

잭이 말했다.

"다 챙겨뒀나?"

잭이 존에게 물었다.

"물론이지. 다 챙겨뒀다고."

존이 대답했다.

"6시 45분 정도에 자네한테 갈 테니 식사나 같이하자고."

"그거 좋지."

방으로 돌아온 뒤 잭은 신발을 벗고 외투를 걸어놓은 뒤 잠깐 드러누웠다. 나는 편지를 썼다. 여러 번 잭을 봤지만 잠을 자고 있지는 않았다. 누워서 아무런 움직임도 보이지 않았지만 그는 때로 눈을 떴다. 마침내 잭은 일어나서 앉았다.

"크리비지라도 하겠나, 제리?"

그가 물었다.

"물론이지."

그는 가방을 열어 카드와 크리비지 판을 꺼냈다. 우리는 크리비지를 했고 나는 그에게 3달러를 잃었다. 문을 두드리는 소리가 났고 존이 들어왔다.

"자네도 크리비지 좀 하겠나, 존?"

잭이 그에게 물었다.

존은 탁자에 모자를 내려놨다. 흠뻑 젖어 있었다. 그의 상의도 마찬가지였다.

“비 오나?”

잭이 물었다.

“퍼붓고 있네.”

존이 말했다.

“택시를 탔는데 길이 꽉 막혀서 내려서 걸어왔네.”

“자자, 크리비지나 하자고.”

잭이 말했다.

“가서 뭘 좀 먹어야지.”

“아니, 아직 뭘 먹고 싶진 않아.”

잭이 말했다.

잭과 존은 이어서 30분 정도 크리비지를 했고, 존은 잭에게 1달러 50센트를 잃었다.

“자, 이젠 가서 뭘 좀 먹어야겠군.”

잭이 이렇게 말하곤 창문으로 가서 밖을 내다봤다.

“아직도 비 오나?”

“오는군.”

“호텔에서 먹지그래.”

존이 말했다.

“그게 낫겠어. 한 판 더 해서 누가 밥을 살지 정하자고.”

잭이 말했다.

“졌으니 자네가 밥을 사게, 존.”

얼마 뒤 잭이 의자에서 일어서며 말했다. 우리는 계단을 내려가 큰 식당에서 식사했다.

식사를 마친 뒤 우리는 다시 방으로 돌아갔다. 잭은 존과 다시 크리비지를 했고 존은 또 2달러 50센트를 잃었다. 잭은 상당히 기분이 좋은 모양이었다. 존은 가방을 하나 들고 있었고 그 안에는 잭의 장비가 전부 들어 있었다. 잭은 옷깃이 달린 셔츠를 벗고 경기용 셔츠와 스웨터를 입었다. 밖에 나왔을 때 감기에 걸리면 안 되기 때문이었다. 잭은 링에서 입을 옷과 실내용 가운을 가방에 넣었다.

"준비 다 된 건가?"

존이 잭에게 물었다.

"전화를 걸어 택시를 부르게 하겠네."

곧 전화기가 울렸고 호텔에서는 택시가 준비 중이라고 했다.

우리는 엘리베이터를 타고 내려가 로비를 지나 택시를 타고 매디슨 스퀘어 가든으로 갔다. 비가 퍼부었지만 거리에는 많은 사람이 나와 있었다. 매디슨 스퀘어 가든은 매진사례였다. 탈의실로 향하면서 나는 경기장이 얼마나 가득 찼는지 볼 수 있었다. 링으로 가는 통로는 꽤 길어서 반 마일*은 돼 보였다. 경기장은 어두웠고 링에만 불이 들어와 있었다.

"잘됐군. 비가 오니 야구장에서 시합하라는 소린 못할 거 아니야."

존이 말했다.

"엄청난 관중이군."

잭이 말했다.

"매디슨 스퀘어 가든의 수용 인원보다도 많은 관중을 끌어들일

---

* 약 800m

거라고. 이 시합이 말이야."

"날씨는 알 수가 없어."

잭이 말했다.

존이 탈의실의 문을 열고 머리를 빼꼼 내밀었다. 잭은 가운을 걸친 채로 앉아 있었다. 팔짱을 낀 그는 바닥을 보고 있었다. 존의 뒤로는 시중을 들 꼬맹이 두 명이 있었다. 그들은 존의 어깨너머로 탈의실을 보고 있었다. 잭이 고개를 들었다.

"그놈 들어갔나?"

잭이 물었다.

"막 링으로 내려갔다네."

존이 대답했다.

우리도 이제 링으로 움직였다. 월컷은 막 링에 들어서는 중이었다. 관중들은 월컷을 향해 크게 환호했다. 그는 코너에서 줄을 타고 올라가 미소를 지으며 두 주먹을 모으고서 관중에게 흔들어 보였다. 다른 코너에서 한 번 더 그렇게 관중의 호응을 끌어낸 월컷은 곧장 의자로 가서 앉았다. 잭 역시 링으로 입장할 때 관중으로부터 큰 환호를 받았다. 잭은 아일랜드 사람이었고 아일랜드 사람은 그런대로 괜찮은 환호를 받았다. 뉴욕에서 아일랜드인은 유대인이나 이탈리아인만큼 환호를 끌어내지는 못했지만 그래도 괜찮은 대접을 받았다. 잭이 링으로 올라가 줄 사이로 들어가려고 몸을 굽히자 월컷이 와서 잭이 쉽게 통과할 수 있게 줄을 내려줬다. 관중은 그 모습을 아주 멋지다고 생각했다. 월컷이 잭의 어깨에 손을 올려놓았고 그들은 잠시 그렇게 서 있었다.

"인기 있는 챔피언이 되려는 수작이로군. 빌어먹을 손 좀 내 어깨에서 치우지."

잭이 그에게 말했다.

"흥분하지 말게."

월컷이 말했다.

관중은 그 광경을 아주 멋지다고 생각했다. 두 선수가 시합 전에 아주 신사적으로 행동하는군. 서로에게 행운을 빌어주고 있어.

잭이 손에 붕대를 감고 있을 때 솔리 프리드먼이 그의 코너로 왔다. 존 역시 월컷의 코너로 갔다. 잭은 붕대의 틈에 엄지를 집어넣고 손을 훌륭하고 매끈하게 감았다. 나는 잭의 손목 근처에 테이프를 감은 뒤 손가락 마디에도 두 번 테이프를 둘렀다.

"이야, 그 테이프 어디서 났나?"

프리드먼이 말했다.

"만져보게. 부드럽지, 응? 시골뜨기처럼 굴지 말게."

잭이 말했다.

잭은 다른 손에도 붕대를 감았고, 시중을 드는 한 사람이 장갑을 가져왔다. 나는 장갑을 껴보고 괜찮은지 잠깐 시험했다. 이러던 중에도 프리드먼은 떠나지 않고 우리 코너에 있었다.

"이보게, 프리드먼. 월컷 저 친구 국적이 어딘가?"

잭이 프리드먼에게 물었다.

"잘 모르겠는데. 덴마크였나."

"보헤미아 사람이에요."

장갑을 가져온 꼬맹이가 말했다.

심판이 선수들을 링 중앙으로 불렀다. 잭이 의자에서 일어났고 월컷 역시 미소를 지으며 중앙으로 나왔다. 두 선수가 모이자 심판은 양 선수의 어깨에 손을 올렸다.

"이게 누구야, 인기인 아니신가?"

잭이 월컷에게 말했다.

"흥분하지 말게."

"대체 왜 '월컷'이란 이름을 쓰는 거야?"

잭이 말했다.

"그거 깜둥이 이름인 건 알아?"

"자, 잘 들어요……."

심판이 이렇게 말한 뒤 두 선수들이 늘 듣던 말을 읊었다. 그러던 중에 월컷이 심판의 말을 막았다. 그는 잭의 팔을 붙들고 말했다.

"이 친구가 절 이렇게 잡을 때 칠 수 있나요?"

"손 떼. 무슨 영화 찍는 줄 알아?"

잭이 말했다.

둘은 다시 코너로 돌아갔다. 나는 잭의 가운을 벗겼다. 잭은 줄에 기대어 여러 번 무릎을 구부리고 송진에 신발을 비볐다. 종이 울리자 잭은 빠르게 돌아선 뒤 월컷에게 다가갔다. 월컷 역시 잭 쪽으로 움직였다. 그들은 장갑을 부딪쳐 인사를 나눴다. 월컷이 손을 내리자마자 잭은 상대를 파고들며 왼손으로 그의 얼굴을 두 번 때렸다. 이런 식으로 권투를 하는 선수는 잭 말고 없었다. 월컷은 턱을 가슴에 바싹 붙이고는 내내 앞으로 나서며 잭을 쫓았다. 그가 노리는 건 바싹 붙어서 강타를 날리는 것이었다. 하지만 월컷이 가까이 붙을 때마다 잭은 그의 얼굴에 왼손 잽을 날렸다. 이런 견제는 마치 반사적인 움직임처럼 보일 정도였다. 잭은 왼손을 들면 반드시 월컷의 얼굴을 때렸다. 그는 서너 번 정도 오른손으로 월컷을 공격하기도 했다. 하지만 오른손 공격은 월컷의 어깨에 가로막히거나 그의 머리 위를 지나갔다. 월컷은 훅을 주요 무기로 사용하는 선수들과 똑같은 모습을 보였다. 그가 두려워하는 유일한 공격은 자신과 같은 부류의 선수가 구사하는 훅이었다. 월컷은 유효 공격을 모두 막아냈다. 얼굴에 들어오는 왼손 공격 같은 건 신경 쓰지도 않았다.

4라운드가 끝난 뒤 잭의 공격으로 월컷은 얼굴이 많이 부어올라 심하게 피를 흘렸지만, 바싹 붙을 때마다 잭에게 강타를 넣는 데 성공했다. 잭은 그로 인해 늑골 밑 양쪽이 크게 붉어졌다. 월컷이 들어올 때마다 잭은 그를 끌어안고 한 손을 뺀 뒤 어퍼컷을 날렸지만, 월컷은 두 손이 자유로우면 곧바로 잭에게 강타를 날렸다. 어찌나 강력했던지 때리는 소리가 경기장 밖까지 들릴 정도였다. 월컷은 한 방이 있는 선수였다.

뒤이은 세 개의 라운드도 양상은 비슷했다. 두 선수는 아무 말도 하지 않았다. 내내 서로를 공격했다. 우리 역시 라운드 사이의 휴식 시간에 잭의 몸을 많이 풀어줬다. 그는 상태가 좋지 않았지만 애초에 링에서 무리하는 적이 없었다. 많이 움직이지 않았고 왼손 공격은 거의 반사적이었다. 잭의 왼손은 마치 월컷의 얼굴에 연결된 것 같았고 원한다면 매번 칠 수 있는 것처럼 보였다. 잭은 근접전에서 항상 차분했기에 기운을 낭비하는 일이 없었다. 근접전이라면 모르는 것이 없었기 때문에 온갖 공격이 들어와도 교묘히 빠져나갔다.

나는 두 선수가 우리 코너에서 싸울 때 잭이 월컷을 끌어안고 오른손을 빼 손의 방향을 바꿔 어퍼컷으로 공격하는 것을 봤다. 그렇게 잭의 장갑 후면은 월컷의 코를 때렸다. 월컷은 피를 많이 흘려서 코를 잭의 어깨에 박으며 지혈하려 했지만, 잭은 민첩하게 어깨를 들어 그의 코를 들어 올리며 오른손으로 다시 코를 공격했다.

월컷은 짜증이 나 죽을 지경이었다. 5라운드를 마치자 월컷은 잭의 뻔뻔함을 아주 싫어하게 됐다. 하지만 잭은 화내지 않았다. 평소와 차이가 없을 정도였다. 그는 상대가 권투에 싫증을 내도록 하는데 분명 능숙했다. 잭이 키드 루이스를 그토록 싫어하는 이유도 거기에 있었다. 그는 한 번도 키드를 열 내게 하지 못했다. 키드 루이스는 늘 잭이 할 수 없는 지저분한 술수를 세 가지 정도 준비해왔다. 잭은 몸만 건강하다면 링에 있을 때 교회에 있는 것과 다를 바 없이 안전했다. 분명 그는 월컷을 거칠게 몰아붙이고 있었다. 재밌는 건 이 상황이 잭을 전통적인 권투 선수처럼 보이게 한다는 점이었다. 그건 그가 온갖 술수를 교묘히 갖췄기 때문이었다.

7라운드가 끝난 뒤 잭은 말했다.

"왼손이 점점 무거운데."

이후로 잭은 두들겨 맞기 시작했다. 처음엔 그런 점이 보이지 않았다. 하지만 시합은 이제 잭이 아닌 월컷이 끌어가는 중이었다. 내내 안전했던 그는 이제 곤란한 상태에 빠졌다. 잭은 왼손으로 견제할 수 없었기에 월컷을 떼어낼 수 없었다. 상황은 전과 똑같은 것처럼 보였지만, 월컷의 주먹이 빗나가지 않고 잭을 가격하고 있었다. 잭은 끔찍한 공격을 온몸으로 받아들였다.

"지금 라운드가 어떻게 돼?"

잭이 물었다.

"11라운드야."

"버틸 수가 없는데. 다리가 후들거려."

잭이 말했다.

월컷은 오랜 시간 잭을 일방적으로 두들겼다. 잭은 마치 야구 경기에서 포수가 공을 끌어당기며 포구하여 날아온 공의 충격을 더는 것 같은 행동을 보였다. 월컷은 이제 정타를 계속 때리기 시작했다. 그는 마치 구타하는 기계 같았다. 잭은 이제 방어하기에 급급했다. 그는 끔찍한 공격을 받고 있었지만, 그런 방어적인 자세 때문에 그것이 잘 드러나지 않았다. 라운드 사이에 나는 그의 다리를 풀어줬다. 마사지하는 내내 그의 근육은 부르르 떨고 있었다. 잭은 심각하게 좋지 않은 상태였다.

"경기가 어떻게 되어가나?"

잭이 고개를 돌려 존에게 물었다. 그의 얼굴은 부풀어 올랐다.

"월컷이 유리해."

"버틸 수 있어."

잭이 말했다.

"저 얼간이한테 나가떨어지고 싶지 않아."

시합은 잭이 예상한 그대로 진행되었다. 그는 월컷을 이길 수 없다는 걸 알았다. 그는 이제 강인하지도 않았다. 하지만 잭은 괜찮았다. 어쨌든 돈은 챙길 수 있으니 이젠 만족스러운 방향으로 시합이 마무리되길 바랐다. 하지만 케이오패는 피하고 싶었다.

종이 울렸고 우리는 그를 링으로 보냈다. 잭은 천천히 링에 섰다. 월컷이 이를 보고 곧바로 잭을 쫓았다. 잭은 월컷의 얼굴에 왼손 공격을 했다. 월컷은 이를 받아들이고 아래로 파고들어 잭의 몸통을 공격하기 시작했다. 잭은 월컷을 붙들려고 했는데 마치 전기톱을 붙들려고 하는 것 같은 느낌이었다. 잭은 월컷에게서 몸을 빼고 오른손 공격을 넣었지만 실패했다. 월컷은 왼손 훅으로 잭에게 한 방 먹였고 잭은 이 강타에 버티지 못하고 쓰러졌다. 무릎을 꿇고 바닥을 손으로 짚고 있던 잭은 우리를 바라봤다. 심판이 카운트를 셌다. 잭은 우리를 보며 머리를 저었다. 카운트가 8에 이르자 존이 잭에게 뭐라고 말을 했지만 관중이 내는 목소리 때문에 들리지 않았다. 잭은 겨우 일어섰다. 심판은 카운트를 셀 때 한쪽 팔로 월컷을 저지하고 있었다.

잭이 두 발로 일어서자 월컷이 다시 잭을 쫓았다.

"지미, 신중하게 해!"

나는 솔리 프리드먼이 월컷에게 소리치는 것을 들었다.

월컷은 거리를 좁히며 잭을 노려봤다. 잭은 월컷을 향해 왼손을 내질렀다. 이 공격에 월컷의 머리가 슬쩍 흔들렸다. 그는 잭을 줄 근처로 몰아붙인 뒤 유심히 지켜보다 잭의 머리 옆면을 왼손 훅으로 아주 가볍게 공격한 뒤 오른손으로 온 힘을 실어 잭의 몸통을 강타했다. 그의 오른손 공격은 지극히 아래쪽을 노렸다. 틀림없이 벨트 아래 5인치*는 되어 보이는 곳에다 가격했다. 나는 잭의 머리에서

---

* 약 13cm

두 눈이 튀어나오지 않을까 걱정했다. 아니나 다를까 눈이 앞으로 불쑥 튀어나왔다. 그는 입을 다물지 못했다.

심판은 월컷을 제지했다. 잭은 앞으로 발걸음을 옮겼다. 쓰러지면 5만 달러는 사라지는 것이었다. 그는 내장이 다 밖으로 쏟아져 나올 것처럼 걷고 있었다.

"일부러 아래를 때린 게 아닙니다."

월컷이 말했다.

"우연히 그렇게 됐어요."

관중이 소리를 질렀기에 그의 말은 들리지 않았다.

"난 멀쩡해."

잭이 말했다. 그들은 우리 바로 앞에 있었다. 심판이 존을 바라봤지만 그는 고개를 저었다.

"다시 때려봐, 이 폴란드 개자식아."

잭이 월컷에게 말했다.

존은 줄에 거의 붙어 있다시피 했다. 그는 언제든지 수건을 던질 판이었다. 잭은 줄에서 약간 떨어진 곳에 서 있었다. 그는 앞으로 다시 발을 내디뎠다. 마치 누가 쥐어짜는 수건처럼 잭은 얼굴에서 비 오듯 땀을 흘렸다. 큰 땀방울이 코로 떨어졌다.

"와서 다시 붙어보자고."

잭이 월컷에게 말했다.

심판이 다시 존을 봤고 월컷에게 다시 시합을 재개하라고 했다.

"여기로 당장 오라고, 이 굼벵이 자식아."

잭이 말했다.

월컷이 다시 잭에게 다가섰다. 그 또한 어떻게 해야 할지 모르는 모습이었다. 잭이 저렇게 서 있을 거라고 아예 생각도 하지 않은 모양이었다. 잭은 월컷의 얼굴에 왼손 공격을 했다. 관중이 내는 소리는 이제 감당이 안 될 정도였다. 두 선수는 우리 바로 앞에 섰다. 월컷이 그를 두 번 공격했다. 잭의 얼굴은 내가 본 것 중 최악이었다. 그 표정이라니! 잭은 자신을 다잡으려고 혼신의 힘을 다했고 그게 얼굴에 선연하게 드러났다. 잭은 내내 생각을 하면서 터져버릴 것 같은 몸을 간신히 지탱하고 있었다.

이어 잭은 강공을 시작했다. 도중에 슬쩍 보이는 그의 얼굴 표정은 내내 처참했다. 그는 양손을 자신의 옆에 낮게 두고 강력하게 월컷을 향해 펀치를 휘두르기 시작했다. 월컷은 잭의 공격들을 막아냈고 잭은 그의 머리를 노리고 거칠게 주먹을 휘둘렀다. 그러다 잭이 휘두른 왼손이 월컷의 사타구니 부분에 맞았고, 이어 그의 오른손은 월컷이 잭을 공격했던 바로 그 부분을 강타했다. 벨트보다 훨씬 아래를 맞은 월컷은 쓰러졌고 맞은 곳을 부여잡고 이리저리 나뒹굴었다.

심판은 잭을 막고 코너로 떠밀었다. 존이 링으로 황급히 들어왔다. 관중들은 여전히 떠나갈 듯한 함성을 내질렀다. 심판은 판정단과 논의했고, 곧 장내 아나운서가 확성기를 들고 링으로 들어와 이렇게 말했다.

"월컷의 반칙승입니다."

심판이 존에게 다가와서 이렇게 말했다.

"내가 뭐 어쩌겠나? 잭이 반칙승을 받지 않았는데. 몸을 가누지도 못하면서 반칙을 했으니 어쩔 수 없어."

"어쨌든 진 거로구먼."

존이 말했다.

잭은 의자에 앉아 있었다. 나는 그의 장갑을 벗겼다. 잭은 월컷에게 강타를 맞은 복부 아래를 양손으로 움켜쥐고 있었다. 의자에 앉아서인지는 몰라도 아까처럼 표정이 나빠 보이지는 않았다.

"가서 미안하다고 말하게."

존이 잭의 귀에 대고 말했다.

"그게 보기 좋아."

잭이 일어났다. 얼굴은 땀범벅이 되어 있었다. 나는 그에게 가운을 걸쳐줬고 잭은 한 손으로 가운 아래를 부여잡고 링을 가로질러 갔다. 월컷의 팀은 그를 일으켜 세우고서 부상을 돌보고 있었다. 월컷의 코너엔 많은 사람이 있었다. 하지만 잭에게 말을 건네는 이는 아무도 없었다. 월컷에게 몸을 숙이며 잭이 말했다.

"미안하게 됐군. 반칙하려던 건 아니었어."

월컷은 아무 말도 하지 않았다. 그는 아파서 크게 힘들어했다.

"이젠 자네가 챔피언이야. 한껏 즐기길 바라네."

잭이 월컷에게 말했다.

"이제 이 친구는 내버려두지그래."

솔리 프리드먼이 말했다.

"솔리 아닌가. 자네 선수한테 몹쓸 짓을 했네. 미안해."

잭이 말했다.

프리드먼은 아무 말도 하지 않고 잭을 바라봤다.

잭은 우스꽝스럽게 비틀거리는 자세로 코너로 돌아왔다. 우리는 그가 줄 사이로 나와 링을 내려오는 것을 도왔고 그는 기자석을 지나 통로로 내려갔다. 많은 사람이 잭의 등을 쳐주고 싶어 했다. 잭은 가운을 걸친 채 그 많은 사람을 헤치며 탈의실로 갔다. 관중은 월컷이 승리하여 기뻐했다. 이 경기장엔 그쪽으로 돈을 건 사람들이 많았기 때문이다.

탈의실로 들어오자 잭은 대자로 뻗고 눈을 감았다.

"호텔로 가서 의사를 부르자고."

존이 말했다.

"속이 다 터진 것 같군."

잭이 말했다.

"미안해서 어쩌나, 잭."

존이 말했다.

"괜찮네."

잭이 말했다.

그는 눈을 감은 채로 누워 있었다.

"그놈들이 교묘하게 이중 플레이를 하려고 했어."

존이 말했다.

"자네 친구 모건하고 스타인펠트? 그 똑똑한 친구들?"

잭이 말했다.

누워 있던 잭이 눈을 다시 떴다. 아직도 그의 얼굴은 핼쑥하고 처참했다.

"엄청난 돈이 걸려 있으면 희한하게도 머리가 아주 빨리 돌아가."

잭이 말했다.

"자넨 대단한 놈이야, 잭."

존이 말했다.

"아니야."

잭이 말했다.

"별것 아니었어."

간단한 질문

밖에는 눈이 창문보다도 높이 쌓였다. 햇빛이 창문을 통해 들어왔고 오두막의 송판 벽에 붙은 지도를 비췄다. 태양은 높게 떠올랐고 쌓인 눈 위로 햇빛이 흘러들어왔다. 참호는 오두막의 트인 쪽을 따라 굴착되었다. 맑은 날이면 햇빛은 벽을 비췄고 그 반사열이 눈을 녹여 참호를 더 넓혀 놓았다. 때는 3월 말이었다. 소령은 벽에 바싹 붙인 책상에, 그의 부관은 다른 책상에 앉아 있었다.

소령의 두 눈 주위에는 두 개의 하얀 동그라미가 나 있었는데 눈에 비치는 햇빛의 반사열을 피하기 위해 사용한 스키용 안경 때문이었다. 나머지 얼굴은 햇볕에 그을려 검게 되었다가 그 검은 부분이 다시 햇볕에 그을렸다. 코는 부풀어 올랐고 물집이 났던 자리의 피부는 축 처졌다. 문서 작업을 하는 동안에도 그는 왼쪽 손가락을 기름 담긴 접시에 집어넣었고, 아주 조심스럽게 손가락 끝으로 그 기름을 자기 얼굴에 펴서 발랐다. 그는 접시 가장자리에 손가락을 비벼서 기름을 잘 걸러내어 손가락에 꼭 필요한 양만 묻히려고 매우 신경 썼다. 그는 이마와 볼에 기름을 펴 바르고 손가락 사이로 아주 섬세하게 코를 매만졌다. 다 발랐다고 생각하자 소령은 일어나 기름접시를 들고 오두막에 마련된 자신의 작은 침실로 갔다.

"잠깐 자고 오겠네."

그가 부관에게 말했다. 이곳 군대에서 부관은 임관 장교가 아니었다.

"마무리는 자네가 짓게."

"네, 소령님."

부관이 대답했다. 소령이 떠나자 그는 의자에 기대 하품을 했다. 그는 외투 주머니에서 보급판 책을 꺼내 펼쳤다. 이어 책상에 책을 내려놓고 담뱃대에 불을 붙였다. 문서 작업을 끝내야 했지만 끝이 보이지 않았다. 일을 끝내기 전까지는 책도 마음 편히 읽을 수 없었다. 밖을 보니 해가 산 너머로 사라졌고 더는 오두막의 벽에 햇빛이 비치지 않았다. 이때 병사 하나가 오두막 안으로 들어와 길이가 일정하지 않게 잘라진 소나무 가지들을 난로 안에 집어넣었다.

"살살해, 피닌."

부관이 병사에게 말했다.

"소령님 주무시잖아."

피닌은 소령의 당번병이었다. 까무잡잡한 얼굴의 청년 병사는 난로를 손보고 조심스레 소나무 가지들을 정리하고서 문을 닫고 나가 오두막 뒤로 갔다. 부관은 문서 작업을 계속했다.

"토나니."

소령이 불렀다.

"예, 소령님."

"피닌보고 내 방으로 오라고 해."

"피닌!"

부관이 불렀다. 피닌이 방으로 들어왔다.

"소령님께서 오라고 하신다."

피닌은 오두막의 큰 방을 지나 소령의 방문 앞에 섰다. 그는 반쯤 열린 문을 두드렸다.

"소령님, 찾으셨습니까?"

"들어와. 문은 닫고."

소령이 이렇게 말하는 소리가 부관에게 들렸다.

방에 들어서니 소령은 침대에 누워 있었다. 피닌은 침대 옆에 섰다. 소령은 여분의 옷을 꽉 채워 넣어 베개처럼 만든 배낭에 머리를 대고서 누워 있었다. 그의 길고, 검고, 기름진 얼굴이 피닌 쪽을 향했다. 그의 양손은 모포 위에 놓여 있었다.

"열아홉이랬나?"

소령이 물었다.

"예, 그렇습니다."

"사랑해본 적 있나?"

"무슨 말씀이신지요, 소령님?"

"사랑해본 적 있냐고. ……여자랑 말이야."

"여자들을 만난 적은 있습니다."

"내가 물은 건 그게 아니잖아. 여자랑 사랑에 빠진 적이 있냐고."

"예, 소령님."

"지금 사랑하는 여자가 있다고? 자넨 편지도 안 쓰잖아. 내가 네 편지를 다 읽고 있어."

"그녀를 사랑하지만 편지를 쓰진 않습니다."

피닌이 말했다.

"확실해?"

"확실합니다."

"토나니."

소령이 조금 전과 똑같은 어조로 말했다.

"자네 지금 내 말 들리나?"

옆방에서는 아무 대답도 없었다.

"듣지 못하나 보군."

소령이 말했다.

"자네 여자를 사랑하고 있다는 말 정말 확실하지?"

"확실합니다."

"그리고 넌 타락하지 않았나?"

소령은 피닌을 재빨리 쳐다보며 말했다.

"무슨 말씀이신지요, 타락이라니?"

"좋아."

소령이 말했다.

"너무 잘난 체할 필요 없어."

피닌은 방바닥을 내려다봤다. 소령은 피닌의 햇볕에 탄 얼굴을 본 뒤 눈으로 그의 위아래를 훑고는 그의 손을 쳐다봤다. 이어 소령은 웃음기를 싹 지우고 피닌에게 말했다.

"자네는 정말로 그건 원하지 않는단……."

소령은 말을 멈췄다. 피닌은 바닥을 내려다보았다.

"자네는 정말로 커다란 욕망을……."

피닌은 바닥을 내려다보았다. 소령은 배낭에 다시 머리를 기대고 미소를 지었다. 그는 정말로 안도감을 느꼈다. 군대 생활이란 너무도 복잡한 것이기 때문이었다.

"자넨 참 좋은 친구야. 정말로 그렇다고, 피닌. 잘난 체해서는 안 돼. 다른 누가 나타나서 자네를 업어가지 않도록 조심해야 돼."

피닌은 여전히 소령의 침대 옆에 서 있었다.

"무서워할 것 없어."

소령이 말했다. 그는 양손을 담요 위에 두고 깍지를 끼고 있었다.

"난 자넬 건드리지 않을 거야. 원래 소대로 돌아가고 싶다면 그렇게 해도 좋아. 하지만 내 당번병으로 남는 게 낫지. 죽을 확률이 떨어지니까."

"지시하실 것은 없습니까, 소령님?"

"없어. 돌아가서 하던 일을 계속해. 나갈 때 문은 열어둬."

피닌은 문을 열어둔 채로 방을 나섰다. 부관은 어색한 모습으로 방을 가로질러 문을 열고 밖으로 나가는 피닌을 봤다. 그의 얼굴은 상기되었고 이전에 소나무 땔감을 들고 들어왔던 때와는 몸가짐이 달랐다. 부관은 피닌을 눈으로 좇은 뒤 입가에 미소를 띠었다. 피닌은 아까보다 더 많은 소나무 땔감을 가지고 들어왔다. 침대에 누운 소령은 벽에 걸린 천을 씌운 헬멧과 스키용 안경을 쳐다보며 피닌이 걸어가는 소리를 들었다. 저 작은 악마, 거짓말일지도 모르겠어. 소령은 생각했다.

열 명의 인디언

어느 독립기념일 행사가 끝난 뒤, 닉은 도시에서 조 가너 가족과 함께 큰 마차를 타고 늦게 집으로 돌아오다 길에서 술에 취한 아홉 명의 인디언을 지나쳤다. 그가 아홉이라고 정확히 기억하는 데엔 이유가 있었다. 땅거미가 질 때 마차를 몰던 조 가너가 말을 멈추고 길가로 뛰어내려 인디언을 마차 바퀴 자국에서 치워낸 적이 아홉 번이었기 때문이다. 인디언들은 얼굴을 모래에 파묻고 자고 있었다. 조는 그들을 길옆의 덤불로 치우고 마차에 다시 올랐다.

"도시 외곽에서 고작 여기까지 오는데 벌써 아홉이라니."

조가 말했다.

"인디언들이 다 그렇죠, 뭐."

가너 부인이 말했다.

닉은 조 가너의 두 아들과 함께 뒷좌석에 앉아 있었다. 그는 그 자리에서 조가 인디언들을 길옆의 어디로 끌고 가는지 바라봤다.

"그 사람 빌리 테이브쇼였어요?"

칼이 물었다.

"아니."

"바지를 보니 빌리 같아 보이던데."

"인디언들 모두 똑같은 바지를 입어."

"나는 하나도 안 보여."

프랭크가 말했다.

"아버지가 길에 내려서 내가 뭘 보기도 전에 돌아오시더라고. 그래서 난 인디언이 뱀이라도 잡는 건가 생각했지."

"오늘 밤엔 인디언들이 뱀을 참 많이 잡겠구나."

조 가너가 말했다.

"인디언들이 다 그렇죠, 뭐."

가너 부인이 말했다.

그들은 계속 달렸다. 도로는 큰길에서 벗어나 언덕으로 올라갔다. 사람들을 모두 태운 채로는 말이 올라갈 수 없었기에 남자들은 전부 내려서 걸었다. 길은 모래투성이였다. 닉은 학교 건물 옆의 언덕 꼭대기에서 뒤를 돌아봤다. 닉은 피토스키의 불빛을 보았고, 저 너머 리틀 트래버스 만 건너편에 있는 하버 스프링스에서 흘러나오는 불빛도 보았다. 곧 남자들은 다시 마차에 올라탔다.

"저 구간엔 자갈을 좀 깔아야 해."

조 가너가 말했다. 마차는 숲길을 따라 나아갔다. 조와 그의 부인은 앞좌석에 가까이 붙어 앉았다. 닉은 가너 부부의 두 아들 사이에 앉았다. 길은 이제 개활지로 이어졌다.

"여기서 아버지가 스컹크를 치었잖아."

"훨씬 더 가야 해."

"어디인 게 뭐가 중요하니."

조가 고개를 돌리지 않고 말했다.

"스컹크는 어디에서든 마차에 치일 수 있어."

"그러고 보니 어젯밤에도 스컹크 두 마리 봤어."

닉이 말했다.

"어디서?"

"호숫가 아래에서. 호숫가를 따라서 죽은 물고기를 찾던데."

"너구리일 거야."

칼이 말했다.

"스컹크야. 스컹크 정도는 알아."

"그렇겠지."

칼이 말했다.

"넌 인디언 여자애를 아니까."

"그런 식으로 말하지 말랬지, 칼."

가너 부인이 말했다.

"냄새나는 건 똑같잖아요."

조 가너가 웃음을 터뜨렸다.

"여보, 그만 웃어요. 칼이 저렇게 말하는 거 나는 못 봐요."

가너 부인이 말했다.

"인디언 여자애를 알게 된 거냐, 니키?"

조가 물었다.

"아뇨."

"맞아요, 아버지."

프랭크가 말했다.

"프루던스 미첼이 얘 여자 친구예요."

"아니야."

"매일 보러 가면서!"

"아니라고."

어둠 속에서 칼과 프랭크 사이에 앉은 닉은 프루던스 미첼과의 일로 놀림을 받아 속으로 공허하면서도 행복한 느낌이 들었다.

"내 여자 친구가 아니야."

닉이 말했다.

"무슨 소리야!"

칼이 말했다.

"매일 같이 있는 걸 내가 봤는데."

"칼, 너는 원주민 여자도 만나지 못하잖니."

가너 부인이 말했다.

칼이 갑자기 입을 다물었다.

"칼은 여자랑 사이좋게 지내지 못해."

프랭크가 말했다.

"넌 좀 닥쳐."

"괜찮아, 칼."

조 가너가 말했다.

"여자들이 훌륭한 남자를 쉽게 얻을 수 있겠니? 아빠를 보렴."

"그래요, 당신은 한때 그런 말을 자주 했어요."

가너 부인이 마차가 덜컥거리자 조에게 바싹 붙으며 말했다.

"당신은 한창 젊을 때 여자가 꽤 많았어요."

"아버지는 원주민 여자랑은 사귀지 않았을 것 같은데."

"그렇게 생각하면 안 돼."

조가 말했다.

"닉, 프루디를 지키려면 신경을 더 쓰는 게 좋을 거야."

그러자 가너 부인이 뭔가 귓속말을 했고 조가 크게 웃었다.

"뭐가 그렇게 웃겨요?"

프랭크가 물었다.

"말하지 마요."

가너 부인이 경고했다. 조가 다시 크게 웃었다.

"니키, 프루던스는 네 여자야. 내 곁엔 이미 좋은 여자가 있거든."

조 가너가 말했다.

"진작 그렇게 말했어야죠" 하고 가너 부인이 말했다.

말들은 힘겹게 모래 속에서 마차를 끌고 있었다. 조는 어둠 속에 팔을 내밀어 채찍을 휘둘렀다.

"자자, 어서 끌어당겨. 내일은 지금보다 더 힘들 텐데 벌써 이러면 안 돼."

말들이 빠른 걸음으로 기다란 언덕을 내려갔고 마차는 덜컹거렸다. 농가에 도착하자 모두 내렸다. 가너 부인은 문을 열고 안으로 들어가 손에 등을 들고 나왔다. 칼과 닉은 마차의 뒤에서 물건들을 내렸다. 프랭크는 앞좌석에 앉아 헛간까지 마차를 끌고 간 뒤 말들을 쉬게 했다. 닉은 계단을 올라가 부엌문을 열었다. 가너 부인은 난로에 불을 피우고 있었다. 그녀는 나무에 등유를 붓다가 고개를 돌렸다.

"안녕히 계세요, 가너 아주머니."

닉이 말했다.

"데려다주셔서 감사합니다."

"별말을 다 하는구나, 니키."

"멋진 시간을 보냈습니다."

"우리도 함께해서 즐거웠어. 좀 더 있다가 저녁 먹고 가지그래?"

"아무래도 가야 할 것 같아요. 아버지께서 기다리고 계셔요."

"그럼 가야겠구나. 나갈 때 칼보고 집 안으로 들어오라고 해줄래?"

"그럴게요."

"잘 가렴, 니키."

"안녕히 계세요."

닉은 농가 마당으로 나가 헛간으로 갔다. 조와 프랭크가 우유를 짜고 있었다.

"안녕히 계세요. 정말 즐거웠습니다."

닉이 말했다.

"잘 가렴, 닉. 좀 더 있다가 밥 먹고 가지 그러니?"

조 가너가 말했다.

"그럴 수 없을 것 같아요. 아주머니께서 칼보고 집 안으로 들어오라고 하시던데, 좀 전해주시겠어요?"

"그렇게 하마. 푹 쉬렴, 니키."

닉은 맨발로 헛간 아래의 목초지로 난 길을 따라 걸었다. 길은 평탄했고 맨발에 이슬이 닿아 시원했다. 목초지의 끝에 설치된 울타리를 넘은 뒤 계곡을 따라 내려갔다. 발엔 늪의 진흙이 가득 묻었다. 건조한 너도밤나무 숲을 지나 올라가다가 오두막의 불빛을 보았다. 닉은 울타리를 넘어서 정문 앞 현관으로 나아갔다. 그는 창문을 통해 아버지가 탁자 옆에 앉아 커다란 등에서 나오는 불빛에 의지하여 책을 읽고 있는 것을 보았다. 문을 열고 집 안으로 들어갔다.

"어서 오렴, 니키."

닉의 아버지가 말했다.

"재미있었니?"

"무척 즐거웠어요, 아빠. 행복한 독립기념일이었어요."

"배고프지?"

"네."

"신발은 어쨌니?"

"가너 아저씨 마차에 두고 내렸어요."

"부엌으로 오렴."

닉의 아버지가 등을 들고 앞장섰다. 그는 걸음을 멈추고 아이스박스의 뚜껑을 열었다. 닉은 부엌으로 들어갔다. 아버지는 차가운 닭고기 한 점을 올려놓은 접시와 우유가 담긴 주전자를 가져와서는 식탁에 앉은 닉의 앞에 놓았다. 이어 식탁에 등을 내려놨다.

"파이도 있어. 그 정도면 충분하겠니?"

"차고 넘쳐요."

아버지는 기름을 먹인 천을 덮은 탁자 옆 의자에 앉았다. 그가 앉자 부엌 벽에 커다란 그림자가 생겼다.

"야구는 누가 이겼니?"

"5 대 3으로 피토스키가 이겼어요."

아버지는 닉이 먹는 것을 보면서 우유 주전자를 들어서 아들의 잔에 채웠다. 닉은 우유를 들이켠 뒤 냅킨으로 입가를 닦았다. 아버지가 선반으로 팔을 뻗어 파이를 꺼냈다. 그는 파이 한 조각을 크게 잘라 닉에게 주었다. 월귤나무 열매가 들어간 파이였다.

"오늘 뭐 하셨어요?"

"아침에 나가서 낚시했지."

"어떤 물고기를 잡으셨어요?"

"농어뿐이었어."

아버지는 아들이 파이 먹는 모습을 바라봤다.

"오후에는 뭐 하셨어요?"

닉이 물었다.

"인디언 마을까지 산책을 다녀왔지."

"인디언들 보셨어요?"

"술을 잔뜩 마시려고 도시로 나갔더구나."

"전혀 보시지 못한 거예요?"

"아, 네 친구 프루디를 보긴 했지."

"어디에 있던가요?"

"프랭크 워시번하고 숲에 있던데. 우연히 만났지. 두 사람은 멋진 시간을 보내고 있었어."

아버지는 말하며 닉을 보지 않았다.

"뭐 하고 있던가요?"

"오래 머물지 않아서 알아낼 수가 없었어."

"그들이 뭘 하고 있었는지 말씀해주세요."

"나야 모르지."

닉의 아버지가 말했다.

"단지 뒹구는 소리만 들었을 뿐이야."

"걔들인지 어떻게 알아요?"

"봤거든."

"방금 못 보셨다고 말씀하신 줄 알았어요."

"아니, 봤어."

"그녀와 같이 있던 사람은 누구였나요?"

닉이 물었다.

"프랭크 워시번이라고 했잖니."

"걔들이, 걔들이……."

"걔들이 뭐?"

"걔들이 행복하던가요?"

"그렇게 보이더구나."

닉의 아버지는 식탁에서 일어나 방충망 문을 열고 나갔다. 그가 다시 돌아왔을 때 닉은 접시를 내려다보았다. 얼굴엔 눈물이 흐르고 있었다.

"더 먹겠니?"

닉의 아버지가 파이를 자르려고 칼을 집었다.

"아니요."

닉이 말했다.

"한 조각 더 먹는 게 낫지 않을까?"

"아니요. 더 먹고 싶지 않아요."

아버지는 식탁을 정리했다.

"걔들이 숲 속 어디에 있던가요?" 하고 닉이 물었다.

"인디언 마을 뒤쪽에 있었지."

닉이 접시를 바라봤다. 아버지가 말했다.

"이젠 자는 게 좋겠구나, 닉."

"알겠어요."

닉은 자신의 방으로 들어가 옷을 벗은 뒤 침대에 누웠다. 거실에서 아버지가 움직이는 소리가 들렸다. 얼굴을 베개에 파묻었다.

'가슴이 찢어지는 것 같아' 하고 닉은 생각했다.

'이런 기분이 자꾸 들다니 내 가슴이 찢어진 게 틀림없어.'

잠시 뒤에 닉은 아버지가 입김으로 등을 끄고 방으로 들어가는 소리를 들었다. 바람이 밖의 나무들을 스치는 소리를 들었고 바람이 방충망 사이로 차갑게 들어온다고 느꼈다. 베개에 얼굴을 오랫동안 파묻고 있었다. 그러던 어느 순간 프루던스에 관한 생각을 잊어버리고 마침내 잠에 빠져들었다. 밤중에 잠을 깬 닉은 오두막 밖의 솔송나무에 바람이 스치고 호숫가에 파도가 밀려드는 소리를 듣다가 다시 잠이 들었다. 아침에는 거센 바람이 불어왔고 호숫가에 높게 파도가 쳤다. 밤중에 오랫동안 깨어 있다가 자신의 가슴이 찢어졌다는 걸 기억해냈다.

딸을 위한 카나리아

기차가 매우 빠르게 정원이 딸린 길고 붉은 석조 가옥을 지나갔다. 정원에는 네 개의 굵은 야자수가 있었고 나무 그늘에 탁자들이 놓여 있었다. 다른 면은 바다였다. 곧 붉은 암석과 진흙을 굴착하여 만든 철로가 나왔고, 바다는 이따금 저 아래쪽에서 바위에 부딪치는 모습만 보일 뿐이었다.

"팔레르모에서 이놈을 샀죠."

미국 부인이 말했다.

"일요일 아침에 딱 한 시간만 팔레르모에 내렸어요. 파는 사람이 몇 달러 달라고 했지만 1달러 50센트를 주었어요. 우는 소리가 무척 아름다워요."

기차는 굉장히 더웠고 침대칸도 마찬가지였다. 창문을 열어놨지만 바람은 전혀 불어오지 않았다. 미국 부인이 창문에 블라인드를 내리는 바람에 이따금 보이던 바다도 이젠 볼 수 없었다. 다른 쪽엔 유리가, 그다음엔 복도가 있었고, 그다음엔 열린 창문이 있었다. 그리고 열린 창문 밖에는 생기 없는 나무들과 매끄러운 길, 평평한 포도밭이 있었다. 그 뒤로는 회색 화산암 언덕들이 있었다.

마르세유로 들어서자 여러 높은 굴뚝에서 연기가 솟아오르는 모습이 보였다. 기차는 속력을 낮추며 많은 선로 중 하나를 택하여 역으로 들어섰다. 기차는 마르세유 역에 25분 정도 정거했고 그 틈을 타 미국 부인은 〈데일리메일〉 한 부와 에비앙 생수 작은 병 하나를 사가지고 돌아왔다. 그녀는 역의 플랫폼을 따라 조금 걸었지만 기차의 승강 계단 근처에 계속 머물렀는데, 그건 칸 역에서 벌어진 일 때문이었다. 칸 역에 12분 동안 머문 기차는 출발 신호도 없이 떠났고, 그녀는 자칫하면 기차를 놓칠 뻔했다. 미국 부인은 귀가 잘 안 들렸고 그래서인지 출발 신호를 들어도 자기가 듣지 못할 수도 있다는 걸 염려했다.

기차는 마르세유 역을 떠났다. 거기엔 조차장과 공장에서 뿜어내는 연기만 있는 건 아니었다. 뒤를 보면 마르세유의 시내가 보였고 바위 언덕 뒤에 있는 항구와 바다 너머로 해가 지는 모습도 보였다. 날이 어둑어둑해지자 기차는 들판 한가운데에서 불타는 농가를 지나쳤다. 자동차들이 길을 따라 서 있었고 농가 안에서 나온 침구를 비롯한 물건들이 들판에 널려 있었다. 많은 사람이 농가가 불타는 장면을 구경했다. 어두워진 뒤에 기차는 아비뇽에 도착했다. 사람들이 내리고 탔다. 파리로 돌아가려는 프랑스인들은 매점에서 그날 일자 프랑스어 신문을 샀다. 역 플랫폼엔 흑인 병사들이 있었다. 그들은 갈색 군복을 입었는데 키가 컸고 전등 아래 가까이 서 있었기 때문인지 얼굴이 번쩍거렸다. 그들의 얼굴은 매우 검었고 키가 정말 커서 쳐다보기 힘들었다. 기차는 아비뇽을 떠났고 흑인 군인들은 역에 계속 서 있었다. 키가 작은 백인 상사가 그들과 함께 있었다.

침대칸으로 들어온 승무원은 벽 안에 수납된 침대 세 개를 끌어내려서 승객들의 잠자리를 마련해줬다. 밤이 되었지만 미국 부인은 잠을 이룰 수 없었다. 기차는 급행이라 속도가 빨랐는데 밤에 그런 속도를 낸다는 게 걱정스러워서였다. 미국 부인의 침대는 창문 옆에 있었다. 팔레르모에서 사들인 카나리아 새장은 천에 덮인 채 바람이 들어오지 않는 통로에 있었는데 통로는 욕실칸으로 이어졌다. 침대칸 밖에는 푸른 등이 켜져 있었다. 밤새 기차는 굉장히 빠르게 달렸고 미국 부인은 눈을 뜬 채로 충돌 사고를 미연에 경계했다.

아침이 되자 기차는 파리 가까이에 접근했다. 미국 부인은 욕실에서 나온 뒤에는 아주 건강한 중년 미국인 같았고, 밤새 잠을 자지 못한 흔적이 보이지 않았다. 그녀는 새장의 천을 벗긴 뒤 햇볕이 들어오는 곳에 새장을 걸어놓고 아침을 먹기 위해 식당칸으로 갔다. 그녀가 침대칸으로 돌아오자 침대는 다시 벽 속으로 들어갔고 좌석이 마련되어 있었다. 카나리아는 열어둔 창문을 통해 들어오는 햇빛을 받으며 깃털을 털었다. 기차는 파리에 훨씬 더 가까워졌다.

"이놈은 햇빛을 좋아해요."

미국 부인이 말했다.

"곧 울음소리를 낼 거예요."

카나리아는 깃털을 털고 부리로 깃털을 쪼았다.

"나는 늘 새들을 사랑해왔지요."

미국 부인이 말했다.

"우리 딸애한테 저놈을 가져다줄 거랍니다. 옳지, 이제 울음소리를 내네요."

카나리아는 짹짹 울면서 고개를 들어 목에 난 털을 드러냈다. 하지만 곧 부리를 아래로 향해 깃털을 쪼기 시작했다. 기차는 강을 건넌 뒤 아주 잘 조성된 숲을 지났다. 그리고 파리 외곽의 많은 읍을 지나갔다. 그 읍들에는 전차가 다녔고, 기차를 마주 보는 벽에는 부동산 회사인 벨 자르디니에르와 주류 회사인 뒤보네와 페르노의 거대한 광고판이 부착되어 있었다. 기차가 지나가는 주변은 아직 아침 식사 전인 듯한 풍경이었다. 몇 분 동안 나는 미국 부인의 말을 건성으로 듣고 있었는데 부인은 내 아내와 이야기를 하고 있었다.

"남편분도 미국인이세요?"

부인이 물었다.

"맞아요. 우리 둘 다 미국인이에요."

아내가 말했다.

"영국 사람인 줄 알았어요."

"아니에요."

"제가 바지에 브레이시즈*를 해서 그렇게 생각하셨나 봅니다."

내가 말했다. 서스펜더**라고 말하려다 잉글랜드인 느낌을 주고 싶어서 일부러 브레이시즈라고 바꿔 말했다. 하지만 미국 부인은

---

* 멜빵의 영국식 표현

** 멜빵의 미국식 표현

듣지 않았다. 그녀는 정말로 귀가 안 들리는 모양이었다. 그녀는 입술 모양을 보고 대화했는데 나는 그녀를 바라보지 않고 차창 밖을 내다보았다. 미국 부인은 계속해서 아내에게 말을 걸었다.

"두 분 다 미국인이어서 참 좋네요. 미국인 남자는 정말 최고의 남편감이죠. 우리 가족이 유럽을 떠나는 이유도 그것 때문이에요. 딸애가 베베이에서 한 남자를 만나 연애하게 됐거든요."

여기서 미국 부인이 잠시 말을 멈췄다.

"정말 열정적으로 사랑하더군요."

그녀는 다시 말을 멈췄다.

"결국 제가 강제로 말렸지만요."

"따님은 그 일을 이겨냈나요?"

아내가 물었다.

"그렇진 않아요. 먹지도 자지도 않으려고 했으니까. 전 정말로 노력했지만 그 아이가 아무 데도 흥미를 보이지 않더라고요. 될 대로 되라는 것처럼. 그래도 외국인하고 결혼하게 놔둘 수는 없죠."

미국 부인이 잠시 말을 멈췄다.

"저한테 훌륭한 친구가 있는데 제게 이렇게 말하더라고요. '외국인은 미국 여자한테 좋은 남편이 될 수 없어.'"

"그럼요. 저도 그렇다고 생각해요."

아내가 말했다.

미국 부인은 아내가 입은 여행용 상의를 칭찬하더니 결국 자기가 20년 동안 생토노레 거리의 한 여성복점에서 쭉 옷을 사왔다는 말을 늘어놨다. 그 가게는 미국 부인의 신체 치수를 보유했으며 그곳에 근무하는 여자 직원은 그녀의 취향을 잘 알기에 적당한 옷을 선정하여 미국으로 보낸단다. 옷들은 그녀가 사는 뉴욕 외곽의 우체국에 도착했다. 우체국 사람들이 관세를 매기기 위해 그 옷들을 열어보는데 여태껏 과도한 관세를 문 적은 한 번도 없었다. 옷들은 늘 심플하게 보였고 옷을 비싸게 보이게 하는 황금 레이스나 장식 같은 건 아예 달려 있지 않았다. 지금 근무하는 테레즈라는 여직원 전에는 아멜리라는 직원이 있었고, 20년 동안 담당 직원은 이 두 여자뿐이었다. 디자이너는 쭉 같은 사람이었다. 하지만 옷 가격은 올랐다. 그래도 환율 덕분에 인상 폭은 충분히 상쇄할 수 있었다. 이제 그 가게는 미국 부인 딸의 치수도 가지고 있었다. 딸애는 다 자랐으니 지금보다 치수가 크게 바뀔 일은 없었다.

대충 그런 이야기를 미국 부인이 아내에게 해주는 동안 기차는 파리에 들어섰다. 역사의 방어 시설은 파괴되었고 풀은 여전히 자라지 않았다. 많은 차량이 선로에 대기하고 있었다. 나무로 된 갈색 식당차, 나무로 된 갈색 침대차가 있었는데 이탈리아행이었다. 예전과 같은 스케줄이라면 기차는 새벽 5시에 이탈리아로 출발할 예정이었다. '파리-로마'라고 표시가 붙은 기차들, 그리고 예전과 같다면 교외를 왕래하는 지붕에 좌석이 있는 기차들, 특정 시간엔 지붕 좌석에 사람들을 가득 태우는 이 기차들은 많은 집의 흰 벽과 창문을 지나칠 것이다. 승객들이나 그 많은 집에 사는 사람들이나 아직 아침을 먹기 전일 것이다.

"미국인이 최고의 남편이에요."

미국 부인이 아내에게 말했다. 나는 가방들을 내리는 중이었다.

"결혼한다면 미국 남자밖에 없어요."

"베베이에서 떠나신 지 얼마나 되셨죠?"

아내가 물었다.

"올 가을이면 2년이 되네요. 아시다시피 이 카나리아도 딸애를 주려고 산 거죠."

"따님이 사귀었던 남자분이 스위스 사람이었나요?"

"그래요. 베베이에서 아주 훌륭한 가문 사람이었죠. 공학자가 되려고 했어요. 베베이에서 딸애를 만났더군요. 딸애랑 같이 장거리 산책을 나가기도 했고요."

미국 부인이 말했다.

"베베이라면 저도 알아요. 우리가 거기로 신혼여행을 갔거든요."

아내가 말했다.

"정말로요? 어머나, 얼마나 좋았을까. 물론 딸애가 남자랑 만나서 연애할 거라고는 상상도 못했지만요."

"정말 아름다운 곳이었어요."

아내가 말했다.

"물론이죠. 아름답고말고요. 그곳에선 어디에 계셨었나요?"

미국 부인이 말했다.

"트루아 쿠론느에 묵었어요."

아내가 말했다.

"전통을 지닌 훌륭한 호텔이죠."

미국 부인이 말했다.

"맞아요. 가을에 아주 좋은 방을 얻었어요. 베베이가 가을엔 정말

볼만하더라고요."

아내가 말했다.

"가을에 거기 계셨던 건가요?"

"네" 하고 아내가 말했다.

우리는 사고를 당해 파괴된 차량 3량을 지나갔다. 차량들은 쪼개져서 내부가 드러났고 지붕은 안으로 축 늘어져 있었다.

"저걸 보세요. 충돌 사고가 있었던 것 같은데요."

내가 말했다.

미국 부인은 차량들을 쳐다보다 마지막 차량을 바라보며 말했다.

"밤새 저걸 걱정한 거예요. 때로 무시무시할 정도로 오싹한 예감이 들 때가 있어요. 다시는 밤에 급행열차로 여행하지 않을 거예요. 그렇게 빨리 가지 않는 다른 편안한 기차들이 틀림없이 있을 테니까."

기차가 가르 드 리옹*의 어둠 속으로 들어가 멈추자 짐꾼들이 차창 바로 곁으로 다가왔다. 나는 차창을 통해 가방들을 전달했다. 이어 우리는 어둑한 긴 플랫폼으로 나왔다. 미국 부인은 쿡스 여행사에서 나온 세 사람 중 한 사람에게 짐 수송을 맡겼고 그 사람은 이렇게 말했다.

"부인, 잠시만. 명단에서 부인의 이름을 찾아보겠습니다."

이 짐꾼은 작은 수레를 가져와 미국 부인의 짐을 거기에 쌓았다. 아내와 나는 미국 부인에게 작별 인사를 건넸다. 쿡스의 짐꾼은 마침내 타자기로 작성된 여러 장의 종이들 가운데서 미국 부인의 이

* 파리의 기차역

름을 발견하고서 다시 종이들을 주머니에 집어넣었다.

우리는 작은 수레를 가져온 짐꾼을 따라 기차 옆으로 난 기다란 시멘트 플랫폼을 내려갔다. 플랫폼 끝엔 문이 하나 있었고 역무원이 승객들에게서 표를 받고 있었다.

우리는 별거를 하려고 파리로 돌아가는 중이었다.

알프스의 목가

이른 아침이었는데도 계곡으로 내려가니 더웠다. 태양은 우리가 들고 있던 스키에 묻은 눈을 녹였고 나무를 말렸다. 계곡은 봄이었지만 햇볕은 매우 뜨거웠다. 우리는 스키를 들고 배낭을 멘 채 갈투르로 난 길을 따라갔다. 그러다 교회 마당을 지났는데 막 장례식이 끝난 듯했다. 신부가 교회 마당에서 나와 우리를 지나칠 때 나는 "찬미 예수님" 하고 말했다. 신부는 고개를 숙여 인사했다.

"신부가 자네한테 아무 말도 하지 않다니 이상한데."

존이 말했다.

"그럼 자네는 신부가 똑같이 '찬미 예수님' 하고 말할 줄 알았나?"

"신부는 대답을 하는 법이 없지."

존이 말했다.

우리는 길을 가다 멈추고 교회 관리인이 삽으로 땅을 파서 옮기는 모습을 지켜봤다. 검은 수염을 기르고 목이 긴 신발을 신은 농부가 무덤 옆에 서 있었다. 교회 관리인은 삽질을 멈추고 허리를 폈다. 이어 목이 긴 신발을 신은 농부가 교회 관리인에게서 삽을 받아 들고 무덤을 메웠다. 그는 마치 정원에 거름을 주듯 고르게 흙을 뿌렸다. 환한 5월 아침에 무덤 메우는 작업은 비현실적인 광경이었다. 이런 날에 누군가 죽는다는 걸 나는 상상도 할 수 없었다.

"이런 날에 땅에 묻힌다고 상상해봐."

내가 존에게 말했다.

"별로 좋지 않지."

"그래, 우린 그런 상상 같은 거 할 필요 없어."

내가 말했다.

우리는 길을 따라 걸으며 마을의 집들을 지나쳐 선술집으로 들어갔다. 실브레타에서 한 달 동안 스키를 탔던 터라 계곡으로 내려오니 기분이 좋았다. 실브레타에서 스키를 타는 건 즐거웠다. 하지만 봄 스키였기 때문에 이른 아침과 저녁에만 눈 상태가 괜찮았다. 나머지 시간에는 햇빛이 눈을 망쳐놓았다. 우리는 모두 햇빛에 질려 있었다. 누구나 햇빛에서 벗어날 수가 없었다. 그늘은 바위들이나 빙하 옆에 있는 바위의 보호를 받아 지어진 오두막이 만들어내는 것밖에 없었다. 그늘에선 내의 안에 흐른 땀이 식었다. 오두막 밖에선 검은 선글라스 없이 앉아 있을 수 없었다. 검게 그을리는 건 좋았지만, 햇볕은 사람을 굉장히 지치게 했다. 햇볕 속에서는 쉴 수가 없었다. 나는 눈에서 벗어나게 되어 즐거웠다. 너무 늦은 봄이어서 이제 실브레타에 다시 올라갈 수가 없었다. 게다가 스키를 타는 것에 약간 질렸다. 우리는 그곳에 너무 오래 머물렀다. 우리는 그동안 오두막의 양철 지붕을 타고 흐르는 눈 녹은 물을 마셔왔는데 그 물맛을 혀끝에 느낄 수 있었다. 그 맛은 내가 스키를 생각하면 떠올리는 것의 일부였다. 나는 스키 말고도 다른 일들이 있다는 것이 기뻤다. 그리고 높은 산의 기이한 봄에서 벗어나 계곡에서 5월의 아침을 맞이하고 있다는 것 역시 기뻤다.

선술집 주인은 가게 현관에 앉아 있었다. 그의 의자는 벽에 기대어 젖혀져 있었다.

"스키 만세!"

선술집 주인이 말했다.

"만세!"

우리는 이렇게 답한 뒤 스키를 벽에 기대고 짐을 내려놓았다.

"위는 어떻소?"

선술집 주인이 말했다.

"아름답소. 햇빛이 너무 세서 그렇지."

"맞소. 이때엔 햇빛이 참 세지."

요리사는 의자에 앉아 있었다. 선술집 주인은 우리와 함께 가게 안으로 들어가 사무실을 열고 들어가더니 우리에게 건네줄 우편물을 가져왔다. 편지 한 묶음과 여러 부의 신문이었다.

"맥주 좀 마시자고."

존이 말했다.

"좋지. 안에서 마시지."

선술집 주인이 맥주 두 병을 가져왔고 우리는 각자 맥주를 마시며 편지를 읽었다.

"맥주를 좀 더 마셔야겠는데."

존이 말했다. 이번엔 어떤 여자가 맥주를 들고 왔다. 그녀는 병을 따면서 미소를 지었다.

"편지가 많네요."

여자가 말했다.

"좀 많죠?"

"건배."

그녀가 이렇게 말한 뒤 빈 병들을 가지고 나갔다.

"맥주가 어떤 맛이 나는지도 잊어버렸네."

"난 아니야."

존이 말했다.

"오두막에서 나는 자주 맥주 맛을 생각하곤 했어."

"뭐, 어쨌든 이렇게 손에 잡고 있잖나."

내가 말했다.

"뭐든지 지나치게 오래 하면 안 돼."

"그래. 저 위에 너무 오래 있었어."

"빌어먹을 정도로 오래 있었지."

존이 말했다.

"한 가지 일을 지나치게 오래 하는 건 좋지 않아."

햇빛이 열린 창문을 통해 들어와 탁자 위의 맥주병을 비췄다. 병엔 맥주가 절반쯤 남아 있었다. 맥주가 굉장히 차가워서 병 안에 든 맥주엔 거품이 별로 없었다. 긴 유리잔에 따르니 거품이 올라왔다. 나는 열린 창문 밖의 흰 길을 바라봤다. 길옆의 나무들은 칙칙했다.

그 너머로는 푸른 들판과 개울이 하나 있었다. 개울을 따라 나무가 있었고 물레바퀴가 있는 제재소도 있었다. 나는 제재소의 탁 터진 부분을 통해 긴 통나무 하나가 오르락내리락하는 것을 보았다. 그 틈을 살펴보는 사람이 있는 것 같지는 않았다. 푸른 들판에는 까마귀 네 마리가 걸었다. 한 까마귀는 나무에 앉아 뭔가를 바라봤다. 현관 밖에선 요리사가 의자에서 일어나 주방으로 통하는 홀로 들어갔다. 선술집 안에선 햇빛이 탁자 위의 빈 잔들에 비치고 있었다. 존은 양팔에다 머리를 올려놓으려고 몸을 앞으로 숙였다.

창문 밖을 보던 나는 남자 두 명이 계단 앞으로 오는 것을 봤다. 그들은 곧 가게로 들어왔다. 한 사람은 아까 본 목이 긴 신발을 신은 수염 기른 농부였다. 다른 한 사람은 교회 관리인이었다. 그들은 창문 아래 탁자에 앉았다. 여자가 들어와 그들의 탁자 옆에 섰다. 농부는 그녀를 보려고 하지 않았다. 그는 탁자에 양손을 내려놓고 앉아 있었다. 그는 낡은 군복을 입고 있었으며, 팔꿈치 부분은 천 조각으로 기운 상태였다.

"뭐 마시겠나?"

교회 관리인이 물었다. 농부는 그의 말에 귀를 기울이지 않았다.

"이보게, 뭘 마시겠냐고?"

"슈납스*."

농부가 말했다.

"거기에 와인 4분의 1리터도 같이 주시오."

---

* 유럽, 특히 독일 등지에서 마시는 증류주

교회 관리인이 여자에게 말했다.

여자가 술을 가져왔고 농부는 슈납스를 마셨다. 이어 그는 창문 밖을 내다봤다. 교회 관리인은 그런 농부를 쳐다보았다. 존은 탁자 위에 머리를 내려놓고 있었다. 잠이 들었다.

선술집 주인이 들어와 두 남자가 있는 탁자로 갔다. 그는 이 지방 방언으로 말했고 교회 관리인이 대답했다. 농부는 계속 창문 밖을 내다봤다. 술집 주인은 대화를 마치고 다른 곳으로 갔다. 곧 농부가 일어섰다. 그는 가죽 지갑에서 접힌 1만 크로넨* 지폐를 꺼내어 펴 들었다. 여자가 들어왔다.

"전부 계산해드릴까요?"

그녀가 물었다.

"전부."

농부가 말했다.

"내가 마신 와인은 내가 냄세."

교회 관리인이 말했다.

"전부 해주시오."

농부가 여자에게 같은 말을 반복했다. 여자가 앞치마 주머니에 손을 넣고 동전을 가득 꺼낸 뒤 잔돈을 세어서 농부에게 건넸다. 농부는 잔돈을 받고 곧장 가게를 나갔다. 농부가 나가자마자 선술집 주인이 다시 안으로 들어와 교회 관리인과 대화를 나눴다. 주인은 탁자에 앉았고, 그들은 현지 사투리로 이야기를 나눴다. 교회 관리

---

* 오스트리아 화폐

인은 즐거워했고, 선술집 주인은 역겨워했다. 교회 관리인이 탁자에서 일어났다. 그는 키가 작았고 콧수염을 길렀다. 그는 창문 밖으로 몸을 내밀고서 길 위쪽을 쳐다봤다.

"저기 들어가는구먼."

교회 관리인이 말했다.

"뢰벤으로 가나?"

"맞아."

둘은 조금 더 이야기를 나눴다. 이야기를 마친 선술집 주인이 우리 탁자로 왔다. 그는 키가 큰 나이 든 남자였다. 그는 곧 존이 잠들었다는 걸 발견했다.

"많이 피곤했나 보군."

"일찍 일어났으니까."

"곧 뭐 좀 먹어야 하지 않소?"

"아무 때나 좋아요. 뭘 해줄 수 있소?"

내가 말했다.

"먹고 싶은 건 뭐든지. 여자애가 메뉴를 갖다 줄 거요."

여자가 메뉴를 가져왔다. 존이 깨어났다. 메뉴는 카드 위에 잉크로 적혀 있었고 카드는 나무 주걱 사이에 끼워져 있었다.

"이보게, 메뉴가 왔네."

내가 존에게 말했다. 그는 메뉴를 바라보았으나 여전히 졸린 표정이었다.

"우리랑 술 한잔 하지 않겠소?"

내가 선술집 주인에게 물었다. 그가 의자에 앉았다.

"농부들이란 다 짐승이오."

선술집 주인이 말했다.

"우리는 아까 읍으로 들어오다 장례식에서 저 농부를 봤소."

"그 농부 마누라의 장례식이었소."

"아."

"참 짐승 같은 놈이오. 농부들이 다 그렇지."

"무슨 소리요?"

"이 이야기를 믿지 못할 거요. 저놈 주위에서 무슨 일이 벌어졌는지 말이오."

"좀 들어봅시다."

"믿지 못할 거요."

선술집 주인이 교회 관리인에게 말했다.

"프란츠, 이리로 와보게."

교회 관리인이 와인이 담긴 작은 병과 잔을 가지고 우리 쪽으로 왔다.

"이 신사분들은 비스바덴-에르휘테에서 오신 분들이네."

선술집 주인이 말했다. 우리는 악수를 했다.

"뭘 드시겠소?"

내가 물었다.

"괜찮소."

프란츠가 손을 저으며 말했다.

"4분의 1리터* 더 마시겠소?"

"괜찮소."

"사투리를 알아듣나요?"

선술집 주인이 물었다.

"아니요."

"대체 무슨 소리야 이게?"

존이 물었다.

"우리가 읍으로 들어올 때 무덤에 흙을 뿌리던 농부 있었지. 그 이야기를 지금 들으려는 참이야."

"아무튼 나는 알아들을 수가 없네."

존이 말했다.

"말이 너무 빨라."

"저 농부가 오늘 죽은 마누라를 묻으려고 내려왔소. 그 마누라는 지난 11월에 죽었다더군."

선술집 주인이 말했다.

"12월일세."

교회 관리인이 말했다.

"무슨 차이가 있어. 그럼 12월이라고 하지. 농부는 즉시 동사무소에 사망 신고를 했소."

"그건 12월 18일일세."

교회 관리인이 말했다.

---

* 250cc

"어쨌든 그 친구는 눈이 녹을 때까지 마누라를 이곳에 데리고 올 수가 없었어요."

"파즈나운 산 저편에 살거든."

교회 관리인이 말했다.

"하지만 이 교구 소속일세."

"전혀 데려올 수 없었던 거요?"

내가 물었다.

"그렇소. 그 친구가 사는 곳에서는 눈이 녹을 때까진 스키를 타는 것 외엔 방법이 없소. 그래서 오늘에야 마누라를 묻으려고 데려온 거요. 신부는 죽은 그 여자 얼굴을 보더니 매장을 안 시키려 했대. 자네가 계속해서 이야기해보게."

선술집 주인이 교회 관리인에게 말했다.

"사투리 말고 표준 독일어로 이야기하게."

"신부님이 볼 때 그건 참 이상한 일이었어요."

교회 관리인이 말했다.

"사망신고서를 보면 심장병으로 죽었다고 되어 있어요. 그 친구 마누라가 심장이 좋지 않다는 건 우리도 알고 있었지요. 때때로 교회에서 기절하곤 했으니까. 한동안 교회에 오지 않았어요. 산을 오르내릴 기력이 없었던 거야. 신부님이 얼굴에 덮인 담요를 걷어내곤 올즈에게 이렇게 물었어요. '부인이 많이 아팠나?' 올즈는 대답했어요. '아닙니다. 제가 밖에 나갔다가 집에 들어왔더니 침대에서 죽어 있었어요.'

그러자 신부님이 다시 그 친구 마누라를 봤어요. 신부는 그 얼굴이 못마땅했어요. '어쩌다 얼굴이 이 지경이 됐나?'라고 신부님이 묻자 올즈가 '잘 모르겠습니다'라고 했어요. 그러자 신부님이 '자네는 알고 있을 거야'라고 말한 뒤 시신을 담요로 다시 덮었어요. 올즈는 아무 말도 하지 않았지요. 그러다 신부님이 쳐다보는 걸 알고선 올즈도 신부님을 쳐다봤어요. '알고 싶으십니까?' '난 꼭 알아야겠네' 하고 신부님이 말했어요."

"여기가 참 들어볼 만한 얘기입니다."

선술집 주인이 말했다.

"잘 들으세요. 계속 말하게, 프란츠."

"그러자 올즈가 이렇게 말하더군요. '그렇다면 말씀드리겠습니다. 마누라가 죽고 사망 신고를 한 뒤 저는 헛간으로 마누라를 데려가 큰 나무 위에 올려놨습니다. 그 나무를 쓸 때가 되자 마누라는 뻣뻣하게 굳어 있더군요. 그래서 마누라를 벽에 기대어 세워놨습니다. 밤에 나무를 자르러 헛간으로 와보니 마누라 입이 벌어져 있더군요. 그래서 거기에 등을 걸었습니다.' '왜 그런 짓을 했는가?' 하고 신부님이 물었어요. '잘 모르겠습니다'라고 올즈가 말하더군요. '여러 번 그런 짓을 했나?' '밤중에 헛간에 작업하러 갈 때마다 그랬습니다.' '굉장히 잘못된 짓일세' 하고 신부님이 말했어요. '아내를 사랑했나?' '네, 사랑했습니다' 하고 올즈가 말했어요. '무척 사랑했어요.'"

"잘 들었소?"

선술집 주인이 물었다.

"그 농부놈 이야기를 잘 들은 거요?"

"전부 잘 들었소."

"뭔가 좀 먹는 게 어때?"

존이 물었다.

"자네가 주문해."

내가 말했다.

"그 이야기가 사실이라고 생각하시오?"

나는 선술집 주인에게 물었다.

"그렇다마다. 농부들이란 다 짐승이오."

선술집 주인이 말했다.

"그럼 그 친구는 지금 어디로 간 거요?"

"내 동료가 운영하는 뢰벤으로 술을 마시러 간 모양이더군."

"나랑 술 마시기는 싫은 거야."

교회 관리인이 말했다.

"저 친구가 그 일을 알아버렸으니 이제 나하고도 마시고 싶지 않았던 거지요."

선술집 주인이 말했다.

"이봐, 뭐 좀 먹는 게 어떠냐니까?"

존이 물었다.

"좋아."

내가 말했다.

추격 경주

윌리엄 캠벨은 피츠버그에서부터 벌레스크 쇼 공연단과 함께 추격 경주를 벌여왔다. 자전거로 하는 추격 경주에서 참가자들은 같은 간격을 두고 출발해 앞사람을 쫓는다. 참가자들은 아주 빠르게 자전거를 탄다. 왜냐하면 경주는 보통 짧은 거리로 제한되어 있어 속력을 늦추면 제대로 속력을 유지하는 참가자가 출발 때의 간격을 좁혀올 것이기 때문이다. 따라잡혀 추월당한 참가자는 곧바로 경주에서 탈락하며 자전거에서 내려 경주로를 벗어나야 한다. 경주에서 추월이 발생하지 않는다면 가장 먼 거리를 달린 참가자가 우승자가 된다. 만약 두 명의 참가자가 있다면 대부분의 경주에서 6마일* 안에서 선행 참가자가 추월당한다. 그리하여 버라이어티 쇼 공연단은 캔자스시티에서 윌리엄 캠벨을 따라잡았다.

---

* 약 10km

윌리엄 캠벨은 태평양 연안에 이를 때까지는 버라이어티 쇼 공연단을 상대로 근소한 우위를 유지할 수 있으리라는 기대를 품었다. 그가 벌레스크 쇼 공연단의 선행 주자로 앞서가는 한 급료를 받을 수 있었다. 하지만 벌레스크 쇼 공연단이 그를 따라잡았을 때 캠벨은 침대에 누워 있었다. 공연단의 운영자가 그의 방으로 찾아왔을 때 그는 침대에 드러누워 있었고, 운영자가 나간 뒤에도 그는 침대에 누워 있는 편이 낫겠다고 생각했다. 캔자스시티는 몹시 추웠기에 캠벨은 서둘러 밖에 나가고 싶지 않았다. 그는 캔자스시티가 마음에 들지 않았다. 그는 침대 아래로 손을 뻗어 술병을 꺼내 들이켰다. 술을 마시니 속이 좀 나아졌다. 벌레스크 쇼 공연단의 단장인 터너 씨는 캠벨의 술 한잔 제안을 거절했다.

윌리엄 캠벨과 터너 씨의 면담은 조금 기괴했다. 터너 씨가 문을 두드리자 캠벨이 "들어와!" 하고 말했다. 터너 씨는 방에 들어와 대충 훑어봤다. 옷은 의자에 걸려 있었고, 여행 가방은 열려 있었으며, 술병은 침대 옆 의자에 놓여 있었다. 침대에 누운 사람은 홑이불을 완전히 뒤집어쓰고 있었다.

"캠벨."

터너 씨가 말했다.

"당신은 날 해고할 수 없어."

윌리엄 캠벨이 이불 밑에서 말했다. 이불 안은 따뜻하고, 희고, 안온했다.

"자전거에서 내렸다는 이유로 나를 해고할 수는 없지."

"취했군."

터너 씨가 말했다.

"그래, 취했지."

윌리엄 캠벨이 이불에다 대고 말했다. 얇은 이불의 감촉이 그의 입술에 느껴졌다.

"자네는 바보야."

터너 씨가 말했다. 그는 전등을 껐다. 전등은 밤새 켜져 있었다. 그리고 지금은 아침 10시 정각이었다.

"어휴, 고주망태가 되었군. 이 모자란 친구야, 언제 이 도시에 들어왔나?"

"지난밤에 들어왔지."

윌리엄 캠벨이 여전히 홑이불에 대고 말했다. 홑이불에 대고 말하는 게 좋은 모양이었다.

"홑이불에 대고 말한 적 있나?"

"웃기려고 하지 말게. 자넨 전혀 웃기지 않아."

"웃기려고 한 소리가 아닌데. 난 그저 홑이불에 대고 말하는 중이라고."

"그래. 정말 그러고 있군."

"이젠 나가게, 터너."

캠벨이 말했다.

"당신하곤 일 안 해."

"허허, 아무튼 그건 알고 있군."

"잘 알다마다."

윌리엄 캠벨이 말했다. 그는 덮고 있던 홑이불을 걷어내고 터너 씨를 쳐다봤다.

“잘 아니까 이렇게 거리낌 없이 당신을 쳐다보는 거요. 내가 뭘 아는지 듣고 싶소?”

“아니.”

“뭐 좋아.”

윌리엄 캠벨이 말했다.

“실은 난 전혀 아는 게 없거든. 그냥 내질러본 거야.”

그는 홑이불을 다시 얼굴에 뒤집어썼다.

“아아, 이걸 뒤집어쓰니 참 좋구먼.”

캠벨이 말했다.

터너 씨는 침대 옆에 서 있었다. 그는 배가 불룩 튀어나오고 머리가 벗겨진 중년 남자였다. 또 할 일도 많은 사람이었다.

“빌리, 자넨 여기 남아서 치료를 받아.”

터너 씨가 말했다.

“치료를 받을 생각이 있다면 주선해줄게.”

“뭐하러 치료를 받아.”

윌리엄 캠벨이 말했다.

“난 그럴 생각 전혀 없어. 지금 이렇게 행복한데 내가 왜? 난 평생 더없이 행복했어.”

“자넨 언제부터 이랬나?”

“대체 무슨 말씀이신지?”

윌리엄 캠벨이 홑이불에 입을 대고 숨을 들이쉬고 내쉬면서 말했다.

"빌리, 언제부터 이렇게 절어 있었나?"

"내 일을 뭐 안 한 거 있나?"

"그래, 했어. 난 그냥 자네가 언제부터 이렇게 절었는지를 물어본 거야."

"그런 건 잘 모르겠네. 아, 터너. 그나저나 내 늑대가 돌아왔어."

캠벨은 혀로 홑이불을 핥으며 말했다.

"한 주 정도 됐지."

"젠장, 무슨 늑대?"

"아, 정말이라니까. 나의 사랑스러운 늑대 말이야. 그런데 내가 술을 마실 때마다 그놈은 방 밖으로 나가. 술을 견딜 수가 없나 봐. 불쌍한 놈."

캠벨은 혀를 빙글빙글 돌리며 홑이불을 핥았다.

"참 사랑스러운 늑대야. 놈은 참 한결같아. 과거와 달라진 게 없어."

윌리엄 캠벨은 눈을 감고 깊이 숨을 들이켰다.

"빌리, 자네는 치료를 받아야 해."

터너 씨가 말했다.

"킬리 치료*를 받아보게. 나쁘지 않아."

"킬리라, 런던에서 그다지 멀지 않은 곳이지."

윌리엄 캠벨이 말했다. 그는 홑이불 아래에서 눈을 감고 뜨면서 속눈썹을 홑이불에 가져다댔다.

---

* 미국의 레슬리 킬리 박사가 발표한 알코올 중독자와 약물 중독자를 위한 치료 방법

"난 이 홑이불이 참 좋아."

캠벨은 이렇게 말한 뒤 터너 씨를 올려다보았다.

"자, 당신은 내가 취했다고 생각하지."

"자넨 취했어."

"아니, 그렇지 않아."

"자넨 취했고 게다가 환각제까지 먹었어."

"아니라니까."

윌리엄 캠벨이 머리 주변으로 홑이불을 둘렀다.

"사랑스러운 홑이불아."

캠벨이 말했다. 그는 홑이불에 대고 약하게 숨을 쉬었다.

"이런 귀여운 홑이불 같으니. 너도 날 사랑하지, 그렇지 홑이불아? 방값에 다 포함된 거란다. 일본처럼 말이야. 아니, 잠깐만. 자자, 빌리. 친애하는 미끄러지듯 나아가는 빌리. 당신도 놀랄 만한 이야기가 있소. 실은 난 취한 게 아니야. 약물로 머리가 멍한 거요."

"저런!"

터너 씨가 말했다.

"이것 좀 보시오."

윌리엄 캠벨이 잠옷의 오른쪽 소매를 걷고 팔뚝을 내밀었다.

"자자, 보시오."

터너 씨가 캠벨의 팔뚝을 보니 손목부터 팔꿈치까지 검푸른 주사 자국들이 나 있었다. 주사 자국 주위로 생긴 푸른 원들은 거의 맞닿을 지경이었다.

"새로운 진전이지."

윌리엄 캠벨이 말했다.

"이젠 가끔씩 술을 마셔요. 늑대를 방 밖으로 몰아내려고 말이오."

"그것도 치료법이 있어."

'미끄러지듯 나아가는 빌리' 터너가 말했다.

"아니. 의사들이 대체 뭘 치료한다는 거야."

윌리엄 캠벨이 말했다.

"빌리, 그런 식으로 물러나려고 해서는 안 되는 거야."

터너 씨가 말했다. 그는 침대에 앉았다.

"내 홑이불은 건드리지 마시오."

윌리엄 캠벨이 말했다.

"이 친구야, 자네 나이에 이렇게 다 내던지다니 말이 되나. 곤경에 빠졌다고 마약에 손을 대다니! 절대로 그러면 안 돼."

"마약 금지법이 있지. 당신 지금 그 얘기 하는 거요?"

"아니. 자네가 마약과 싸워서 이겨내야 한다고 말하는 거야."

윌리엄 캠벨은 홑이불을 입술과 혀로 핥았다.

"참 이 홑이불 귀엽지 않소?"

그가 말했다.

"난 이 홑이불에 키스도 하면서 동시에 홑이불을 통해 내다볼 수도 있지."

"홑이불 얘기는 집어치워. 빌리, 마약에 빠지면 안 돼."

윌리엄 캠벨은 눈을 감았다. 뭉근하지만 메스꺼움을 느끼기 시작했다. 그는 이런 메스꺼움이 가라앉지 않고 계속 심해지다가 결국 그걸 없애기 위해 뭔가 조치를 취해야 한다는 것을 잘 알았다.

이 시점에 캠벨은 터너 씨에게 한잔 하지 않겠냐고 물었다. 터너 씨는 거절했다. 윌리엄 캠벨은 술병을 집어 들고 마셨다. 물론 그건 잠정적인 조치였다. 터너 씨는 이런 캠벨을 바라봤다. 그는 할 일이 많았지만 예상보다 훨씬 오래 캠벨의 방에 머물렀다. 비록 일상에서 마약을 복용하는 사람들과 어울리며 살지만, 터너 씨는 마약이라면 진저리를 쳤다. 어쨌든 그는 윌리엄 캠벨을 좋게 보았다. 그는 캠벨을 내버려둔 채 떠나고 싶지 않았다. 그는 캠벨의 일을 굉장히 안타까워했고 치료를 받으면 도움이 될 거라고 느꼈다. 터너 씨는 캔자스시티에 좋은 병원들이 있다는 걸 알았다. 하지만 떠나야 할 시간이었다. 그는 일어섰다.

"빌리."

윌리엄 캠벨이 말했다.

"하고 싶은 말이 있소. 당신은 '미끄러지듯 나아가는 빌리'라고 불리지. 그래서 미끄러지듯 나아가잖소. 근데 나는 그런 거 없이 그냥 빌리야. 그러니 미끄러지듯 나아가지 못해. 미끄러지듯이 하지 못한다고, 빌리. 미끄러질 수가 없어. 자꾸 걸린다고. 뭘 해보려고 하면 늘 걸린단 말이야."

캠벨이 눈을 감았다.

"나는 미끄러지듯 나아갈 수 없어, 빌리. 그럴 수 없다는 건 정말 끔찍한 일이지."

"맞네."

'미끄러지듯 나아가는 빌리' 터너가 말했다.

"잠깐, 뭐가 맞다는 거요?"

윌리엄 캠벨이 그를 바라보며 말했다.

"자네가 방금 한 말."

"아니, 나는 말한 게 없는데. 뭔가 착오가 있는 거겠지."

"미끄러지듯이 나아가는 것을 이야기했잖아."

"뭐, 미끄러지듯 나아가는 거? 내가 그런 이야기를 했을 리가 없지. 어쨌든 잘 들으시오, 빌리. 비밀 하나 알려주겠소. 홑이불로 계속 가리라고. 멀리할 것들이 있소. 여자, 말, 그리고, 그리고……."

캠벨이 잠시 말을 멈췄다.

"아, 그래! 독수리! 독수리도 멀리하시오. 말을 좋아한다면 말똥이나 손에 떨어지는 거요. 독수리를 좋아한다면 독수리 똥이 되겠지."

캠벨은 말을 멈추고 홑이불을 끌어올려 얼굴을 덮었다.

"나는 이제 가겠네."

'미끄러지듯 나아가는 빌리' 터너가 말했다.

"여자를 좋아한다면 임질에 걸리게 될 거요. 말을 좋아하면……."

"그건 이미 말했네."

"아니, 내가 무슨 말을 했다는 거요?"

"말하고 독수리."

"아아, 그랬군. 그럼 홑이불을 사랑한다면 말이오."

캠벨이 홑이불 아래에서 숨을 쉰 뒤 코를 홑이불에 가져다댔다.

"이런, 그건 잘 모르겠구려. 막 이 홑이불을 사랑하기 시작했으니."

"가겠네. 할 일이 많아."

터너 씨가 말했다.

"알겠소. 누구나 떠나는 법이니까."

윌리엄 캠벨이 말했다.

"가겠네."

"알았소. 잘 가시오."

"정말 괜찮겠나, 빌리?"

"살면서 이보다 더 행복한 적이 없소."

"정말 괜찮나?"

"괜찮소. 어서 가시오. 나는 조금 더 여기 누워 있을 거니까. 정오쯤에 일어날 거요."

하지만 터너 씨가 정오에 윌리엄 캠벨의 방에 왔을 때 그는 자고 있었다. 터너 씨는 삶에서 어떤 것이 매우 가치 있는지 잘 아는 사람이었기에 그를 깨우지 않았다.

오늘은 금요일

세 명의 로마 병사가 밤 11시에 술집에 앉아 있다. 벽 주변에는 술통들이 있다. 나무로 된 판매대 뒤엔 유대인 와인상이 있다. 로마 병사 세 명 모두 조금은 술에 취한 상태다.

병사 1 레드 와인 마셔봤나?

병사 2 아니, 마셔보지 않았어.

병사 1 한 번 마셔보지 그래.

병사 2 좋아. 조지, 우리가 레드 와인을 한 순배 하겠네.

유대인 와인상 고객님들, 여기 나왔습니다. 입에 맞으실 겁니다. (와인상이 와인을 퍼 담아온 도자기 주전자를 내려놓는다.) 좋은 놈입죠.

병사 1 자자, 한 잔씩들 하게. (술통에 기댄 세 번째 병사를 돌아본다.) 자넨 또 왜 그래?

병사 3 배가 아파.

병사 2 물을 계속 마셔서 그런 거 아니야?

병사 1 레드 와인 한 잔 해.

병사 3 나는 저 망할 술 못 마셔. 저걸 마시면 배가 더 아플 거야.

병사 1 여기 너무 오래 있었나 보군.

병사 3 이런 제길, 나도 그쯤은 알아.

병사 1 이봐 조지, 이 친구 속 좀 달래줄 수 있는 걸 좀 주게.

와인상 바로 준비하겠습니다.

(세 번째 병사가 와인상이 뭔가를 섞어서 건넨 컵을 받아들고 맛을 본다.)

병사 3 이봐, 대체 여기에 뭘 넣은 거야? 낙타 똥이라도 넣었나?

와인상 전부 드시지요, 대장님. 속이 진정될 겁니다.

병사 3 야, 이렇게 속이 안 좋기는 처음인데.

병사 1 속는 셈 치고 한번 마셔보게. 나도 저번에 조지가 섞어준 저걸 마시고 나아졌어.

와인상 대장님, 약간 탈이 난 겁니다. 속이 안 좋을 때 풀어주는 법을 제가 알고 있지요.

(세 번째 병사가 컵에 든 걸 전부 마신다.)

병사 3 젠장, 예수 그리스도 같군. (얼굴을 찌푸린다.)

병사 2 그 가짜 경고꾼!

병사 1 나는 잘 모르겠어. 그 친구 오늘 저기서 꽤 훌륭했거든.

병사 2 십자가에서 왜 안 내려온 거야?

병사 1 그는 십자가에서 내려오길 원하지 않았어. 그건 그의 역할이 아니야.

병사 2 십자가에서 내려오길 원하지 않는 놈이 있다면 어디 데려와보게.

병사 1 이런 젠장. 자넨 아무것도 모른다니까. 여기 조지한테 물어보지. 이봐, 조지. 그 친구가 십자가에서 내려오고 싶어 하던가?

와인상 손님들, 저는 그 자리에 있지 않았습니다. 저는 그 일에 아무런 관심도 없습니다.

병사 2 이봐, 나는 십자가에 매달린 놈들을 많이 봤어. 여기뿐만 아니라 다른 여러 곳에서 말이야. 형 집행 시간이 되었을 때 십자가에서 내려오려 하지 않는 놈을 내 앞에 데려오면 나도 그를 따라 십자가에 매달리겠네.

병사 1 내 생각에, 그 예수라는 친구는 오늘 꽤 훌륭했어.

병사 3 정말 그렇더군.

병사 2 이 친구들 내가 한 말을 알아듣지 못한 모양이군. 그가 훌륭한지 아닌지를 말하려는 게 아니야. 내 말은 형을 집행하려는 그 순간을 말하는 거라고. 처음 죄수의 몸에 못을 박으려고 할 때 죄수치고 그걸 멈추지 않으려고 하는 자는 없을 거라는 얘기야.

병사 1 조지, 자네 정말 거기까지 안 따라갔어?

와인상 그렇습니다. 전혀 관심이 없었거든요, 대장님.

병사 1 어쨌든 나는 그의 행동에 놀랐어.

병사 3 내가 제일 싫어하는 부분은 죄수들에게 못을 박는 거야.

그걸 봐주기가 아주 고통스럽더라고.

병사 2 그래도 처음 죄수들을 들어 올릴 때랑 비교하면 그리 나쁜 것도 아닐세. (두 손바닥을 모아 위로 들어 올린다.) 몸무게 때문에 몸이 아래로 잡아당겨지면 아, 그건 정말 사람 잡는 거야.

병사 3 어떤 놈들은 정말 괴로워하더군.

병사 1 나라고 그런 놈들 안 봤겠나? 나도 볼 만큼 봤어. 다시 말하지만 그는 오늘 꽤 훌륭했어.

(두 번째 병사가 미소를 띠며 유대인 와인상을 본다.)

병사 2 이거 뭐 자네 그리스도교 신자로군, 이 친구.

병사 1 그를 계속 놀려대라고. 하지만 내가 하는 말은 좀 듣게. 그는 오늘 꽤 훌륭했어.

병사 2 와인을 좀 더 마시는 게 어때?

(와인상이 고개를 들고 기대하는 눈초리로 병사들을 바라본다. 세 번째 병사는 고개를 숙인 채 앉아 있다. 아무래도 편안해 보이지 않는다.)

병사 3 나는 더 안 마실래.

병사 2 두 사람이 마실 만큼만 주게, 조지.

(와인상이 아까보다 더 작은 크기의 도자기 주전자를 내놓으며 나무로 된 판매대 앞으로 몸을 구부린다.)

병사 1 자네 그의 여자를 봤나?

병사 2 내가 바로 옆에 있었다니까.

병사 1 예쁘던데.

병사 2 내가 그보다 먼저 그 여자를 알았지. (와인상에게 윙크한다.)

병사 1 시내를 돌아다니는 건 여러 번 봤지.

병사 2 그 여자 과거엔 돈이 좀 많았지. 그는 그 여자에게 행운을 안겨주지 않았어.

병사 1 아, 그는 운이 없어. 하지만 내가 보기에 오늘 저기서 꽤 훌륭했어.

병사 2 그를 따라다니던 떨거지들은 어떻게 됐나?

병사 1 다 사라졌지 뭐. 여자들만 남아서 옆에 붙어 있더군.

병사 2 참 겁쟁이들 아닌가? 그가 십자가에 매달리는 것을 보더니 아예 그걸 보려고도 하지 않더라고.

병사 1 여자들은 끝까지 붙어 있었지.

병사 2 정말 그랬지.

병사 1 자네 내가 그에게 낡은 창을 찔러 넣는 걸 봤는가?

병사 2 그런 짓 자꾸 하다간 언젠가 큰일 치르게 될 거야.

병사 1 내가 그에게 해줄 수 있는 게 그것밖에 없더라고. 아까도 말했지만, 그는 오늘 저기서 꽤 훌륭했어.

와인상 대장님, 이제 가게를 닫아야 합니다.

병사 1 한 주전자만 더 마시지.

병사 2 그래서 뭐하겠어? 와인 마신다고 무슨 수가 생기는 것도 아닌데. 자자, 여기서 뜨자고.

병사 3 (일어서면서) 아냐, 자, 가자고. 난 오늘 밤 기분이 더러워.

병사 1 아니, 딱 한 주전자만.

병사 2 이 친구도 참. 가야 한다고. 잘 있게, 조지. 장부에 달아놔.

와인상 편안한 밤 되십시오, 손님들. (약간 걱정스러운 표정을 짓는다.) 그런데 저기, 대장님. 계산을 조금만 해주고 가실 순 없을까요?

병사 2 조지, 말도 안 되는 소리 좀 하지 마. 수요일이 봉급날이지 않은가.

와인상 알겠습니다, 대장님. 살펴 가십시오.

(세 명의 로마 병사가 문을 열고 길로 나섰다.)

(그들은 이제 길을 걷는다.)

병사 2 조지 저놈도 결국 다른 놈들과 마찬가지로 유대인 근성을 드러낸다니까.

병사 1 이봐, 조지는 괜찮은 친구야.

병사 2 하이고, 오늘 밤 자네한테 안 괜찮은 놈이 누가 있나?

병사 3 자자, 빨리 막사에 가자고. 오늘 밤 아주 기분이 더러워.

병사 2 자네 여기 너무 오래 나와 있었어.

병사 3 아니, 그것 때문만은 아니야. 기분이 아주 더러워.

병사 2 여기 너무 오래 있었다니까. 그게 다라고.

(막이 내린다.)

시시한 이야기

그래서 그는 천천히 씨앗을 내뱉으며 오렌지를 먹었다. 밖은 내리던 눈이 비로 바뀌고 있었다. 실내에서 전기난로는 열을 내지 않는 듯했고 그래서 그는 글 쓰는 책상에서 일어나 난로 위에 앉았다. 이 얼마나 좋은 느낌인가! 마침내 여기에 삶이 있었다.

그는 오렌지를 하나 더 집어 들었다. 저 멀리 파리에서는 마스카르가 2회전에 대니 프러시를 케이오로 눕혔다. 저 멀리 메소포타미아에서는 21피트* 높이로 눈이 내려 쌓였다. 지구를 반 바퀴 돌아 오스트레일리아에서는 영국 크리켓 선수들이 위켓** 뒤에서 멋지게 공을 잡아냈다. 이런 사건들에는 로맨스가 있다.

---

* 약 6.4m

** 크리켓 경기의 세 기둥 문을 말하는데, 이 문 바로 뒤에서 포수는 타자가 치지 못한 공을 잡거나 타자가 친 공이 땅에 떨어지기 전에 잡는다.

예술과 문학의 후원자들은 《포름》을 발견했다, 라는 글을 그는 읽었다. 그 잡지는 생각하는 소수를 위한 안내자이며, 철학자, 친구다. 상을 받은 단편소설들, 이 소설의 저자들은 내일의 베스트셀러를 쓸 것인가?

당신은 이 따뜻하고 국내에서 제작된 아메리카풍의 이야기들, 실생활의 편린들을 시야가 탁 트인 농장에서, 혼잡한 아파트에서, 혹은 편안한 집에서 즐길 수 있다. 이 모든 소설에는 건전한 유머가 밑바닥에 흐른다.

이 소설들을 읽어야겠는걸, 하고 그는 생각했다.

그는 계속 읽어 내려갔다. 우리의 자녀들의 자녀들, 그들은 어떻게 될 것인가? 그들은 어떤 존재가 될까? 태양 아래에 사는 우리들에게 공간을 만들어줄 새로운 수단을 발견해야만 한다. 전쟁을 통해서 혹은 평화로운 방법을 통해서 성취될 것인가?

아니면 우리 모두가 캐나다로 이민 가야 하는가?

우리의 뿌리 깊은 확신을 과학이 흔들어놓을까? 우리의 문명은 과거의 문명 구도보다 열등한가?

그리고 저 먼 유카탄의 물방울이 뚝뚝 떨어진 밀림에서는 고무나무를 베는 도끼의 쩡쩡거리는 벌목 소리가 울려 퍼졌다.

우리는 위대한 사람들을 원하는가? 아니면 그들이 교양 있기를 바라는가? 조이스를 보라. 쿨리지 대통령을 보라. 우리의 대학생들은 어떤 유명 인사를 목표로 하는가? 잭 브리튼* 인가, 닥터 헨리 반

* 1885~1962, 세 차례나 세계 웰터급 복싱 챔피언에 오른 권투 선수

다이크* 인가? 우리는 이 두 사람을 조화시킬 수 있는가? 영 스트리블링**의 사례를 살펴보라.

그리고 그들 스스로 점검해야 하는 우리의 딸들은 어떤가? 낸시 호손은 인생의 바다에서 그녀 나름대로 점검해야 할 의무가 있었다. 그녀는 열여덟 살 소녀라면 누구나 대면해야 하는 문제를 용감하고 합리적으로 대처했다.

그건 멋진 소책자였다.

당신은 열여덟 살 소녀인가? 잔 다르크를 보라. 버나드 쇼의 사례를 보라. 베치 로스***의 사례를 보라.

1925년의 시점에서 이런 것들을 생각해보라. 퓨리턴의 역사에서 오점을 남긴 페이지가 있었는가? 포카혼타스에게는 두 가지 측면이 있었나? 그녀는 4차원을 갖고 있었나?****

현대미술과 현대시는 예술인가? 그렇기도 하고 아니기도 하다. 피카소를 보라.

부랑자들에게도 행동 규범이 있는가? 당신의 마음을 모험에 나

---

* 1852~1933, 미국의 목사 겸 프린스턴 대학 영문과 교수

** 1904~1933, 미국의 헤비급 복서

*** 1752~1836, 여자 재봉사로 미국 최초의 국기를 만든 전설적 인물

**** 포카혼타스(1595~1617)는 아메리카 인디언 소녀인데 1607년 존 스미스 선장이 그녀의 아버지 포하탄 추장에게 잡혀 처형되려고 할 때 선장의 목숨을 구해주었다. 그녀는 1613년에 기독교인이 되었고 이름을 레베카로 바꾸었다. 1년 뒤 그녀는 영국 식민주의자 존 롤프와 결혼했고 1616년 영국으로 건너가 그곳에서 많은 화제를 일으켰다. 그녀는 병에 걸려 영국에서 고국으로 돌아오는 배 위에서 숨을 거두었다.

서게 하라.

어디에나 로맨스가 있다. 《포룸》의 저자들은 주제에 맞게 말하고, 유머와 재치가 있다. 그렇지만 그들은 똑똑한 체하지 않고 결코 장황하게 말하지도 않는다.

정신이 풍성한 삶을 살고, 새로운 사상에 도취하고, 비상한 것들이 제공하는 로맨스에 취하라. 그는 그 소책자를 내려놓았다.

한편 트리아나에 있는 그의 집 어두운 방의 침대에, 양쪽 폐에 관을 삽입하고서 누워 있는 마누엘 가르시아 마에라는 폐렴에 걸려 죽어갔다. 안달루시아의 모든 신문은 그의 죽음을 특별 호외로 다루었다. 죽음은 며칠 전부터 예상해왔다. 남자와 소년들은 그를 기억하기 위해 그의 전신 컬러 사진을 사들였고, 사진을 들여다보면서 기억 속에 간직된 그의 모습을 잃어버렸다. 투우사들은 그가 죽어서 크게 안도했다. 그는 투우장에서 그들이 가끔 보여주는 행동을 언제나 해 보였기 때문이다. 그들은 비를 맞으며 그의 관을 따라갔고, 공동묘지까지 따라간 투우사들은 147명이었는데, 그곳에서 그를 호셀리토 옆의 무덤에 묻었다. 장례식 후에 모두들 비를 피해 카페에 들어가 앉았고, 많은 남자들이 마에라의 천연색 전신 사진을 사서 둘둘 말아 호주머니에다 집어넣었다.

이제 제가 눕사오니

그날 밤 우리는 방바닥에 누워 있었고 나는 누에가 뽕잎을 먹는 소리를 들었다. 뽕잎이 담긴 선반에서 누에는 열심히 배를 채우고 있었다. 덕분에 밤새 누에가 뽕잎을 먹고 잎에다 똥을 떨어트리는 소리를 들었다. 나는 자고 싶지 않았다. 어둠 속에서 눈을 감고 긴장을 풀면 영혼이 육체에서 빠져나갈 것이라는 생각을 품고 산 지 오래였기 때문이다. 오래전 야간 전투에서 폭발 사고를 당해 영혼이 빠져나갔다가 돌아온 것을 느낀 뒤부터 내내 그런 생각을 했다. 이 일을 잊어버리고 싶었지만, 그 사고를 당한 이후로 밤이 되어 잠에 빠져들려는 순간에 그런 생각이 떠올랐고, 생각을 멈추려면 엄청난 노력을 해야만 했다. 지금이야 영혼이 정말로 빠져나가는 일은 없을 거라고 확신하지만, 그때 그 여름에 나는 감히 그것을 확인해보고 싶지 않았다.

깬 채로 누워 있는 동안 내게는 시간을 보내는 여러 가지 방법이 있었다. 나는 어렸을 때 개울을 따라 송어 낚시를 하던 일을 생각하곤 했다. 어릴 때 낚시를 자주 했는데 상상 속에서 개울의 저쪽 끝에서 이쪽 끝까지 아주 신중하게 낚시를 했다. 통나무, 둑의 모퉁이, 깊은 구멍, 곧게 흐르는 맑고 얕은 개울에서 매우 신중하게 낚시를 하는 나는 때로는 송어를 잡기도 하고 놓치기도 한다. 정오가 되면 낚시를 그만두고 점심을 먹는다. 때로는 개울 위의 통나무 위에서, 때로는 나무 아래 높은 둑에서 먹는다. 나는 항상 점심을 아주 천천히 먹으면서, 그러는 중에도 발 아래쪽에 있는 개울을 살핀다. 낚시를 시작할 때 담배 깡통에 지렁이를 열 마리밖에 준비하지 않았기 때문에 종종 미끼가 부족할 때도 있다. 준비한 미끼를 다 쓰면 나는 지렁이를 찾으러 나서야 한다. 때때로 개울의 둑을 파는 일은 굉장히 힘이 든다. 삼나무가 해를 가렸기 때문이다. 풀 한 포기 없이 축축한 맨땅이었던 그곳에서 지렁이 한 마리도 못 건지는 일이 자주 있다. 하지만 나는 늘 어떻게든 미끼를 마련한다. 그러나 어떤 때엔 늪에서 미끼가 될 만한 놈을 아무것도 찾지 못하고 그래서 잡은 송어를 잘라 미끼로 쓰기도 한다.

때로는 늪의 풀밭에서 풀이나 양치식물 아래 숨은 벌레를 찾아 미끼로 쓴다. 주로 딱정벌레나 다리가 풀뿌리 같은 벌레들인데, 오래된 썩은 통나무에선 유충들도 보인다. 한 줌도 되지 않는 갈색 머리가 달린 흰색 유충은 차가운 개울에 집어넣으면 어느 순간에 바늘에서 사라진다. 가끔 미끼로 쓸 지렁이를 발견하던 통나무 아래엔 숲 진드기들이 있는데 통나무를 들어 올리면 곧바로 땅속으로 숨는다. 한번은 오래된 통나무 아래 있는 도롱뇽을 미끼로 사용한 적도 있다. 녀석은 아주 작았고 아기자기했으며 날렵하고 피부색이 아름다웠다. 나는 녀석이 그 작은 발로 꿰이지 않으려고 바늘을 꽉 붙잡는 것을 본 이후로 도롱뇽을 자주 보긴 했지만 미끼로는 사용하지 않는다. 귀뚜라미 역시 미끼로 쓰지 않는다. 바늘에 꿰려고 하면 온몸을 비틀면서 난리를 치기 때문이다.

때로는 개울이 탁 트인 풀밭을 통과하기도 해서 마른 풀 속에서 메뚜기를 잡는다. 나는 당연히 메뚜기를 미끼로 쓰지만, 때로는 개울로 던지고서 그 이후의 모습을 살펴보기도 한다. 메뚜기는 개울에서 허우적거리며 떠내려가다 개울의 흐름이 빨라지면 수면 위에서 빙빙 돈다. 송어가 뛰어오르면 메뚜기도 사라진다. 나는 때로 밤중에 상상 속에서 네다섯 곳을 오가며 낚시를 했다. 수원에서 최대한 가까운 곳부터 시작해서 하류까지 나아갔다. 너무 빨리 낚시가 끝나고 지루한 밤중의 시간도 잘 흘러가지 않으면 다시 개울을 따라가는 낚시를 반복했다. 개울이 호수에 흘러들어가는 곳부터 시작해서 개울을 거꾸로 올라가며 이전에 내려오다 놓친 송어를 다시 잡으려고 시도했다. 어느 날 밤에는 실제로는 없는 개울을 만들어내기도 했다. 그런 개울들 중 어떤 건 무척 흥미로워서 깨어 있지만 꿈을 꾸는 것 같은 기분이 들었다. 상상해낸 그런 개울들은 지금도 생생히 기억할 수 있고 또 내가 실제로 그 개울들에서 낚시했다는 생각이 들며, 그 상상의 개울들이 내가 실제로 아는 개울과 혼동을 일으키기도 한다. 나는 개울들에 각각 이름을 붙였고, 때로는 기차를 타고, 때로는 몇 마일을 걸어서 그곳에 가기도 했다.

하지만 어떤 날 밤은 낚시를 하지 못했다. 그런 밤이면 더 잠을 이룰 수 없어 계속 기도문을 반복해서 외우거나 내가 아는 모든 이를 위해 기도했다. 생각나는 가장 먼 과거로 거슬러 올라가 그때 알았던 모든 사람을 기억해내는 건 엄청난 시간을 들여야 했다. 내가 기억해낼 수 있는 가장 먼 과거의 기억은 태어났던 집의 다락방이었다. 그곳의 서까래에 걸린 깡통 안엔 부모님의 결혼식 케이크가 있었다. 다락방 한편엔 뱀이나 그 외의 것들이 담긴 병들이 있었다. 아버지는 소년 시절에 알코올이 담긴 병 안에 뱀과 기타 표본을 수집했다고 한다. 병 안의 알코올은 줄어들었고, 뱀이나 표본들의 등(背)이 드러나 하얗게 변했다. 어쨌든 이처럼 먼 옛날로 거슬러 올라간다면 엄청나게 많은 사람을 기억하게 된다. 그들 모두를 기도의 대상으로 한 명씩 성모송과 주기도문을 외우면 엄청난 시간이 걸리고 결국 날이 밝는다. 햇빛이 들어오는 데도 잘 수 있는 장소가 있다면 그제야 잘 수 있었다.

그렇게 낚시도 할 수 없을 정도로 잠을 못 이루는 밤이면 내게 있었던 일을 전부 기억하려고 했다. 참전하기 위해 집을 떠났을 때부터 시작해서 차례로 앞의 과거를 되짚어갔다. 하지만 할아버지 댁의 다락방까지가 기억해낼 수 있는 한계였다. 그러면 역순으로 거기서부터 다시 참전할 때까지 기억을 짚어 내려왔다.

할아버지가 돌아가신 뒤 우리는 할아버지 댁에서 나와서 어머니가 설계하고 지은 새집으로 이사했다. 우리는 새집으로 옮기지 않을 많은 것을 뒤뜰에서 태웠다. 아버지가 모은 뱀 등이 담긴 병들도 불 속으로 던져졌다. 열 때문에 뻥 하고 병뚜껑이 열리는 소리가 들렸고 흘러나온 알코올로 불길이 치솟았다. 불 속에서 뱀이 타오르던 기억도 났다. 하지만 물건만 기억나지 사람은 기억나지 않았다. 심지어 그 물건들을 누가 태웠는지도 기억나지 않았다. 어쨌든 나는 계속 기억을 더듬었고, 사람이 생각나면 기억을 되짚는 일을 멈추고 그 사람을 위해 기도했다.

새 집에 관한 기억을 되짚으니 나는 새삼 어머니가 얼마나 물건들을 잘 청소하면서 시원하게 처분했는지 기억이 났다. 한번은 아버지가 사냥 여행을 떠난 사이에 어머니가 지하실을 대청소하고 그곳에 있으면 안 되는 잡동사니들을 모두 불태웠다. 아버지가 여행에서 돌아와 마차에서 내려 말을 매어놓고 있을 때도 불은 새 집 옆 길가에서 여전히 타오르는 중이었다. 나는 아버지를 맞이하려고 나갔다. 아버지는 내게 산탄총을 건넨 뒤 타오르는 불길을 바라봤다. "이게 무슨 불이니?" 하고 아버지가 물었다.

그러자 현관에 있던 어머니가 대답했다.

"지하실을 깨끗하게 정리했어요, 여보."

아버지를 맞이하러 나온 어머니는 미소를 띠었다. 불을 보던 아버지는 뭔가를 걷어찬 뒤 몸을 굽혀 잿더미 속에서 그것을 따로 빼냈다.

"갈퀴 좀 가져오렴, 닉."

아버지는 내게 말했다. 나는 지하실로 가서 갈퀴를 가져왔고 아버지는 무척 신중하게 갈퀴로 잿더미를 긁어냈다. 그는 잿더미에서 돌도끼, 가죽을 벗기는 돌칼, 화살촉을 만드는 도구들, 도자기 조각들, 많은 화살촉을 긁어냈다. 전부 불에 타서 검게 되어 부서진 상태였다. 아버지는 그 물건들을 아주 조심스럽게 긁어낸 뒤 길옆의 풀 위에다 펼쳤다. 아버지가 마차에서 내리면서 풀 위에 내려놓은 가죽 가방 속의 산탄총과 사냥 가방은 그 자리에 그대로 있었다.

"산탄총과 가방을 집 안으로 들여놓고 신문지 한 장 가져오렴, 닉."

아버지가 말했다. 어머니는 집 안으로 이미 들어간 뒤였다. 나는 너무 무거워 걸을 때마다 다리에 부딪치는 산탄총과 두 개의 사냥 가방을 들고서 집으로 걸어갔다.

"따로따로 가져가렴."

아버지가 말했다.

"한 번에 너무 많이 들려고 하지 마."

나는 사냥 가방들을 내려놓고 산탄총만 들고서 집 안으로 들어갔다. 그리고 아버지 서재로 들어가 신문 무더기에서 신문지 한 장을 꺼내 들고 밖으로 나왔다. 아버지는 신문지 위에 검게 변하고 박살 난 돌 기구들을 늘어놨다. 잠깐 기구들의 상태를 살피던 아버지는 신문지로 기구들을 말았다.

"가장 좋은 화살촉들이 박살이 났구나."

아버지가 말했다. 그는 신문지에 만 것을 들고 집으로 들어갔다. 나는 풀 위에 놓인 두 개의 사냥 가방과 함께 밖에 남았다. 잠시 뒤 나는 사냥 가방을 들고 집 안으로 들어갔다. 이 기억 속에서도 나는 부모님 외에 다른 사람들을 기억하지 못했다. 어쨌든 두 분을 위한 기도를 올렸다.

하지만 어떤 날 밤엔 기도문조차 기억하지 못했다. "하늘에서와 같이 땅에서도"까지 외운 뒤 막혀 처음부터 다시 외워야 했는데, 아무리 해도 그 이상 나가지 못했다. 기도문을 외우지 못할 것이라는 사실을 깨달은 뒤 다른 일을 하려고 했다. 어느 날 밤, 세상 모든 동물의 이름을 기억해내려고 했다. 그런 뒤엔 새, 그런 뒤엔 물고기, 그런 뒤엔 나라와 도시, 그런 뒤엔 음식, 그런 뒤엔 시카고에서 내가 기억할 수 있는 모든 도로의 명칭을 기억하려고 했다. 이젠 더 기억할 것도 없을 때가 되면 그냥 주변의 소리를 들었다. 내 기억에 밤의 소리를 듣지 못한 적은 없었다. 주위에 빛이 있다면 나는 잠드는 것을 겁내지 않았다. 오로지 어두울 때만 영혼이 내게서 빠져나간다는 걸 알았기 때문이다. 당연히 나는 빛이 있는 곳 근처에서 많은 밤을 보냈고 그러다 잠이 들었다. 거의 늘 피곤하고 번번이 졸려서 나가떨어졌다. 졸음이 오는 것을 의식하지 못하고 잠든 때도 많았다고 확신한다. 하지만 졸린 순간을 의식했는데 잠든 적은 단 한 번도 없었다. 오늘 밤 나는 그래서 누에가 내는 소리를 듣고 있다. 밤엔 누에가 뽕잎을 먹는 소리가 굉장히 선명하게 들린다. 나는 눈을 뜬 채로 그 소리에 귀를 기울였다.

이 방엔 나 말고 한 사람이 더 있었는데 그 역시도 잠을 자지 못했다. 나는 오랫동안 그가 깨어 있다는 것을 느꼈다. 그는 나처럼 조용히 누워 있질 못했다. 나만큼 밤에 깨어 있던 경험이 없었기 때문일지도 모른다. 우리는 짚 위에 펼친 모포 위에 누워 있었다. 그는 짚 위에서 움직이며 시끄러운 소리를 냈지만, 누에들은 전혀 위축되지 않고 계속 뽕잎을 먹었다. 밤이 되면 바깥에서는 전선에서 7킬로미터 떨어진 지점까지도 밤의 소리가 들렸지만, 어두운 방 안에서 들리는 작은 소리와는 다른 것이었다. 방 안에 나와 함께 있는 친구는 조용히 누워 있으려고 했다. 그러다가 도저히 못 참겠는지 뒤척거렸다. 나 역시 몸을 움직였고, 이제 그는 내가 깨어 있다는 것을 알았다. 그는 과거 10년 동안 시카고에서 살았다. 그가 1914년 가족을 방문하기 위해 고국에 돌아오자 나라는 그를 군대에 징집했다. 그는 영어를 할 줄 알아서 내 당번병이 됐다. 그가 듣고 있다는 걸 알았기에 나는 모포 위에서 다시 뒤척거렸다.

"안 주무십니까, 중위님?" 하고 그가 물었다.

"그래."

"저도 잠이 안 옵니다."

"문제라도 있나?"

"잘 모르겠습니다. 잘 수가 없습니다."

"몸은 괜찮나?"

"물론입니다. 그저 잠이 오지 않습니다."

"잠시 이야기라도 하겠나?"

내가 물었다.

"좋습니다. 그런데 이 빌어먹을 곳에서 무슨 말씀을 하시려고요."

"왜, 나름 괜찮은 곳 아닌가?"

내가 말했다.

"그래요. 괜찮은 곳이죠."

"시카고에 건너가서 살았던 얘기 좀 해봐."

내가 말했다.

"으음, 그건 저번에 말씀드렸습니다만."

"어떻게 결혼하게 되었는지 좀 말해보게."

"그것도 이미 말씀드렸는데요."

"월요일에 온 편지, 그거 자네 부인이 보낸 건가?"

"맞습니다. 늘 내게 편지를 써 보내죠. 마누라는 가게를 해서 돈을 많이 벌어요."

"돌아갈 근사한 곳이 있구먼."

"그렇습니다. 마누라가 영업 수완이 좋아요. 그래서 돈도 많이 벌고 있죠."

"우리가 이야기하면 다른 친구들이 깨지 않을까?"

내가 물었다.

"그럴 리가요. 못 듣습니다. 돼지처럼 자고 있는데요. 저는 좀 다릅니다. 신경이 예민해요."

그가 말했다.

"자, 조용히 말해. 담배 피울까?"

내가 말했다.

우리는 어둠 속에서 능숙하게 담배를 피웠다.

"중위님, 담배는 별로 많이 안 피우죠?"

"맞아. 거의 끊었어."

"그래요. 좋을 것 없습니다. 거의 끊으셨으니 아쉬울 것도 없겠는데요. 그나저나 중위님, 장님은 내뿜는 연기를 볼 수 없어서 담배를 피우지 않는다는 이야기를 들어보셨습니까?"

"그런 소릴 믿나?"

"저도 앞뒤가 맞지 않는 말이라고 생각합니다. 그냥 어디에서 들은 말이에요. 이야기란 게 다 그런 거죠."

우리는 말을 멈췄다. 나는 누에가 뽕잎을 먹는 소리에 귀를 기울였다.

"저 빌어먹을 누에들이 내는 소리 들리십니까? 저놈들이 씹는 소리가 들리네요."

"재미있지 않나."

내가 말했다.

"그나저나 중위님, 주무시지 못할 정도로 뭔가 큰 문제가 있습니까? 주무시는 걸 통 보지 못했네요. 제가 당번병이 된 이후로 말이에요."

"잘 모르겠네, 존."

내가 말했다.

"지난봄 초부터 몸 상태가 많이 안 좋아. 밤에 아주 죽을 맛이야."

"제가 딱 그렇습니다. 참전하면 안 되는 거였어요. 너무 신경 쓰여요."

"앞으로 나아질 거야."

"그런데 중위님은 어쩌다 참전하게 되신 겁니까?"

"잘 모르겠어, 존. 그 당시에 나는 그러고 싶었어."

"그러고 싶었다고요?"

그가 말했다.

"정말 엄청난 이유로군요."

"너무 크게 말하면 안 돼."

내가 말했다.

"걱정 마세요. 저 친구들은 돼지처럼 잔다니까요. 게다가 영어도 알아듣지 못합니다. 제대로 아는 게 없다니까요. 어쨌든 전쟁이 끝나고 우리가 미국으로 돌아가게 되면 중위님은 어떻게 하실 건가요?"

"신문사에 취직할 거야."

"시카고에서요?"

"아마 그렇게 되지 않을까?"

"브리즈번이란 친구가 쓴 글을 보셨습니까? 마누라가 잘라서 저한테 보내줬더라고요."

"읽어봤네."

"만나보신 적은 있습니까?"

"아니, 신문에서 본 적은 있어."

"그 친구 한번 만나보고 싶더군요. 참 글을 잘 써요. 마누라는 영어를 읽지 못하지만, 제가 집에 있을 때처럼 신문을 그대로 구독하고 있어요. 그러면서 사설과 스포츠 면을 잘라서 저한테 보내주고 있습니다."

"애들은 잘 지내나?"

"잘 지내죠. 큰딸은 이제 초등학교 4학년입니다. 제게 애들이 없었다면 지금처럼 중위님 당번병이 될 수는 없었겠죠. 어떻게든 전선에 묶어두려고 했을 테니까요."

"애들이 있어서 다행이로군."

"그렇죠? 착한 녀석들입니다. 그런데 남자애가 있으면 좋겠어요. 딸만 셋입니다. 대체 무슨 조화인지 모르겠습니다."

"이제 한잠 자지 그러나."

"아니요. 완전히 깨서 이젠 잘 수 없습니다. 그나저나 중위님, 주무시지 못한다니 참 걱정이 되는군요."

"괜찮아질 걸세, 존."

"중위님처럼 젊은 분이 주무시질 못한다니 참 걱정됩니다."

"괜찮아질 걸세. 시간이 필요한 문제지."

"좋아지셔야죠. 자지 않고 사람이 어떻게 버티겠습니까. 뭔가 걱정거리라도 있으십니까? 마음에 걸리는 게 있으신가요?"

"아니, 존. 그렇지는 않아."

"결혼을 하셔야 해요, 중위님. 그럼 걱정도 사라집니다."

"그건 잘 모르겠네."

"결혼을 하셔야 해요. 돈 많고 괜찮은 이탈리아 여자 한번 만나보시는 게 어떻습니까? 중위님이라면 그런 여자 만나는 건 문제도 아닐 텐데요. 젊고, 외모도 훌륭하고, 근사한 훈장도 가지고 계시니까요. 다치기도 여러 번 다치셨죠."

"나는 말을 멋지게 잘 하지 못해."

"그 정도면 괜찮습니다. 말 잘하는 건 아무것도 아니에요. 그들한테는 말을 잘할 필요가 없어요. 그냥 결혼하는 겁니다."

"생각해보지."

"알고 지내시는 여자는 몇 명 있으시죠?"

"그렇네."

"그럼 그중에서 제일 돈 많은 여자랑 결혼하세요. 여기서 여자들을 교육하는 방식을 고려할 때, 그 어떤 여자가 되었든 좋은 마누라가 될 겁니다."

"생각해보지."

"중위님, 생각만 마시고 결혼을 꼭 하세요."

"그래, 알았네."

"남자는 결혼을 해야 합니다. 절대 후회 안 하십니다. 남자라면 결혼을 해야 해요."

"그래. 이제 잠을 자보세."

"알겠습니다, 중위님. 다시 자보겠습니다. 그런데 제가 말씀드린 건 꼭 기억하셔야 합니다."

"기억하겠네. 이제 취침하게나, 존."

"알겠습니다. 중위님도 꼭 주무시길 바랍니다."

나는 그가 짚 위에 펼친 모포에서 뒤척거리는 소리를 들었다. 조금 지나자 방은 아주 조용해졌고 나는 존이 규칙적으로 호흡하는 소리를 들을 수 있었다. 시간이 좀 더 흐르자 그는 코를 골기 시작했다. 나는 오랫동안 존이 코 고는 소리를 들었다. 그러다 코 고는 소리를 듣는 건 그만두고 누에들이 뽕잎을 먹는 소리에 귀를 기울였다. 누에들은 꾸준히 먹었고, 뽕잎 위에다 똥을 쌌다. 이제 내겐 새로운 생각 거리가 생겼다. 어둠 속에 눈을 뜬 채로 누워 여태까지 만났던 모든 여자와, 그들이 아내감으로 어떨지 생각해봤다. 그건 아주 흥미로운 생각이었고 잠시 동안 송어 낚시를 잊어버리고 기도문의 암송을 방해할 정도였다. 하지만 결국 나는 송어 낚시를 생각하게 됐다. 모든 개울을 기억할 수 있는 데다 개울들은 늘 새로웠기 때문이다. 여자들의 경우, 몇 번 생각하고 나니 그 윤곽이 흐릿해져서 머릿속에 명확히 그려낼 수 없었다. 결국 모든 여자가 흐릿해졌고 서로 분간이 안 될 지경에 이르렀다. 나는 그래서 여자들을 생각하는 걸 완전히 그만뒀다. 하지만 기도문 암송은 계속했다. 밤이 되면 존을 위해 자주 기도했다. 10월 대공세를 펼치기 전에 그의 입대 기수는 동원 해제가 되었다. 나는 그가 대공세에 나가지 않아도 된다는 사실을 기뻐했다. 만약 그랬더라면 그 친구를 크게 걱정했을 것이다. 몇 달 뒤 그는 내가 입원한 밀라노의 병원으로 병문안을 왔다. 그 당시에도 아직 결혼하지 못했다는 말을 듣자 존은 굉장히 실망했다. 존이 알게 된다면 굉장히 상심하겠지만, 나는 지금도 결혼하지 않은 상태이다. 그는 미국으로 돌아갈 예정이었고, 결혼에 대해 아주 굳건한 믿음을 갖고 있었으며, 그게 모든 걸 해결해줄 거라고 생각했다.

작품 해설

이 책은 헤밍웨이가 1927년 10월 14일에 열네 편의 단편소설을 묶어 단행본으로 출판한《여자 없는 남자들(*Men Without Women*)》의 완역본이다. 헤밍웨이 단편집으로는 첫 번째 단편집《우리들의 시대에(*In Our Time*)》(1924)와 마지막인 세 번째 단편집《승자에게는 아무것도 주지 마라(*Winner Take Nothin*)》(1933)의 가운데에 위치하는 아주 중요한 단편집이다. 헤밍웨이의 단편들은 이런저런 형태의 단편선집으로 편집되어 현재 국내 출판시장에 여러 권이 나와 있다. 이런 상황에서 또 다른 헤밍웨이 단편집이 필요할까 의아하게 여기는 독자들을 위해 이 해설을 진행하고자 한다. 이 번역본의 차이점은 헤밍웨이의 여러 단편들 중에서 역자가 임의로 뽑아서 편집한 것이 아니라 1927년에 발간된《여자 없는 남자들》의 열네 편 전편을 있는 그대로 번역했다는 점이다. 이렇게 한 것은 단편집 형태 그대로, 그러니까 단편집에 들어 있는 순서대로 단편들을 읽어 내려가는 것이 아주 중요하고 또 헤밍웨이의 문학을 이해하는 첩경이 되기 때문이다. 따라서 이 해설은 왜 단편집 형태로 읽는 것이 중요한지 밝히는 것을 핵심 목적으로 삼는다. 그래서 먼저 1920년대 당시의 헤밍웨이의 상황을 서술하고, '여자 없는 남자들'이라는 소설집 제목이 열네 편의 소설을 어떻게 관통하는지 살펴보고, 이어 각 단편을 간략히 해설한 다음 그로부터 결론을 도출해내는 방식으로 이 글을 전개한다.

1920년대의 헤밍웨이

헤밍웨이는 미국 시카고 서부의 오크파크 고등학교를 우수한 성적으로 졸업하고 충분히 대학에 진학할 실력이 되었으나 사회에 일찍 진출하기를 바라 1917년에 캔자스시티로 가서 일간지 〈스타〉의 기자가 되었다. 그가 집을 일찍 떠나려고 한 것은 어머니와의 갈등 때문이었다고 알려져 있다. 그는 억압적인 어머니와 소심한 아버지의 갈등 때문에 가정생활을 힘들어 했으며, 어머니가 젊은 시절 어머니(외할머니)를 여의고 또 커서는 음악가 생활이 좌절되었기 때문에 성격적 결함이 생겨서 비정하고 잔인한 여자가 되었다고 생각했다. 또 아버지가 자살한 것도 어머니 탓으로 돌렸다. 토론토에서 그는 동료 기자인 테드 브럼백의 권유를 받아 제1차 세계대전에 참전하기로 결심하고, 약 7개월 정도 근무한 〈스타〉를 퇴사해 1918년에 이탈리아 군속 적십자 요원으로 전쟁에 참가했다. 이탈리아에서 복무 도중 포격으로 부상을 입고 밀라노 후송병원에 입원했으나 3개월 입원 끝에 퇴원해 이탈리아 보병부대에 배속되었다가 11월 휴전이 됐다. 그는 1919년 귀국하여 이후 1년 동안 대학 진학을 권하는 부모의 권유를 무시하고 빈둥거리며 노는 생활을 했다. 이때의 상황은 단편소설 〈병사의 집〉에 잘 묘사되어 있다.

1920년에 캐나다의 토론토로 가서 신문기자가 되었으나 곧 귀국했다. 이후 시카고에서 발행되는 한 기관지의 편집자가 되어 문학의 새로운 기운(주로 신비평)을 가져온 시카고 그룹의 예술가들과 교우했다. 1921년 9월 해들리 리처드슨과 결혼해 토론토에 거주하다가 토론토의 《스타 위클리》 지 유럽 특파원이 되어 유럽으로 갔다. 이렇게 하여 1922~1924년의 약 2년에 걸친 파리 시대가 개막되었다. 기트루드 스타인과 에즈라 파운드와 제임스 조이스를 사귀게 되어 이들로부터 모더니즘 문학 수업을 받았다. 이 시절 동료 미국 문인들과 사귀면서 그들이 모두 동부 명문 대학 출신이라는 사실을 알게 된 헤밍웨이는 이때부터 자신이 대학을 가지 않은 것은 어머니 그레이스가 호수 건너 별장을 짓느라고 돈을 아끼는 바람에 가지 못한 것이라며 엉뚱하게 변명했다.

이때 기자 생활은 최소한에 그치고 유럽 대륙을 널리 여행하면서 특히 스페인의 투우에 열광하게 되었다. 복싱 경기도 대단히 좋아했다. 그는 이 시기에 발표한 단편 열네 편을 모아 1924년에 단편집 《우리들의 시대에》를 출판했다. 1926년 《해는 또다시 떠오른다(*The Sun Also Rises*)》를 출판하고 첫 부인 해들리 리처드슨과 이혼했다. 그리고 다음 해인 1927년에 《보그》의 파리 특파원이며 의

상 비평가인 폴린 파이퍼와 재혼했다. 1928년 12월 6일에는 부친 클래런스 헤밍웨이가 오크파크 자택 2층에서 리볼버 권총으로 자신의 귀 뒷부분을 쏘아 자살했다. 자살 당시 부친의 나이는 57세였다. 그리고 1929년에는 장편소설《무기여 잘 있거라(*A Farewell to Arms*)》를 출판했다.

헤밍웨이의 1920년대를 보면 성장 시기에 어머니 그레이스와 불화한 것, 참전 후 전쟁 후유증을 앓으며 괴로워한 것, 투우, 낚시, 사냥, 복싱 등에 열광한 것, 첫 아내 해들리와 갈등을 겪다 이혼하고 파이퍼와 재혼한 것, 아버지의 비극적 자살 등으로 요약된다.

《여자 없는 남자들》

이 단편집의 제목이 '여자 없는 남자들'인 만큼 주제를 논의하기 전에 먼저 헤밍웨이의 여성 관계를 알아두면 도움이 될 듯하다. 헤밍웨이는 이탈리아 전선에 나가서 부상을 입고 야전병원에 있을 때 일곱 살 연상인 간호사 아그네스 폰 크로스키에게 애정을 느꼈으나 이 여자의 절교 선언으로 더는 관계가 진전되지 않았다. 그 후 1921년에 여덟 살 연상의 해들리 리처드슨과 결혼해 파리로 건너가 기자 생활을 하면서 아내의 상속금(연간 3,000달러)에 의지해 문학 수업 생활을 한다. 해들리는 어릴 적에 등을 다쳐 집에만 머문 여자라서 그녀 자신도 어린아이 같은 기질이 있었다고 한다. 해들리에게서는 아들을 하나 얻었다. 그러나 살이 찌고 가정주부같이 돼버린 해들리에게 싫증을 느끼고 마초 기질을 과시하기 좋아하던 헤밍웨이는 폴린 파이퍼와 불륜에 빠져들었고 그 사실이 해들리에게 들통이 나면서 결국 이혼하고 파이퍼와 재혼했다.

4년 연상의 파이퍼 또한 부유한 여자여서 그녀는 단편 〈킬리만자로의 눈〉에 나오는 부유한 여자의 모델이 되기도 했다. 파이퍼에게서는 두 아들을 얻었으나 두 번째 제왕절개 수술 후에 그녀가 아기를 또 가지면 위험하다고 의사가 말했기 때문에 그 후 폴린과는 성생활을 지속할 수 없게 되었다. 그녀가 더는 임신을 원하지 않았기 때문이다. 그리하여 헤밍웨이는 1932년부터 1936년까지 파이퍼 몰래 제인 메이슨이라는 여자와 바람을 피웠다. 그는 메이슨을 정리한 1937년 2월 북아메리카 신문연합의 특파원이 되어 스페인으로 건너갔다. 이때 《콜리어》의 특파원인 여류 작가 마사 겔혼을 만나 열애에 빠졌다.

1940년에 《누구를 위하여 종은 울리나》를 출판하면서 이 소설을 마사에게 헌정했고 이 해에 폴린 파이퍼와 이혼하고 마사 겔혼과 세 번째로 결혼했다. 헤밍웨이는 이미 아들만 셋이어서 딸을 하나 두기 바랐으나, 작가가 되겠다는 꿈을 가진 독립적인 마사 겔혼은 자식을 원하지 않았고 또 마초 기질을 부리며 아내를 억누르려는 헤밍웨이에게 심한 반감을 느꼈다. 이런 이유로 둘 사이에는 갈등이 시작되었다. 마사는 결국 1945년 12월에 헤밍웨이와 이혼했다. 그다음 해 2월, 헤밍웨이는 네 번째 부인이며 그의 죽음을 지켜보게 되는 메리 웰시와 결혼했다. 메리는 《타임》의 런던 지사 근무 중 헤밍웨이와 친한 사이가 됐다. 1948년에 헤밍웨이 부부는 이탈리아를 방문하여 제1차 세계대전 당시 헤밍웨이가 부상당했던 격전지를 둘러보고 베네치아에서 18세의 아드리아나 이반치크를 만났다. 이 여성이 《강 건너 숲 속으로(*Across the River and into the Trees*)》의 여주인공 모델이 되었다. 아드리아나는 헤밍웨이의 애인이었으나 두 사람은 내연 관계는 아니었다. 아드리아나의 모친은 헤밍웨이가 메리 웰시와 이혼하고 아드리아나와 결혼하기를 은근히 바랐으나 당시 50세의 헤밍웨이는 다섯 번째 아내를 맞이하기를 망설였고 또 메리 웰시가 너무나 순종적인 아내였기 때문에 모험을 하지 않았다. 메리는 남편의 이런 외도를 알았으나, 앞의 세 여자가 어떻게 헤밍웨이와 헤어졌는지 잘 알았으므로 자신은 그 여자들의 길을 가지 않겠다고 결심하고, 헤밍웨이에게 이렇게 말했다.

"어니스트, 내가 싫으면 싫다고 말해줘요. 그러면 곧바로 당신을 떠나겠어요. 앞의 세 부인들에게 입으로는 사랑한다고 말하면서 행동으로는 당신에게 정 떨어지게 만들어서 그들을 쫓아낸 그런 방식이 나한테는 안 통해요."(메리 헤밍웨이의 《실상(*How It Was*)》에서 인용)

이와 같은 헤밍웨이의 여성 편력을 살펴보면 그는 결코 이상적인 남편은 되지 못한다. 그는 여성을 공격의 대상, 혹은 절대로 힘을 실어주어서는 안 되는 대상, 반드시 정복해야 하는 대상으로 여겼다. 심지어 어떤 비판가는 헤밍웨이가 여성을 오로지 성교의 대상으로만 본다고 비난했다. 헤밍웨이는 이러한 공격적 마초 정신, 남성 동료 편애, 간헐적인 발기 불능, 성적 과시, 성욕 도착자들에 대한 적개심 때문에 숨은 동성애자라는 의심을 꾸준히 받아왔다. 이러한 작가의 개인적 배경이 '여자 없는 남자들'이라는 주제와 어떻게 연결되는지 각 작품을 통하여 살펴보기로 하자.

각 단편의 해설

헤밍웨이 단편소설을 읽기 전에 다음 세 가지 사항을 알아두면 큰 도움이 된다.

첫째, 빙산이론이다. 그는 "빙산의 움직임이 위엄을 획득하는 것은 8분의 1만이 수면 밖으로 나와 있고 나머지는 물속에 잠겨 있기 때문인데, 이와 마찬가지로 소설가가 자신이 잘 아는 것을 상당 부분 작품 속에서 생략해도 독자는 그 생략된 부분이 마치 명백하게 진술된 것처럼 읽어낸다"라고 말했다. 따라서 이 생략된 부분을 읽어내는 것이 헤밍웨이 읽기의 첫 번째 과제가 된다.

둘째, 정경합일(情景合一)이다. 사람의 정서와 풍경의 상태가 서로 일치한다는 말인데, 가령 비 오는 날 우산을 들고 기차역 플랫폼에서 있는 여자는 '그리움'을 보여주고, 무더운 여름 온 계곡이 떠나갈 듯이 울어대는 매미 소리는 '삶에 대한 집착'을 들려주고, 강 건너 산들을 바라보며 그것을 하얀 코끼리 같다고 생각하는 것은 '비합리적인 환상'을 암시한다.

셋째, 중중무진(重重無盡)의 효과이다. 이것은 원래 불가의 용어인데 인다라망(因陀羅網)이라고도 한다. 인다라(도리천의 수호신 제석천)의 궁전은 그물로 되어 있는데 그 그물의 이음새마다 아름다운 구슬이 달려 있어서 구슬들이 서로를 비춘다. 그 구슬은 영롱하여 많은 구슬의 그림자가 하나의 구슬 안에 투영되고 다른 구슬들도 또한 그러하다. 이처럼 한 구슬의 그림자가 무궁무진하게 다른 구슬들에게 어리고 각 구슬의 그림자를 서로 비추어 궁전의 아름다움을 더해준다. 이 비유를 이 단편집에 적용하면 이렇게 된다. '여자 없는 남자들'이라는 주제는 열네 개의 거울이 마련된 방의 중앙에 설치된 촛불이다. 그 많은 거울에 비친 촛불은 저마다 다른 빛깔과 강도로 모습을 드러내지만 결국 그 빛의 원천은 하나다. 그러면 열네 편의 단편이 어떻게 서로를 비추는지 살펴보자.

〈패배를 거부하는 남자〉

이 소설은 헤밍웨이 문학의 가장 핵심적 주제의 하나인 죽음에 대한 공포와 매혹을 다룬다. 투우사 마누엘은 두려움을 느끼지만 그렇다고 해서 투우와의 싸움을 피해서는 안 된다고 생각하다가 결국 자신이 파괴되고 만다. 이 작품을 읽으면 헤밍웨이의《노인과 바다》에 나오는 저 유명한 말이 생각난다.

"인간은 패배하기 위해 태어난 것이 아니야. 인간은 파괴될 수는 있지만 패배하지는 않는 거야."

그러나 투우사 마누엘이 아무런 두려움 없이 투우를 상대하는 것은 아니다. 그는 제3회전에 들어가기 전에 피 묻은 채 저항하는 황소에게 두려움을 느끼면서도 황소와 대결한다. 이런 역경 속에서의 용기를 헤밍웨이는 'grace under pressure'라고 했고, 존 F. 케네

디 대통령도 이 말을 특히 좋아했다고 한다. 이 소설에서 우리는 죽음에 대한 헤밍웨이의 강박증을 읽을 수 있는데, 이는 그의 전쟁 후유증과 관련이 있는 것으로 보인다. 살인범이 살인 현장에 반드시 나타나듯이, 전쟁 후유증을 앓는 사람은 싸움터에서 죽을 뻔한 순간을 기억 속에서 자꾸만 되풀이한다. 〈다른 나라에서〉의 '나'는 그 죽음을 두려워하는 사람으로 제시된다. 그리고 전쟁이 끝난 후 나(혹은 헤밍웨이)는 그 비겁함에 대한 과잉 보상심리가 작용해 죽음에 극도로 매혹된다. 이런 죽음에 대한 매혹 혹은 체념은《여자 없는 남자들》의 도처에서 발견된다. 이렇게 볼 때 투우는 죽음을 가져오는 상황에 대한 상징이다. 그리고 투우사 마누엘의 죽음은 헤밍웨이의 한평생을 미리 보여주는 예고편이다. 평생을 권투, 참전, 투우, 사냥, 낚시, 여성 편력 등 마초의 이미지로 일관해온 헤밍웨이는 폭력과 죽음에 대해 거의 강박적인 집착을 보였다. 이미 청년 시절에 전장에서 죽음을 목격하고 그 죽음과 맞서 싸우기를 각오한 헤밍웨이는 아버지의 자살로 더욱 그 문제에 집착하면서 한평생 죽음과 대결을 벌였다. 그러다가 만년의 헤밍웨이는 죽음을 피해서 달아날 수 없는 상황에 내몰리자 그가 먼저 죽음을 선택했다. 투우사 마누엘의 죽음을 읽으면서 만년의 헤밍웨이의 모습이 겹쳐지는 것은 이 때문이다.

〈다른 나라에서〉

이 소설의 제목은 크리스토퍼 말로의 희곡《몰타의 유대인》에서 나온 것인데, T. S. 엘리엇이 그의 시 〈한 숙녀의 초상〉에서 제사(題辭)로 사용했다.

"그대는 간통을 저질렀지. 하지만 그건 다른 나라에서 벌어진 일이었어. 게다가 그 여자는 죽었지."

이 제사 속의 간통은 이 작품에서는 사람을 죽이는 잘못된 일의 상징이다. 실제로 다른 나라(이탈리아)에서는 전쟁이 벌어져서 사람들을 잘 죽이는 자가 용맹한 병사로 인정되어 훈장을 받는다. '나'도 훈장을 받기는 했으나 다른 세 사람처럼 사람을 죽여서 받은 것이 아니라 우연히 부상을 당했고 그것도 미국인이기 때문에 받았다. 즉 겉으로는 용감한 병사처럼 보이나 실제로는 그렇지 않다는 뜻이다. 이를 작가는 다음의 문장에서 함축적으로 말한다.

> "때때로 (…) 그들이 훈장을 받게 된 행동을 내가 직접 해내는 장면을 상상해보기도 했다. 하지만 밤중에 차가운 바람이 부는 가운데 모든 가게들이 닫혀 있는 텅 빈 거리를 걸어서 집으로 돌아갈 때, 가로등 가까이 붙어 걸어가려고 하면서, 내가 절대로 그런 일을 하지 못한다는 것을 알았다. 나는 죽는 게 너무 무서웠다. (…) 훈장을 가진 세 사람은 일종의 사냥용 매였다. 나는 매가 아니었다."

밤중, 차가운 바람, 닫힌 가게, 텅 빈 거리는 전쟁(혹은 죽음)을 상징하고, '가로등에 가까이 붙는다'는 그 전쟁에서 달아나려는 나의 심리 상태를 잘 보여주는 정경합일이다. 이 빛과 어둠, 죽음과 생명의 대비는 이어 매과 사람과 매과 아닌 사람, 죽이는 것을 두려하지 않는 사람과 죽이는 것은 물론이고 자신이 죽는 것도 두려워하는 사람으로 확대되어 나간다. 그리고 소령의 이탈리아어 문법은 곧 올바른 삶의 문법을 말하는 것이다. 전쟁의 상황에서 사람다운 도리를 지키면서 행동하려면 결코 문법대로 말할 수가 없다. 소령은 또한 병사의 용감한 행위도 믿지 않는다. 즉 그 행위는 문법에 맞지 않는다는 것이다. 소령은 병원에 와서 치료 기계에 앉으면서 벽을 똑바로 쳐다본다. 이 벽은 세 번이나 반복되어 있다. 즉 절망적인 상황의 상징이다. 이 벽의 이미지는 〈살인자들〉에서도 다시 되풀이된다. 소령의 쪼그라든 손도 전쟁 후유증의 상징이다. 치료 전과 후를 보여주는 사진들이 있기는 하지만 그것은 이론에 불과하고, 소령의 전쟁 후유증은 결코 치료되지 않는다.

마지막으로 소령은 '나'에게 결혼하지 말라고 말한다. 결혼은 남녀의 성스러운 결합인데 이 위안 없는 세상, 미래에 무슨 일이 벌어질지 알 수 없는 세상, 전쟁이 벌어져서 사람이 마구 죽어나가는 절망적인 상황에서는 그런 결합이 보장되지 않는다는 말이다. 이런 미래에 대한 불안은 앞으로 벌어지는 일이 대부분 불행한 것이라는 예감에 바탕을 둔 것인데 소령 자신은 그 불행을 감당할 자신이 없다. 날마다 새로운 것인 양 그 불행을 극복해야 하고, 안 그러면 더 큰 불행이 찾아와 한 방에 그의 인생을 끝내버릴지 모른다는 생각에 사로잡혀 있다. 그런 소령의 허무 심리는 아내의 죽음을 겪고 "나는 도저히 받아들일 수가 없다"라고 한 말에서 잘 드러난다. 소령과 마찬가지로 매과가 아닌 '나'도 그런 심정에 동의한다. 〈다른 나라에서〉의 이러한 주제는 이 단편집의 맨 마지막 작품인 〈이제 제가 눕사오니〉에서 다시 정교하게 변주된다.

〈하얀 코끼리 같은 산〉

주로 대화로 이루어진 이 소설은 헤밍웨이가 아주 좋아했다는 작가인 러드여드 키플링의 단편 소설 〈배서스트 부인〉의 영향을 받은 것으로 보인다. 가령 등장인물들이 핵심 사건에 대해서는 에둘러 말해 독자들이 추측하게 만드는 기술이 그러하다. 이 단편의 핵심 단어는 하얀 코끼리(white elephant)이다. 이 단어를 사전에서 찾아보면 다음과 같은 세 가지의 뜻풀이가 제시되어 있다. 첫째, 하얀 코끼리. 둘째, 옛날 샴 왕이 미워하는 신하를 골탕 먹이기 위해 하얀 코끼리를 하사했다는 고사에서, 유지비만 많이 들고 아무 소용이 없는 소유물, 즉 처치 곤란한 물건. 셋째, (미국) 소유주에게는 필요 없으나 남에게는 가치 있는 물건으로 'a white elephant sale' 등으로 쓰인다. 이 뜻을 적용하면 하얀 코끼리는 곧 여자가 원하지 않는 소파 수술이라고 할 수 있다. 그런데 코끼리는 또 다른 의미를 부여할 수 있다. 작중 여주인공은 산이 코끼리같이 생기지 않았다는 것을 안다. 그런데도 그것을 코끼리 같다고 생각하는 것은 비합리적인 태도이다. 그리고 작품의 끝 부분에 가면 "그들은 저마다 적절한 태도로 기차를 기다리고 있다"라는 문장이 나오는데, 이 '적절한 태도'의 원어는 'reasonably'이다. 즉 다가오는 기차를 기다리는 것이, 다시 말하면 사태의 변화를 받아들이는 것이 합리적이라는 태도이다. 이렇게 보면 기차는 합리성의 상징이고, 하얀 코끼리 같은 산은 비합리성의 상징이다. 이 산*과 기차**의 강력한 대비는 다음과 같은 화두를 연상시킨다.

"노승이 30년 전 참선하기 이전에 산을 보면 청산이요 강을 보면 녹수였다. 그러다가 선사를 만나 깨우침을 얻고 보니 산은 산이 아니고 강은 강이 아니었다. 그런데 이제 진실로 깨우침을 얻고 보니 옛날과 똑같이 산은 그 산이요, 강은 그 강이로구나."

이 화두는 산과 강의 오묘한 조화를 말하는 것이나 하얀 코끼리 속의 남녀는 그런 양성간의 조화를 얻지 못하고 크게 불화한다. 이 작품은 '여자 없는 남자들'의 대표적인 사례이다. 남자의 사랑을 받지 못한 채(남자는 입으로는 계속 사랑한다고 말하지만), 아득히 하얀 코끼리(환상)를 바라다보는 여주인공은 〈시편〉 121편의 다음과 같은 구절을 연상시킨다.

"산들을 향하여 내 눈을 드네. 내 도움은 어디서 오리오?"

그리고 남자를 향하여 제발, 제발, 제발 입 닥치라고 말하는 여주인공은 〈시편〉 120편의 이러한 구절을 생각나게 한다.

---

* 고정된 것으로 '여자', '이상'을 의미한다.

** 움직이는 것으로 '남자', '현실'을 의미한다.

"주님, 거짓된 입술에서 속임수 혀에서 제 목숨을 구하소서. 속임수 혀야. 너 무엇을 받으랴? 너 무엇을 더 받으랴?"

이 입은 〈알프스의 목가〉에서 중요한 모티프로 다시 등장한다.

〈살인자들〉

이 소설은 판돈이 크게 걸린 권투 시합에서 져주기로 하고서 이겨서 돈을 따간 권투선수 올레 안데르센의 이야기이다. 안데르센은 스웨덴인이고 또 권투를 하는 사람인데 이런 배경은 스티븐 크레인의 단편 〈블루 호텔〉에서 배경을 빌려온 것으로 보인다(실제로 헤밍웨이는 크레인의 〈블루 호텔〉을 높이 평가했다). 〈블루 호텔〉에서도 주인공은 스웨덴 사람이고 싸움을 하다가 살해를 당한다. 져주기로 하고서 이긴 스토리는 또 다른 작품 〈5만 달러〉에서 자세히 설명된다. 닉이 올레를 여인숙으로 찾아갔을 때 올레가 "벽을 쳐다본다"라는 표현이 네 번 나온다. 그만큼 올레의 상황이 절망적이라는 것을 보여준다. 그런데도 그는 그 방에서 나오려 하지 않는다. 더는 살인자들("보드빌 희극의 한 팀")에게서 달아나려 하지 않는다. 이 보드빌 희극은 〈추격 경주〉에 나오는 벌레스크 쇼와 동일하다. 즉 올레를 추격해오는 자와 윌리엄 캠벨을 추격해오는 자는 동일한 사람, 사건 혹은 세력이다. 보드빌(vaudeville)이나 벌레스크(burlesque)는 코미디, 춤, 노래, 스트립 쇼 따위의 프로그램이 다양하게 섞인 저속한 쇼인데 인간 세상에 벌어지는 오만 가지 저속하고 부패하고 사악한 사건들의 상징이다. 왜 올레가 도망치려 하지 않는지는 〈추격 경주〉를 읽어보면 상세히 알 수 있지만, 여기서 요약하면, 캠벨이나 올레는 아무리 빨리 달려도 자기를 죽이려는 '죽음'이나 벌레스크쇼(즉 생의 허무)보다 더 빨리 달리지 못한다. 이것은 아탈란타의 달리기 경기를 연상시킨다.

아르카디아의 공주 아탈란타는 아름다운 여인이어서 많은 남자가 구혼을 해온다. 그녀를 얻을 수 있는 조건은 달리기 시합을 해 그녀보다 더 빨리 달려야 하고, 만약 경기에서 지면 그 남자는 사형을 당한다. 그러나 이 세상에 그녀보다 더 빨리 달릴 수 있는 남자는 없다. 여기서 용감한 남자 히포메네스는 자신이 죽을 줄 알면서도 그녀에게 도전한다. 올레 안데르센은 히포메네스처럼 도전을 걸었으나 그 뒷감당이 되지 않는 사람이다. 도전에 대한 응전, 퇴각, 타락의 세 단계는 작중인물들을 통해 상징된다. 〈살인자들〉에서 죽음을 바라보는 요리사 샘과 닉의 태도가 앞의 두 단계에 해당한다. 샘은 올레의 일에 일체 관여하지 않으려 한다. 그러나 닉이 올레에게 알려서 죽음을 모면할 수 있게 해주자고 하자, 샘은 이렇게 말한다.

"어린애들은 자기가 뭘 하고 싶어 하는지 늘 잘 안다니까."

이 소설에는 아직 타락하지 않은 자(닉), 중간쯤 타락해버린 자(샘), 아주 타락해버린 자(올레)가 동시에 등장하여 타락에 대한 의미를 더욱 입체적으로 조명한다. 살인(죽음)은 사람을 겁먹게 하지만 동시에 그에 맞서서 싸우게 만든다. 오래전부터 인간의 위기 대응 방식은 싸우거나 도망치거나 둘 중 하나였다. 〈패배를 거부하는 남자〉는 바로 전자의 대응 방식을 취한 사람이다. 〈살인자들〉은 〈5

만 달러〉, 〈추격 경주〉, 〈패배를 거부하는 남자〉 이렇게 네 편을 함께 읽으면 더 이해하기가 쉽다. 헤밍웨이는 작품에서 단어 하나도 무심하게 사용하는 법이 없다. 가령 살인자들이 식당 안으로 들어왔을 때 이런 수작을 주고받는다.

"여긴 아주 무더운 마을이군."

다른 남자가 말했다.

"마을 이름이 뭐야?"

"서밋."

'무더운'의 원어는 'hot'인데, 이를 사전에 찾아보면 'get hot(사냥의 목표물에)' 접근하다, 라는 뜻풀이가 나오고 서밋(summit)은 절정이라고 풀이되어 'the summit of gloominess(우울함의 절정)'이라는 예문이 제시되어 있다. 즉 살인자 두 명이 무심히 주고받는 말 속에도 앞으로 닥쳐올 엄청난 위기를 예고하는 것이다. 이렇게 볼 때 헤밍웨이의 단편은 단어 하나하나에 신경 쓰면서 읽어야 한다.

〈조국은 당신에게 무엇을 말하고 있습니까?〉

이 제목은 이탈리아 시인이며 열렬한 파시스트였던 가브리엘레 단눈치오의 애국적인 슬로건에서 따온 것이다. 1927년 4월 헤밍웨이는 신문기자인 가이 히칵과 함께 이 기자의 낡은 포드 자동차를 타고서 파시스트 무솔리니의 나라 이탈리아로 열흘간 여행을 했다. 작품 중에 상하이 사변(1927년 4월 12일)이 언급되어서 여행 기간을 대충 짐작할 수 있다. 그는 이 여행기를 작성하여 《뉴 리퍼블릭》(1927년 5월 18일)에다 실었다. 따라서 이 소설은 처음에는 논픽션으로 발표되었으나 헤밍웨이가 이 작품을 단편집에 포함시켰다. 논픽션을 왜 단편소설집에 넣었을까? 이 점이 궁금해지는데 나는 다음의 세 장면이 '여자 없는 남자들'과 관련된다고 생각한다. 첫째 장면은 혼자서 먼 길을 가는 이탈리아 청년이다. 두 번째 장면은 스페치아의 식당에서 접대부와 주고받는 대화이다. 그리고 마지막 장면은 제노바 교외의 한 식당에서 '나'가 목격한 어떤 남녀이다. 헤밍웨이는 단편소설에서 정경합일의 기법을 잘 구사하기 때문에 이 혼자 가는 청년의 모습은 범상치 않다. 그리고 접대부와 주고받은 대화에는 동성애에 대한 암시와 여자(성교)에 대한 혐오증이 제시되어 있다. 여기에서 나오는 바나나(banana)와 바나나 껍질(skin)은 각각 성교와 콘돔의 상징이다. 그리고 세 번째는 뭔가 잘 안 되어가는 남녀 관계이다. 이 부분의 문장은 이러하다.

> "식당 한쪽 끝엔 한 남녀가 있었다. 남자는 중년이었고 여자는 젊었는데 검은 옷을 입고 있었다. 식사하는 내내 그녀는 차갑고 습한 공기 속에서 숨을 내쉬었다. 남자는 그 모습을 보고 고개를 가로저었다. 그들은 말없이 식사했고 남자는 탁자 밑에서 그녀의 손을 잡아줬다. 수려한 용모의 그 여자는 매우 슬퍼 보였다. 그들의 옆엔 여행용 가방이 있었다."

이 문장은 단편 〈하얀 코끼리 같은 산〉의 분위기를 그대로 전한다. 여행하던 남녀는 마침내 낙태 수술을 했고, 여자는 그래서 상복 대신 검은 옷을 입었을 것이다. 헤밍웨이는 이 광경에서 힌트를 얻어 낙태 수술 이전의 남녀의 심리 상태를 그린 코끼리 단편을 썼을 것으로 짐작한다. 〈하얀 코끼리 같은 산〉은 1927년 8월 《트랑지시옹》 지에 발표되었다는 점도 시기적으로 이러한 추측을 뒷받침해 준다.

〈5만 달러〉

사람이 리얼리스트에서 아티스트가 되는 순간이 세 가지 있다. 큰 불행을 당할 때, 큰 실수를 했을 때, 그리고 중병에서 회복될 때이다. 적당히 져주기만 하면 돈을 딸 줄 알았던 게임에서 상대의 기만술에 걸려서 5만 달러를 날리는 큰 불행을 당할 뻔한 주인공 잭은 그야말로 아티스트가 되었다. 여기서 아티스트는 'grace under pressure(역경 속의 용기)'를 실천하는 사람으로 이해해도 무방하다. 이 소설은 사람을 타락시키는 벌레스크 쇼의 진면목을 보여준다. 잭이 돈을 따기는 했지만 결국 그다음에는 〈살인자들〉의 올레 안데르센처럼 쫓기는 사람이 되었을 것이다. 엄청난 돈이 걸린 곳에서는 힘없는 사람의 목숨을 더 큰 세력이 노린다. 이러한 쫓고 쫓기는 관계는 《장자》 〈외편〉 산의 나무(山木)에 나오는 얘기와 매우 비슷하다. 장주가 숲에서 활을 들고 노닐다가 까치가 날아가는 것을 보았다. 그놈을 잡기 위해 쫓아가 살펴보니 매미 한 마리가 시원한 나무 그늘에 앉아서 자기 몸조차 잊고 있었다. 그리고 사마귀 한 마리가 다시 그 매미를 잡으려고 노리며 자기 몸을 잊고 있었다. 까치는 그 사마귀를 잡으려 하고, 장주는 그 까치를 잡으려고 하면서 자기 몸을 잊고 있었다. 장주는 이때 홀연히 깨닫고는 화살을 내던지고 숲을 떠났다.

이 소설의 화자는 잭의 훈련 담당자인 '나'인데 이중 플레이를 당한 잭이 쓰러지지 않고 끝까지 버틴 것은 돈 때문이라고 본다. 그래서 작품 속에서 훈련 도우미에게 아주 짠 팁을 주는가 하면, 호텔에 투숙해서도 포터에게 팁을 주지 않는 등 잭의 금전적 인색함을 다소 과장하는 방식으로 제시한다. 그러나 헤밍웨이는 주인공의 역설적 상황에 더 관심이 많다. 그 역설이란 잭이 일부러 져주기로 했는데 실은 엄청난 용기를 발휘해야만 그 져주기 게임을 유지할 수 있다는 점이다. 그러니까 '비겁한' 행동을 하기로 되어 있는 각본이 실은 그와는 정반대로 엄청난 '영웅'의 행동을 해야만 하는 상황으로 뒤집힌다. 이 소설을 그냥 읽으면 돈 때문에 간신히 버틴 사람의 이야기로 생각하기 쉬우나, 실은 이런 역설이 교묘하게 감춰져 있어서 헤밍웨이가 독자를 상대로 은밀한 이중 플레이를 하고 있음을 알 수 있다. 이런 이중 플레이는 단편 〈시시한 이야기〉에서도 되풀이된다.

헤밍웨이는 죽이지 못하면 내가 죽어야 하는 전쟁의 상황을 투우와 권투에서 재현한다. 그리고 그것을 여자와의 관계에서도 적용했다. 그는 세 번째 단편집에 들어 있는 〈당신이 결코 따르지 못할 방식〉에서 사람은 지배를 하거나 지배를 당하거나 둘 중 하나다, 라고 말한다. 그러한 세계는 오로지 이기는 데에만 몰두하다 보니 거짓과 기만과 폭력이 난무하는 세계이고, 물고기와 낚시꾼이 정직한 대결을 벌이는 송어 낚시의 세계와는 다르다. 헤밍웨이는 이러한 인간 세계를 가리켜 "두 개의 심장(순수와 타락)을 가진 커다란 강"으로 비유하는데, 이 이미지를 알면 이 단편집의 마지막 작품인 〈이제 제가 눕사오니〉를 잘 이해할 수 있다.

〈간단한 질문〉

평소 헤밍웨이는 동성애자들에게 적대적인 것으로 유명했다. 전혀 동성애와는 관련이 없을 것 같은 헤밍웨이가 왜 이런 동성애 주제의 소설을 썼을까? 그리고 맨 마지막에 가서 소령은 당번병 피닌의 수동적 거부나 성적 순진함의 주장을 의심하면서 부하가 자신(소령)을 속인 게 아닐까 하고 의심한다. 이 의심하는 태도는 로버트 루이스 스티븐슨의 단편소설 〈하룻밤 묵어가기〉에서 도둑 시인 프랑수아 비용이 자기를 하룻밤 재워준 영주의 뜻을 의심하는 그런 분위기를 풍긴다. 아무튼 이 민감한 소설의 핵심 포인트는 소령이 피닌의 거부에 안도감을 느꼈다는 사실이다. 이것은 헤밍웨이가 가장 즐겨 말했다는 'grace under pressure'를 생각나게 한다. 동성애의 강한 압력을, 어린 청년을 지키려는 우아함으로 이겨낸 것이다. 그렇지만 청년의 반응을 의심함으로써 소령은 스스로 그 우아함을 지워버린다. 이어서 군대 생활이 너무나 복잡하다는 얘기가 나온다. 군 생활이 사람을 쉽게 타락시킨다는 뜻이다. 전시에 지휘관의 당번병을 하면 전선에 투입되지 않으니 최소한 목숨을 잃지는 않는다. 죽음이 두렵지만 비겁해서는 안 되는 복잡한 군 생활에서 최소한의 명예를 지키면서 그 당번병 자리를 유지하려면 때로는 소령이 무리한 요구를 해도 들어주어야 한다. 그러나 피닌은 그것을 거부한다. 이 소설은 군 생활이 이처럼 사람을 타락시키는 측면이 있지만, 그것에 맞서는 사람도 있다는 메시지를 전한다. 동성애 주제는 헤밍웨이의 첫 번째 단편집에도 한 편이 들어 있고 세 번째 단편집에서는 두 편을 다루고 있다. 헤밍웨이가 이 단편집의 제목을 붙인 경위를 감안하면(헤밍웨이 연보 참조) 동성애는 여자 없는 남자들의 출구 전략이 아닐까 하는 생각이 든다. 헤밍웨이 비판자들은 숨은 동성애자일수록 남들의 동성애는 더욱 봐주지 못한다면서 헤밍웨이가 그런 경우일 것이라고 의심해왔고 또 그의 지나친 마초 이미지가 그런 사실을 과잉 보상하는 연막장치가 아닐까 추측했다. 우리는 동성애라는 촛불을 가지고 열네 편의 단편소설들을 비춰보면 또 다른 중중무진을 발견할 수 있다.

〈열 명의 인디언〉

독립기념일에 야구 구경을 다녀온 닉은 조 가너의 마차를 타고 집으로 돌아오는 길에 아홉 명의 술 취한 인디언을 만나고, 이어서 집에 돌아와 아버지로부터 인디언 여인 프루디가 닉을 배신했다는 얘기를 전해 듣는다. 그렇게 해서 이 소설에는 열 명의 인디언이 등장한다. 앞의 아홉 명은 그들이 별로 기뻐할 것도 없는 백인들의 독립기념일(7월 4일)을 축하해 술에 취한 멍청한 인디언들이고, 나머지 한 인디언(여자)은 그녀를 열렬히 사랑하는 남자를 배신한 역시 멍청한(닉이 보기에는 타락한) 인디언이다. 이 소설은 여자에게 처음 배신당한 남자의 심리를 자연 풍경에 의탁해 잘 묘사하고 있다. 특히 소설 맨 마지막의 문장은 닉의 심리 상태와 완벽하게 조응한다.

> "밤중에 잠을 깬 닉은 오두막 밖의 솔송나무에 바람이 스치고 호숫가에 파도가 밀려드는 소리를 듣다가 다시 잠이 들었다. 아침에는 거센 바람이 불어왔고 호숫가에 높게 파도가 쳤다."

이 단편집에는 이런 정경합일의 풍경 묘사가 자주 등장하므로 그런 부분을 읽을 때마다 작중인물 혹은 사건의 분위기와 서로 연결시켜가며 읽어야 한다.

〈딸을 위한 카나리아〉

이 소설에서 가장 중요한 상징은 카나리아이다. 원제는 'A Canary for One'인데 영어의 'One'은 사전을 찾아보면 이런 뜻풀이가 나온다. "사람, 것. As fast as one can에서 one은 주어에 따라 I, you, she 등을 나타낸다."

이 제목만을 가지고도 카나리아는 딸뿐만 아니라 여러 사람의 상징이라는 것을 알 수 있다. 우선 화자인 '나'가 서술하는 미국인 부인은 자신의 편견과 고집(일종의 조롱) 속에 갇혀 있는 카나리아다. 미국인 여자는 미국인 남자와 결혼해야 잘산다는 것이 그 대표적인 편견이다. 그 카나리아는 세월이 흘러가도 똑같은 곡조로 울어댄다. 파리에서 주문해 입는 옷집, 팔레르모에서 파리로 올라오는 철도 주변의 황량한 풍경, 파리 역사 근처 주택들의 똑같은 모습 등도 그런 변하지 않는 상태의 정경합일이다. 부인의 딸 또한 파리의 똑같은 옷집에서 옷을 맞춰 입는 등 어머니의 조롱에 갇혀 있는 카나리아다. 원제는 직역하면 '저마다의 카나리아' 정도가 되지만, '딸을 위한 카나리아'가 작품의 핵심 분위기를 잘 전하는 듯하여 이렇게 번역했다. 그런데 맨 끝에 가서 놀라운 반전이 벌어진다. 미국 부인을 냉정하게 관찰하는 화자 '나'는 아주 합리적인 사람처럼 보이지만 실은 '나'도 어떤 편견(이것은 텍스트 중에 제시되지 않는다)에 사로잡혀 아내와 갈등을 벌이고 그리하여 별거하려고 파리로 돌아가는 중이다. 이것은 미국인끼리 결혼해야 잘산다고 하는 미국인 부인의 편견을 여지없이 깨트려준다. 파리 역사의 충돌 사고로 부서진 기차 차량들은 이 부부와 딸을 둔 부인의 파탄 난 인생을 보여주는 정경합일이다. 이렇게 볼 때, 카나리아의 상징은 이 작품 속에서 보편적으로 작동하면서 사람들은 누구나 다 저마다의 조롱 혹은 편견에 갇혀 살아가는 존재라고 암시한다. 불과 30매의 짧은 글로 이런 보편적 인식을 보여줄 수 있다니 그 솜씨가 정말로 뛰어나다. 빙산이론과 중중무진이 잘 결합된 아주 아름다운 작품이다.

〈알프스의 목가〉

애정 없는 남녀는 먼저 눈빛으로 상대를 죽이고 이어 몸짓으로 죽이다가 마침내는 혀(입)로 상대를 모욕하여 죽인다. 〈하얀 코끼리 같은 산〉에서 여자는 남자를 향해 제발 제발 제발 그 입을 좀 다물어 달라고 말한다. 이 소설에서도 그 입이 문제다. 산중 농부가 무슨 일로 그 아내의 입을 그렇게 미워했는지 우리는 알지 못한다. 아마도 말 따로, 행동 따로인 농부를 아내가 공격했을 가능성을 짐작해볼 수 있다. 농부는 입으로는 아내를 사랑한다고 말하지만 실제로는 전혀 사랑하지 않는 행동을 했는데, 아내의 생전에도 마찬가지였을 것이다. 〈하얀 코끼리 같은 산〉 속의 남자처럼.

이 소설에서 헤밍웨이는 자신이 전달하려는 메시지를 자연 풍경을 통해 암시한다. 가령 다음 문장에서 그 의도를 알 수 있다.

> "우리는 모두 햇빛에 질려 있었다. 누구나 햇빛에서 벗어날 수가 없었다. (…) 검게 그을리는 건 좋았지만, 햇볕은 사람을 굉장히 지치게 했다. 햇볕 속에서는 쉴 수가 없었다."

자연의 엄청난 힘을 햇볕에 의탁하여 말하면서 알프스 산중에서 저질러진 야만도 그런 자연현상의 일부라는 것을 암시한다. 그러나 남자가 여자를 향하여 이처럼 난폭한 행동을 저질렀는데도 그것이 과연 목가가 될 수 있을까? 목가적(idyllic)을 사전에서 찾아보면 이렇게 풀이되어 있다.

"아무런 어려움이나 위험이 없는, 아주 즐겁고, 소박하고, 평화로운 상태."

작품 중에 "교회 관리인은 즐거워했고, 선술집 주인은 역겨워했다"라는 서술이 나오는데 교회 관리인의 입장에서 본다면 이 스토리는 즐거운 얘기 혹은 목가적인 얘기일지 모른다. 그러나 나머지 사람들은 그렇지가 못하다. 헤밍웨이는 산중과 계곡, 자연과 문명(교회), 어둠과 등불, 야만과 사랑의 대비를 통하여 이런 양극단의 병존을 목가적인 상태로 제시하려고 한 듯하다. 그러나 이 상징은 피리에 빗대어 말하자면 소리가 잘 안 나오는 피리, 즉 제대로 작동하지 않는 상징이다. 이는 〈딸을 위한 카나리아〉의 상징 작용과 비교해보면 금방 분명해진다. 헤밍웨이의 세 번째 단편집 속의 단편 〈세상의 빛〉에서 스티브 케첨이라는 백인 권투선수는 예수 그리스도를, 앨리스라는 뚱뚱한 창녀는 막달라 마리아를 상징하는 것처럼 서술되어 있으나 이 또한 실패한 상징이다. 아무리 훌륭한 소설가라고 할지라도 때로는 그의 솜씨가 수준에 미치지 못하기도 한다.

〈추격 경주〉

주인공 윌리엄 캠벨은 벌레스크 쇼 단과 추격 경주를 벌인다. 벌레스크의 원어는 'burlesque'인데 저속한 쇼를 가리킨다. 캠벨을 추격해오는 이 쇼는 곧 인생, 보다 구체적으로 허무한 인생의 상징이다. 캠벨이 아무리 빨리 달려도 쇼단에게 추월당하는 것은 인생의 저속하고 부패한 놀이를 미끄러지듯 나아가며 놀아줄 수 없기 때문이다. 경주에서 이길 수 없어서 우울해진 심리 상태는 늑대에 비유되고, 그 늑대를 쫓아내기 위해 술을 마시고 나아가 마약을 복용한다. 또한 캠벨은 늘 자기가 아닌 어떤 다른 사람을 가장하면서 말한다. 이런 가장의 상태는 홑이불에 비유되어 있다. 공교롭게도 이름이 같은 '미끄러지듯 나아가는' 빌리는 세속의 놀이에 잘 적응하지 못하는 윌리엄 캠벨의 분신이다(빌리는 윌리엄의 애칭이다). 터너 씨가 캠벨을 잘 떠나지 못하는 이유는 이런 아바타 관계이기 때문이다.

캠벨은 왜 인생에서 허무를 느낄까? 그가 인생에서 소중하게 여기는 가치가 있는데 그것을 여러 차례 빼앗겼기 때문에 이제 더는 그것을 믿지 못한다. 특히 여자들에 대한 혐오감을 노골적으로 표시한다. 말똥, 독수리똥, 임질은 그런 혐오감의 구체적 표현이다. 이 작품은 허무에 붙잡혀서 아무리 해도 거기서 헤어 나올 수 없는 사람의 심리 상태를 늑대, 말, 독수리, 홑이불, 쇼단 등의 상징으로 잘 보여준다. 이 깊은 허무는 세 번째 단편집의 〈깨끗하고 불빛 환한 곳〉에 나오는 나다*의 기도를 생각나게 한다.

"나다에 계신 우리의 나다, 그대의 이름은 나다, 그대의 왕국이 오시고, 세상 모두가 나다이오니 그대의 뜻이 나다 속에서 나다가 되게 하소서. 오늘 우리에게 일용할 나다를 주시고, 우리가 우리의 나다를 나다하오니 우리의 나다를 나다해주소서. 우리를 나다

* nada. 허무를 뜻하는 스페인어

에 빠지지 말게 하시고 우리를 나다에서 구해주소서. 아멘 나다. 나다에 가득 찬 나다를 찬미하라. 나다가 그대와 함께 있으니."

제임스 조이스는 이 〈깨끗하고 불빛 환한 곳〉을 헤밍웨이 최고의 단편이라고 극찬했는데, 〈추격 경주〉 같은 전작이 있었기에 이런 성취가 가능했던 것이다.

〈오늘은 금요일〉

이것은 단막 희곡이지만 헤밍웨이가 작품집의 성격과 맞는다고 생각해 집어넣은 듯하다. 이 희곡에는 예수의 죽음을 바라보는 로마 병사 1, 2, 3의 심리가 그려져 있다. 이 중에서도 우리의 관심을 끄는 사람은 병사 2이다. 그는 사람이라면 특히 십자가형을 당하는 사람이라면 누구나 그 십자가(죽음)에서 내려오고 싶어 한다고 주장한다. 죄수의 몸에 못질을 할 때, 그 못질을 멈출 수만 있다면 그 어떤 죄수든 멈추려 할 것이라고 말한다. 반면에 병사 1은 일관되게 예수의 죽음이 훌륭했다고 말하고, 병사 3은 예수의 죽음에서 심한 충격을 받은 모습을 보인다. 1920년대 초반의 헤밍웨이는 죽음의 문제를 깊이 천착했다. 병사 1, 2, 3은 때로는 죽음을 두려워하고 때로는 죽음을 의연하게 받아들이고 싶어 하고, 때로는 죽음에 구토를 느꼈던 헤밍웨이의 심리 상태가 투영되어 있다. 〈패배를 거부하는 사람〉, 〈다른 나라에서〉, 〈살인자들〉, 〈추격 경주〉, 〈이제 제가 눕사오니〉 등에서도 이런저런 방식으로 죽음을 바라보는 인물들이 등장한다. 죽음이라는 주제를 염두에 두고서 이 단편들을 읽어보면 중중무진의 효과가 어떻게 발생하는지 잘 알 수 있다.

〈시시한 이야기〉

이 소설은 처음 읽으면 정말 시시한 이야기처럼 읽힌다. 화자는 〈포룸〉이라는 잡지를 광고하는 문안을 어떤 소책자에서 읽는다. 그 외에 소책자는 젊은 청년들을 위하여 여러 가지 교양 있는 논평을 하고, 화자는 그 내용을 일부 읽다가 소책자를 내려놓는다. 소책자는 인생의 로맨스에 대해서 말한다. 여기서 로맨스는 평범한 사람들이 추구하는 인생의 목표 같은 것이다. 그러다가 화자는 돌연 얘기의 초점을 한 투우사의 죽음 쪽으로 돌리면서 이 사람의 삶에 비하면 그런 것들이 과연 로맨스라고 할 수 있겠느냐고 암시한다. 투우사 마누엘 가르시아 마에라의 죽음은 이 소설의 핵심 포인트다. 유식한 사람들은 로맨스와 예술에 대하여 아주 고상하게 떠들어대지만, 그런 것들은 투우장에서 황소와 치열하게 싸우다가 죽어간 이 사람의 삶에 비하면 다 시시한 이야기에 지나지 않고, 오히려 이 투우사의 삶이야말로 로맨스요 예술이 아니냐고 반격한다. 반면에 투우를 모르는 사람이 이 글을 읽으면 오히려 투우사의 죽음을 시시한 이야기로 여길 것이라는 이중적인 시선도 은연중에 내보이고 있다. 이 소설은 〈패배를 거부하는 남자〉의 주인공 가르시아 마에라의 불패 정신에 바치는 헌사이다. 이 소설을 읽으면서 우리는 투우가 암시하는 생의 허무와 그것에 도전하는 남자를 다시금 생각하게 된다.

〈이제 제가 눕사오니〉

이 기도문의 가장 흔한 형태는《뉴잉글랜드 프라이머(*New England Primer*)》(1784)에서 발견할 수 있다. 전문은 이러하다.

> 이제 제가 잠들기 위해 눕사오니
> 저는 주님에게 제 영혼을 지켜달라고 기도드리나이다.
> 만약 제가 깨어나기 전에 죽는다면
> 주님께서 내 영혼을 가져가시기를 기도드리나이다.

이 작품의 '나'는 전쟁 후유증 때문에 잠들면 죽을지 모른다는 공포를 갖고 있다. 그래서 자기도 모르게 나가떨어지지 않는 한 잠들지 않으며, 또 불빛이 환한 곳이 아니면 잠을 자지 못한다. 어둠과 불빛은 죽음과 생명의 상징이라는 것은 〈다른 나라에서〉 이미 제시된 것이다. 〈다른 나라에서〉는 이탈리아어 문법의 상징이 나오는데 이 작품에서는 당번병 존이 중위(나)에게 결혼을 하라고 하자 중위가 "나는 말을 멋지게 잘하지 못해"라고 대답하면서 그 문법이 다시 등장한다. 그리고 중위는 여자 생각을 하면 늘 그림이 흐릿해지는데 송어 낚시를 생각하면 그때마다 새로운 것이 떠오른다고 말한다. 즉 여자보다는 낚시가 중위한테는 더 편안하다. 송어 낚시의 의미는 첫 번째 단편집에 들어 있는 단편 〈두 개의 심장을 가진 커다란 강〉에서 잘 드러나 있다. 송어 낚시는 아직 타락하기 이전의 사람이나 행위를 상징한다. 사람을 타락시키는 것은 〈추격 경주〉에 의하면 여자, 말, 독수리 등 사람이 좋아하는 것이고, 세 번째 단편집의 〈도박사, 수녀, 라디오〉를 보면 구체적으로 여자, 돈, 술, 종교, 경제, 애국심, 도박, 야심, 정치, 우울증, 빵 등이다. 그러니까 중위는 이미 전쟁으로 타락한 자신이 여자 때문에 더 타락하는 것을 두려워한다.

헤밍웨이의 하얀 코끼리

《여자 없는 남자들》의 작중인물들은 여자에게 초연하고(혹은 혐오하고), 죽음을 두려워하지만 동시에 그 죽음에 매혹되어 그와 맞서 싸우려는 생각도 있고, 또한 동성애에도 관심을 보인다. 우선 죽음을 두려워하게 된 이유는 비교적 분명해 보인다. 〈이제 제가 눕사오니〉의 중위는 이탈리아 전선에 참전했다가 포격을 당해서 정신을 깜빡 놓아버렸다가 다시 살아난 적이 있다. 그래서 중위는 내가 다시 죽으면 어쩌나, 하는 죽음에 대한 공포(전쟁 후유증)와 불면증을 동시에 앓고 있다. 그러면서 거기에 대한 반사 작용으로 죽음에 비상한 관심을 갖고 있다. 가령 〈오늘은 금요일〉에서 죽음을 바라보는 세 유형의 시각을 제시하고 있다. 죽음이 어떤 때는 무섭지만, 어떤 때는 매혹적인 힘으로 작중인물에게 작동한다. 그런데 〈이제 제가 눕사오니〉의 중위든 〈다른 나라에서〉의 '나'든 두 사람은 결혼을 하지 않으려 한다. 즉 여자와 관계를 맺는 것을 두려워하거나 거부한다.

여성을 거부하는 원인을 텍스트에서 찾아보면, 〈열 명의 인디언〉의 경우처럼 여자가 남자를 배신한 경우이거나, 〈이제 제가 눕사오니〉에서의 중위 부모의 부부간 갈등(가령 고집 센 어머니가 아버지의 뜻을 무시하고 아버지의 소중한 과거 유물을 멋대로 불태워버린 것), 그리고 말을 듣지 않고 자기주장을 고집하는 여자(〈하얀 코끼리 같은 산〉), 혹은 뭔가 말로 남편의 비위를 상하게 한 여자(〈알프스의 목가〉), 임질을 안겨주는 여자(〈추격 경주〉) 등이다. 요약하면, 작중인물은 여자가 남자를 타락시키는 존재 혹은 그 타락으로 말미암아 죽음에 이르게 만드는 존재라고 생각한다. 왜 이런 생각을 할까? 여기에는 역사적 배경이 있다. 가령 《길가메시 서사시》에서 우루크의 왕 길가메시는 모든 것이 제 마음대로 되는 삶이 서서히 지겨워진다. 그러던 중 원시의 숲에서 엔키두라는 야생의 남자가 동물들과 어울려 놀면서 사람들을 해친다는 얘기를 듣는다. 길가메시는 샴하트라는 여자를 보내 여자의 힘을 발휘하여 그를 유혹하고, 길들이고, 사람으로 만들라고 지시한다. 샴하트가 엔키두에게 보여준 여자의 힘은 바기나 덴타타(vagina dentata)*의 세련된 형태다.

---

* 이빨 달린 음부 혹은 거세하는 음부

조지프 캠벨의《신들의 가면: 원시 신화》에서 이 바기나 덴타타 신화가 소개된다. 여자는 그 속으로 들어가면 길을 잃어버리는 동굴 같은 존재, 자연의 변화처럼 도무지 종잡을 수 없는 존재라는 원시적 느낌이 바기나 덴타타 신화를 만들어냈다. 여자는 가부장제의 세계에서 볼 때 절제되지 않는 속성이다. 그 세계에서 무뚝뚝하고 단단하고 강인한 남성의 신체는 아주 바람직한 속성이다. 반면에 부드럽고 말이 많으며 부수적인 액체(모유, 월경의 피)와 아이를 생산하는 여성은 그런 미덕에 위배되는 존재였다. 또 여성의 성욕은 일단 눈을 뜨면 만족할 줄 모르는 것으로 믿었다. 그리하여 성적으로 난잡한 것과 말이 많은 것을 여성의 두 가지 큰 특징으로 여겼다.

따라서 여성의 입과 질은 남성적 불안감의 핵심 원천이었다. 이 둘은 어느 경우에도 경계의 대상, 반드시 단속해야 하는 것이었다. 우리는 이러한 여성관에서 강력한 바기나 덴타타의 메아리를 듣는다. 이 개념은 현대에서는 '치명적인 여자'를 가리키는 팜므 파탈(femme fatale)이라는 용어로 잔존한다. 오디세우스의 부하들을 돼지로 만든 키르케는 바로 이 팜 파탈의 원조이다. 이러한 역사적 배경을 감안할 때, 작중인물이 여자에게 두려움을 느끼는 것은 〈패배를 거부하는 남자〉의 마누엘 같은 불패 의지를 약화시키는 힘을 무서워하기 때문이다. 이런 관점에 입각하면, 우리는 작중인물이 때로는 죽음을 무자비한 자연의 힘 혹은 여자의 힘으로 인식하는 것을 이해할 수 있다.

그렇다면 마지막으로 이런 질문을 한번 던져보자.《여자 없는 남자들》의 작중인물은 어느 정도까지 헤밍웨이 본인의 모습인가? 헤밍웨이의 지인들은 그가 원래 부드럽고 여성적이며 소심한 사람이었다고 말한다. 그는 감수성이 예민하고, 책을 쓰고 싶어 하고, 사려 깊은 사람이라고 말한 지인도 있는데, 가령 제임스 더버는 그를 가리켜 "점잖고, 이해심 많고, 동정적이고, 자비로운" 사람이라고 했다. 그러나 전쟁, 투우, 사냥, 권투를 좋아하여 마초의 상징처럼 전 세계적으로 알려진 헤밍웨이는 평생 강인한 남자와 원시적 야성성의 페르소나(가면)를 쓰고 다녔다. 1920년대에 발간된 헤밍웨이의 장편소설이나 단편집의 높은 성취와는 다르게, 1940년대 이후 헤밍웨이 작품들이 성공을 거두지 못하고 계속 후퇴하게 된 것은 이런 페르소나를 그 자신의 본모습으로 착각하고 그로부터 예술적 거리를 두지 못했기 때문이다.

이러한 성향은 헤밍웨이의 생활 측면에서도 부작용을 가져왔다. 우선 과도하게 술을 마시게 되었고 그 후유증으로 신체가 허약해지면서 내면의 갈등을 제대로 다스리지 못하여 심한 우울증과 과도한 피해망상증에 빠졌다. 여러 해 전 국내의 한 연예인이 무리하게 체중 조절을 하다가 헬스장에서 사망한 사건이 있었다. 자신의 타고난 몸매를 그처럼 학대하다 보니 마침내 육체가 소유주에게 복수를 가한 것이었다. 억압당한 것은 반드시 복수를 하는데 그것은 정신도 마찬가지다. 사실 억압된 본성은 결코 어디로 가지 않는다. 할관자(鶡冠子)는 물극필반(物極必反)이라면서 사태가 극단에 도달하면 반드시 시작의 상태로 되돌아간다고 했고, 프로이트는 억압된 것의 귀환(return of the repressed)을 말하면서, 그 억압된 것은 결국 표면 위로 떠올라 신경증이 된다고 했다. 로버트 루이스 스티븐

슨은 이렇게 말했다.

> "인생의 운명과 책임은 영원히 인간의 어깨 위에 놓여 있는데, 그런 부담을 떨쳐버리려 애쓰면 전보다 더 생소하고 끔찍한 압력으로 그 부담이 되돌아온다"(《지킬 박사와 하이드》 중에서).

이러한 물극필반은 헤밍웨이의 생애 후반에 극심한 혼란을 가져왔다. 가면을 쓰고 다니는 사람은 스스로 그 가면을 가리키면서 걸어가야 하는데, 헤밍웨이의 경우는 그 가면이 작중인물과 작가의 예술적 거리를 지켜주는 것이 아니라 그 둘을 혼동시키는 하얀 코끼리가 되어버렸다.

그러나 이것은 헤밍웨이 만년의 모습이고 사실과 허구, 부드러움과 강인함, 죽음과 생명, 여자와 남자, 전쟁과 평화 사이의 갈등을 첨예하게 느끼며 예술적 조화를 모색하던 1920년대의 헤밍웨이에게서는 지구를 등에 업고 일어서려는 아틀라스의 장엄하면서도 치열한 고뇌가 보인다. 《여자 없는 남자들》에 수록된 〈패배를 거부하는 남자〉, 〈다른 나라에서〉, 〈하얀 코끼리 같은 산〉, 〈5만 달러〉, 〈딸을 위한 카나리아〉, 〈추격 경주〉, 〈이제 제가 눕사오니〉 등의 뛰어난 단편들은 그런 고뇌하는 영혼이 빚어낸 수작이다.

어니스트 헤밍웨이 연보

1899년 7월 21일 미국 일리노이주 시카고 서부 오크파크에서 태어났다.

1917년 오크파크고등학교를 졸업하고 캔자스시티로 가서 일간지 〈스타〉의 기자가 되었다.

1918년 5월에 이탈리아로 건너가 전선에서 적십자 소속 구급차 운전병으로 근무하다가 7월에 부상을 당해 밀라노 후송병원에 입원했다. 10월에 전선으로 복귀했지만 황달로 다시 밀라노의 병원에 입원하기도 했다. 이탈리아 훈장을 받았다.

1919년 1월에 적십자사에서 제대해 미국으로 돌아왔다. 전쟁 후유증으로 불면증에 시달렸다.

1920년 시카고에 거주하면서 셔우드 앤더슨을 알게 되었다. 시카고에서 발행되는 한 기관지의 편집자가 되었고, 이때

문학의 새로운 기운(주로 신비평)을 가져온 시카고 그룹의 예술가들과 교우했다.

1921년 9월 해들리 리처드슨과 결혼해 캐나다 토론토에 거주하다가《스타 위클리》의 유럽 특파원이 되어 유럽으로 갔다.

1922년 파리에서 거트루드 스타인과 에즈라 파운드를 만났다. 그리스-터키 전쟁을 보도하기 위해 소아시아를 여행했다.

1923년 런던에 거주하며 7월에《세 편의 단편과 열 편의 시》를 출간했다.

1924년 다시 파리로 건너와 3월에 파리에서《우리들의 시대에》를 출간했다. 이 시기에 제임스 조이스, 스콧 피츠제럴드, 도스 패소스와 교우했다.

1925년 10월 15일에 첫 단편집《우리들의 시대에》를 뉴욕의 보니 앤 리브라이트 출판사에서 출간했다. 에드먼드 윌슨, 앨런 테이트, 스콧 피츠제럴드, D. H. 로렌스 등에게 호평을 받았다.

1926년 5월 28일에《봄의 분류》, 10월 2일에는《해는 또다시 떠오른다》를 스크리브너 출판사에서 출간했다.

1927년 《해는 또다시 떠오른다》가 영국에서 '피에스타'라는 제목으로 출간되었다. 해들리 리처드슨과 이혼하고,《보그》의 파리 특파원이며 의상 비평가인 네 살 연상의 폴린 파이퍼와 재혼했다. 10월 14일 두 번째 단편집《여자 없는 남자들》을 출간했다.

1928년 4월에 파리 생활을 청산하고 귀국해 플로리다주 키웨스트에 정착했다. 12월 6일 부친 클래런스 헤밍웨이가 오크파크의 자택 2층에서 리볼버로 자신의 귀 뒷부분을 쏘아 자살했다.

1929년 9월 27일에 《무기여 잘 있거라》를 출간하고 스페인을 여행했다.

1932년 4월에 제인 메이슨과 사랑에 빠졌다. 9월 23일, 투우 경기를 다룬 논픽션《오후의 죽음》을 출간했다.

1933년 낚시로 468파운드의 청새치를 낚았다. 아프리카를 여행했다. 10월 27일, 세 번째 단편집《승자에게는 아무것도 주지 마라》를 출간했다.

1934년 고기잡이배 필라르호를 건조했다.

1935년 10월 25일,《아프리카의 푸른 언덕》을 출간했다.

1936년 4월에 제인 메이슨과 결별했다. 7월에 스페인 내전이 일어났다.

1937년 2월 북아메리카 신문연합의 특파원이 되어 스페인으로 건너갔다. 10월 15일,《가진 자와 못 가진 자》를 출간했다. 스페인에서《콜리어》의 특파원 겸 여류 작가이며 아홉 살 연하인 마사 겔혼과 만나 열애에 빠졌다.

1938년 희곡 〈제5열〉과 그때까지 쓴 단편 49편을 하나로 묶어서《제5열과 첫 49편의 단편들》을 출간했다.

1939년 프랑코군이 1월에 바르셀로나를 함락하고 3월 마드리드에 입성했다. 스페인 내전은 반란군의 승리로 끝났다. 9월 1일 독일군이 폴란드를 침공해 제2차 세계대전이 발발했다. 쿠바의 아바나에 있는 한 호텔에서 스페인 내전을 배경으로 한 《누구를 위하여 종은 울리나》 집필을 시작했다.

1940년 10월 21일 《누구를 위하여 종은 울리나》를 출간했다. 폴린 파이퍼와 이혼하고 마사 겔혼과 결혼.

1941년 중일전쟁 특파원으로 중국 방면을 여행했다.

1942년 해군정보부에서 복무했다. 10월 22일, 82편의 전쟁 이야기를 편집한 책 《전쟁의 인간》을 출간했다.

1943년 제2차 세계대전 취재차 아내 마사와 함께 프랑스로 건너갔다.

1944년 5월, 언론인이며 아홉 살 연하인 메리 웰시를 만났다. 7월에 조지 패튼 장군의 미 제3군에 배속되어 종군했다.

1945년 제2차 세계대전이 종전하자 귀국했다. 12월 세 번째 부인 마사 겔혼과 이혼했다.

1946년 2월 《타임》 런던 지사 기자로 근무하던 메리 웰시와 결혼했다.

1947년 1944년에 프랑스에서 활약한 공로로 동성훈장을 받았다.

1948년 아내와 이탈리아를 방문해 제1차 세계대전 당시 부상당했던 격전지를 둘러보았다.

1949년 아내와 다시 유럽으로 건너가 남프랑스와 이탈리아를 여행하다가 눈을 다쳤다.

1950년 9월 7일 《강 건너 숲 속으로》를 출간했다.

1951년 6월 28일, 어머니 그레이스 헤밍웨이가 79세로 사망했으나 어머니 장례식에 참석하지 않았다.

1952년 9월 8일 《노인과 바다》를 출간하고 이듬해 퓰리처상을 수상했다.

1954년 아프리카 우간다 지방을 여행하던 중 비행기 사고로 아내와 함께 중상을 입었다. 이때 헤밍웨이가 사망했다는 오보가 신문에 나기도 했다. 10월 노벨문학상을 수상했다.

1955년 쿠바의 아바나 근교에 정착했다. 쿠바 정부가 수여하는 산크리스토발 훈장을 받았다.

1956년 아이다호주 케첨에서 《이동축제일》을 집필했다. 이 책은 사후 1964년에 발표되었다.

1957년 6월 시인 에즈라 파운드를 성 엘리자베스 정신병원에서 퇴원시키려는 펀드에 1,500달러를 기부했다.

1958년 아프리카에 여행을 다녀왔다. 10월까지 쿠바에 머물렀으나 카스트로 혁명이 시작되자 10월 초 아이다호주 케첨으로 돌아왔다.

1959년 《라이프》와 스페인 전국 투우 견문기를 게재하는 조건으로 스페인으로 건너가 전국을 순회했다. 그 견문기를 이 잡지에 9월 5일부터 3회에 걸쳐 〈위험한 여름〉으로 연재했다.

1960년 대작을 써내지 못하는 정신적 고통과 고혈압 등의 지병으로 심한 신경쇠약 증세에 빠졌다.

1961년 심한 우울증과 피해망상 증세로 미네소타주 로체스터의 메이요 클리닉에 입원했다. 6주간에 걸쳐 스물세 차례의 전기 충격 요법 치료를 받고 병세가 호전되지 않아 병원 측에서 정신병원 입원을 권했으나 거절하고 케첨의 집으로 돌아왔다. 돌아온 이틀 후인 7월 2일 엽총 사고로 세상을 떠났다. 갑작스러운 죽음이 사고가 아닌 자살이라는 설도 있다.

옮긴이 **이종인**

고려대학교 영어영문학과를 졸업했으며, 한국 브리태니커 편집국장과 성균관대학교 전문번역가 양성과정 겸임교수를 지냈다. 현재 인문·사회과학 분야 전문번역가로 활동 중이다. 지은 책으로 《살면서 마주한 고전》《번역은 글쓰기이다》 등이 있고 옮긴 책으로 《헨리 제임스》《변신 이야기》《유쾌한 이노베이션》《마에스트로 리더십》《로마제국 쇠망사》《로마사론》《중세의 가을》《작가는 왜 쓰는가》《호모 루덴스》《숨결이 바람 될 때》《무기여 잘 있거라》《노인과 바다》《누구를 위하여 종은 울리나》 등이 있다.

헤밍웨이 단편선

여자 없는 남자들

1판 1쇄 발행 2018년 6월 28일
2판 1쇄 발행 2025년 1월 15일

지은이 어니스트 헤밍웨이 | **옮긴이** 이종인
펴낸곳 (주)문예출판사 | **펴낸이** 전준배
출판등록 2004. 02. 11. 제 2013-000357호 (1966. 12. 2. 제 1-134호)
주소 04001 서울시 마포구 월드컵북로 21
전화 02-393-5681 | **팩스** 02-393-5685
홈페이지 www.moonye.com | **블로그** blog.naver.com/imoonye
페이스북 www.facebook.com/moonyepublishing | **이메일** info@moonye.com

ISBN 978-89-310-2432-6 04800
ISBN 978-89-310-2365-7 (세트)

■ 문예세계문학선

★ 서울대, 연세대, 고려대 필독 권장 도서 ▲ 미국대학위원회 추천 도서
● 《타임》 선정 현대 100대 영문 소설 ▽ 《뉴스위크》 선정 세계 100대 명저

1 **젊은 베르테르의 슬픔** 괴테 / 송영택 옮김
▲▽ 2 **멋진 신세계** 올더스 헉슬리 / 이덕형 옮김
▲●▽ 3 **호밀밭의 파수꾼** J. D. 샐린저 / 이덕형 옮김
4 **데미안** 헤르만 헤세 / 구기성 옮김
5 **생의 한가운데** 루이제 린저 / 전혜린 옮김
6 **대지** 펄 S. 벅 / 안정효 옮김
●▽ 7 **1984** 조지 오웰 / 김승욱 옮김
▲●▽ 8 **위대한 개츠비** F. 스콧 피츠제럴드 / 송무 옮김
▲●▽ 9 **파리대왕** 윌리엄 골딩 / 이덕형 옮김
10 **삼십세** 잉게보르크 바흐만 / 차경아 옮김
★▲ 11 **오이디푸스왕 · 안티고네** 소포클레스 · 아이스킬로스 / 천병희 옮김
★▲ 12 **주홍글씨** 너새니얼 호손 / 조승국 옮김
▲●▽ 13 **동물농장** 조지 오웰 / 김승욱 옮김
★ 14 **마음** 나쓰메 소세키 / 오유리 옮김
★ 15 **아Q정전 · 광인일기** 루쉰 / 정석원 옮김
16 **개선문** 레마르크 / 송영택 옮김
★ 17 **구토** 장 폴 사르트르 / 방곤 옮김
18 **노인과 바다** 어니스트 헤밍웨이 / 이경식 옮김
19 **좁은 문** 앙드레 지드 / 오현우 옮김
★▲ 20 **변신 · 시골 의사** 프란츠 카프카 / 이덕형 옮김
★▲ 21 **이방인** 알베르 카뮈 / 이휘영 옮김
22 **지하생활자의 수기** 도스토옙스키 / 이동현 옮김
★ 23 **설국** 가와바타 야스나리 / 장경룡 옮김
★▲ 24 **이반 데니소비치의 하루** A. 솔제니친 / 이동현 옮김
25 **더블린 사람들** 제임스 조이스 / 김병철 옮김
★ 26 **여자의 일생** 기 드 모파상 / 신인영 옮김
27 **달과 6펜스** 서머싯 몸 / 안흥규 옮김
28 **지옥** 앙리 바르뷔스 / 오현우 옮김
★▲ 29 **젊은 예술가의 초상** 제임스 조이스 / 여석기 옮김
▲ 30 **검은 고양이** 애드거 앨런 포 / 김기철 옮김
★ 31 **도련님** 나쓰메 소세키 / 오유리 옮김
32 **우리 시대의 아이** 외된 폰 호르바트 / 조경수 옮김
33 **잃어버린 지평선** 제임스 힐턴 / 이경식 옮김
34 **지상의 양식** 앙드레 지드 / 김붕구 옮김
35 **체호프 단편선** 안톤 체호프 / 김학수 옮김
36 **인간 실격** 다자이 오사무 / 오유리 옮김
37 **위기의 여자** 시몬 드 보부아르 / 손장순 옮김
●▽ 38 **댈러웨이 부인** 버지니아 울프 / 나영균 옮김
39 **인간희극** 윌리엄 사로얀 / 안정효 옮김
40 **오 헨리 단편선** O. 헨리 / 이성호 옮김
★ 41 **말테의 수기** R. M. 릴케 / 박환덕 옮김
42 **파비안** 에리히 케스트너 / 전혜린 옮김
★▲▽ 43 **햄릿** 윌리엄 셰익스피어 / 여석기 옮김
44 **바라바** 페르 라게르크비스트 / 한영환 옮김
45 **토니오 크뢰거** 토마스 만 / 강두식 옮김
46 **첫사랑** 이반 투르게네프 / 김학수 옮김
47 **제3의 사나이** 그레이엄 그린 / 안흥규 옮김
★▲▽ 48 **어둠의 속** 조셉 콘래드 / 이덕형 옮김
49 **싯다르타** 헤르만 헤세 / 차경아 옮김
50 **모파상 단편선** 기 드 모파상 / 김동현 · 김사행 옮김
51 **찰스 램 수필선** 찰스 램 / 김기철 옮김
★▲▽ 52 **보바리 부인** 귀스타브 플로베르 / 민희식 옮김
53 **페터 카멘친트** 헤르만 헤세 / 박종서 옮김
★ 54 **몽테뉴 수상록** 몽테뉴 / 손우성 옮김
55 **알퐁스 도데 단편선** 알퐁스 도데 / 김사행 옮김
56 **베이컨 수필집** 프랜시스 베이컨 / 김길중 옮김
★▲ 57 **인형의 집** 헨리크 입센 / 안동민 옮김
★ 58 **소송** 프란츠 카프카 / 김현성 옮김
★▲ 59 **테스** 토마스 하디 / 이종구 옮김
★▽ 60 **리어왕** 윌리엄 셰익스피어 / 이종구 옮김
61 **라쇼몽** 아쿠타가와 류노스케 / 김영식 옮김
▲▽ 62 **프랑켄슈타인** 메리 셸리 / 임종기 옮김
▲●▽ 63 **등대로** 버지니아 울프 / 이숙자 옮김
64 **명상록** 마르쿠스 아우렐리우스 / 이덕형 옮김
65 **가든 파티** 캐서린 맨스필드 / 이덕형 옮김
66 **투명인간** H. G. 웰스 / 임종기 옮김
67 **게르트루트** 헤르만 헤세 / 송영택 옮김
68 **피가로의 결혼** 보마르셰 / 민희식 옮김

(뒷면 계속)

★ 69 **팡세** 블레즈 파스칼 / 하동훈 옮김
70 **한국 단편 소설선** 김동인 외
71 **지킬 박사와 하이드** 로버트 L. 스티븐슨 / 김세미 옮김
▲ 72 **밤으로의 긴 여로** 유진 오닐 / 박윤정 옮김
★▲▽ 73 **허클베리 핀의 모험** 마크 트웨인 / 이덕형 옮김
74 **이선 프롬** 이디스 워튼 / 손영미 옮김
75 **크리스마스 캐럴** 찰스 디킨슨 / 김세미 옮김
★▲ 76 **파우스트** 요한 볼프강 폰 괴테 / 정경석 옮김
▲ 77 **야성의 부름** 잭 런던 / 임종기 옮김
★▲ 78 **고도를 기다리며** 사뮈엘 베케트 / 홍복유 옮김
★▲▽ 79 **걸리버 여행기** 조너선 스위프트 / 박용수 옮김
80 **톰 소여의 모험** 마크 트웨인 / 이덕형 옮김
★▲▽ 81 **오만과 편견** 제인 오스틴 / 박용수 옮김
★▽ 82 **오셀로 · 템페스트** 윌리엄 셰익스피어 / 오화섭 옮김
★ 83 **맥베스** 윌리엄 셰익스피어 / 이종구 옮김
▽ 84 **순수의 시대** 이디스 워튼 / 이미선 옮김
★ 85 **차라투스트라는 이렇게 말했다** 니체 / 황문수 옮김
★ 86 **그리스 로마 신화** 에디스 해밀턴 / 장왕록 옮김
87 **모로 박사의 섬** H. G. 웰스 / 한동훈 옮김
88 **유토피아** 토머스 모어 / 김남우 옮김
★▲ 89 **로빈슨 크루소** 대니얼 디포 / 이덕형 옮김
90 **자기만의 방** 버지니아 울프 / 정윤조 옮김
▲ 91 **월든** 헨리 D. 소로 / 이덕형 옮김
92 **나는 고양이로소이다** 나쓰메 소세키 / 김영식 옮김
★ 93 **폭풍의 언덕** 에밀리 브론테 / 이덕형 옮김
★▲ 94 **스완네 쪽으로** 마르셀 프루스트 / 김인환 옮김
★ 95 **이솝 우화** 이솝 / 이덕형 옮김
★ 96 **페스트** 알베르 카뮈 / 이휘영 옮김
▲ 97 **도리언 그레이의 초상** 오스카 와일드 / 임종기 옮김
98 **기러기** 모리 오가이 / 김영식 옮김
★▲ 99 **제인 에어 1** 샬럿 브론테 / 이덕형 옮김
★▲100 **제인 에어 2** 샬럿 브론테 / 이덕형 옮김
101 **방황** 루쉰 / 정석원 옮김
102 **타임머신** H. G. 웰스 / 임종기 옮김
●103 **보이지 않는 인간 1** 랠프 엘리슨 / 송무 옮김
●104 **보이지 않는 인간 2** 랠프 엘리슨 / 송무 옮김
▲105 **훌륭한 군인** 포드 매덕스 포드 / 손영미 옮김
106 **수레바퀴 아래서** 헤르만 헤세 / 송영택 옮김
▲107 **죄와 벌 1** 표도르 도스토옙스키 / 김학수 옮김
▲108 **죄와 벌 2** 표도르 도스토옙스키 / 김학수 옮김
109 **밤의 노예** 미셸 오스트 / 이재형 옮김
110 **바다여 바다여 1** 아이리스 머독 / 안정효 옮김
111 **바다여 바다여 2** 아이리스 머독 / 안정효 옮김
112 **부활 1** 레프 톨스토이 / 김학수 옮김
113 **부활 2** 레프 톨스토이 / 김학수 옮김
▲●114 **그들의 눈은 신을 보고 있었다** 조라 닐 허스턴 / 이미선 옮김
115 **약속** 프리드리히 뒤렌마트 / 차경아 옮김
116 **제니의 초상** 로버트 네이선 / 이덕희 옮김
117 **트로일러스와 크리세이드** 제프리 초서 / 김영남 옮김
118 **사람은 무엇으로 사는가** 레프 톨스토이 / 이순영 옮김
119 **전락** 알베르 카뮈 / 이휘영 옮김
120 **독일인의 사랑** 막스 뮐러 / 차경아 옮김
121 **릴케 단편선** R. M. 릴케 / 송영택 옮김
122 **이반 일리치의 죽음** 레프 톨스토이 / 이순영 옮김
123 **판사와 형리** F. 뒤렌마트 / 차경아 옮김
124 **보트 위의 세 남자** 제롬 K. 제롬 / 김이선 옮김
125 **자전거를 탄 세 남자** 제롬 K. 제롬 / 김이선 옮김
126 **사랑하는 하느님 이야기** R. M. 릴케 / 송영택 옮김
127 **그리스인 조르바** 니코스 카잔차키스 / 이재형 옮김
128 **여자 없는 남자들** 어니스트 헤밍웨이 / 이종인 옮김
129 **사양** 다자이 오사무 / 오유리 옮김
130 **순킨 이야기** 다니자키 준이치로 / 김영식 옮김
131 **실종자** 프란츠 카프카 / 송경은 옮김
132 **시지프 신화** 알베르 카뮈 / 이가림 옮김
133 **장미의 기적** 장 주네 / 박형섭 옮김
134 **진주** 존 스타인벡 / 김승욱 옮김
135 **황야의 이리** 헤르만 헤세 / 장혜경 옮김